Narraciones

Letras Hispánicas

Jorge Luis Borges

Narraciones

Edición de Marcos Ricardo Barnatán

SÉPTIMA EDICIÓN

CATEDRA

LETRAS HISPANICAS

Ilustración de cubierta: Adolfo Barnatán

© Herederos de Jorge Luis Borges
Ediciones Cátedra, S. A., 1990
Josefa Valcárcel, 27. 28027 Madrid
Depósito legal: M. 41.239/1990
ISBN: 84-376-0235-1
Printed in Spain
Impreso en Fernández Ciudad, S. L. 28007 Madrid

Índice

NARRACIONES

Introducción

Preliminar

Mis detractores, que no son menos numerosos que estúpidos, dicen que no y me llaman un impostor. No les doy la razón, pero no es imposible que sea un iluso. Sé que *hay* un Camino.

BORGES. *La Rosa de Paracelso.*

Hay literaturas que no permiten la indiferencia. Obras literarias que suscitan admiraciones derramadas o inflamados repudios, nunca la helada sombra del abstencionismo. La vasta cosmografía creada por Borges se inscribe entre ellas. Tres libros consecutivos y superpuestos he escrito sobre lo que en mí se manifestó en pasión, y en otros, menos afortunados, germinó en rechazo. De ahí que esta edición crítica sea una mayor redundancia en el universo borgiano, dirigida a un público muy especial, el de los estudiantes que se enfrentarán quizá por primera vez con este maestro de la literatura universal, que redimió el castellano de sus contemporáneos. Aquí expondré las líneas maestras de su estilo, las constantes que marcan su narrativa y aquellas queridas obsesiones que retornan siempre como los espejos de las pesadillas infantiles o los innumerables tigres, que pueblan desde los orígenes la prosa y el verso de Borges. No quisiera dejar de advertir a los derrotistas, a los devotos de la ramplonería o del panfleto, sobre el peligro que entraña internarse en su literatura. Pueden probar el fruto prohibido y sentirse después víctimas de

11

una enfermedad incurable. Para ellos fue creada la espada flamígera que el ángel que custodia el Paraíso blande amenazante, y para él los pequeños infelices construyeron la falsa cabaña encuadernada donde rasgarse las vestiduras recién compradas de la pureza ideológica. Que el pusilánime no entre si quiere mantenerse virgen. Evitará uno de los goces más altos que el ejercicio de leer produce.

Cacería sin fin

Cuando en 1970, y ante la fama mundial de Jorge Luis Borges, George Steiner escribió su ensayo *Los tigres en el espejo*[1] ya se había consumado la inevitable pérdida que él entonces y este estudio hoy, constatan. La literatura y la vida, eminentemente literaria, de Borges ya no pertenecen a esa íntima secta de *borgianos* que se sentían cómplices de un portentoso secreto, hermanos de una logia selecta que había descubierto a un extraño escritor sudamericano y lo había exaltado a la categoría de Maestro Supremo. Nada parece restar de esa organización perfecta, que se extendía a todos los confines del planeta y cuyos miembros intercambiaban sus mistéricos signos inventando todo un lenguaje, en el que los tics, los guiños irónicos e incluso las maravillosas crueldades de Borges se repetían y se diversificaban hasta alcanzar los bordes de la leyenda. La popularidad desparramada por las grandes casas editoriales del mundo, los premios internacionales y las giras interminables del eterno viajero han destruido la magia del Oculto. Magia diezmada por las colecciones de bolsillo, las tesis doctorales, el cine, la televisión, la constante noticia periodística y libros como éste, que ya intentan explicar la coma y el punto y destruir el misterio de la ambigüedad de la palabra que es el germen de toda literatura, de

---

[1] Steiner George, *Extraterritorial,* Barcelona, Barral Editores.

toda poesía. Los perros están ya debidamente azuzados para la gran fanfarria, y a lo lejos la presa se debate inútil en una carrera cuyo fin todos conocemos. El Borges subterráneo, el misterioso y recóndito, murió a manos del Otro, del personaje público, incansable contestador automático de un millón de entrevistas, de trillones de interrogantes entregados a su infalible oráculo. El gran viejo, sentado en un sillón de grandes orejas, amparado en su nudosa garrota de ciego visionario, responde siempre, y multiplica su imagen hasta la saciedad en todos los medios de difusión del planeta. Son los implacables espejos enfrentados de la infancia que consuman su terrible ritual de procreación infinita: todos los posibles Borges crecen al amparo de la ilusión óptica llevada a sus extremos más insospechados. Su literatura se imprime veloz y su letra menuda y difícil se expande en los supermercados con la celeridad propia de una sociedad entregada al vértigo. Subiendo y bajando de los duplicados aviones, su sonrisa forzada abarca las pantallas de los televisores más dispares relegando al olvido los primeros temibles tigres y los minuciosos laberintos construidos. Borges es ya de los otros, es de todos, *Borges para millones* se titula el último film producido por sus exégetas. Lo hemos perdido para siempre.

Los fundadores

Los franceses, esa raza de exploradores devotos del exotismo, fueron los primeros en reconocer la importancia de Jorge Luis Borges como uno de los más importantes escritores de la modernidad. Por lo menos, dieron forma al reconocimiento que algunos españoles sólo pudieron intuir en los ruidosos comienzos de Borges. Porque si bien Rafael Cansinos Asséns (su siempre inolvidable maestro) y Ramón Gómez de la Serna (en menor medida), entre otros, apuntaron con perspicaz anticipo la futura realidad literaria del argentino, fueron Valery

Larbaud, Drieu la Rochelle y Roger Caillois quienes, a partir de 1933 y hasta fines de los 50, los que introducen en Europa (por la sacrosanta puerta de París) su literatura. En su famoso artículo titulado «Borges vaut le voyage»[2], escrito a bordo del «Atlantique», Drieu la Rochelle decía:

> Borges, qui comprend tout, a pourtant des passions tranchantes. Il est tout passion, parce qui'il est intelligent. Un homme intelligent n'a pas peur de ses passions, et il les sert avec cette delicatesse, cette noblesse dans le parti pris qui le distingue du fanatique idiot. Borges écrit sur le mythe de l'enfer avec un apparente insensibilité qui ne peut tromper que les niais. Il sait tres bien que cette chose qu'il nie a une lointaine racine réelle dans le coeur de l'homme, et son experience de l'enfer transparait a travers ses lignes vigoureusement incrédules.

Por su parte, Valery Larbaud había recibido años antes la aparición de *Inquisiciones,* como el mejor libro de crítica aparecido en América Latina, para agregar en seguida que era la obra del más moderno de los poetas de Buenos Aires. Aquel libro mítico, hoy oculto por Borges y condenado al secreto de los bibliófilos, había logrado entusiasmar a Valery Larbaud, que saludaba el nacimiento de una nueva crítica en el ámbito de la lengua castellana. La misión de Caillois será, sin embargo, la definitiva, ya que al traducir, en 1953, los cuentos recogidos en el libro titulado *Labyrinthes*, dará el espaldarazo crucial a quien ya había publicado un año antes, en su colección «La cruz del Sur», de Gallimard, una versión francesa de *Ficciones.* Así, descubridores y promotores que aún podemos considerar miembros de la vasta secta borgiana, y que pronto se verían acompañados abusivamente por esa legión siempre creciente de

---

[2] Incluido en el número especial de la revista *L'Herne* dedicado a Borges, París, 1963.

críticos, exégetas, detractores y demás corifeos, a los que Borges recibe siempre con su sonrisa de perplejidad.

Como Pound, como Nabokov, como Eliot, la figura de Borges despertó las más apasionadas polémicas, en las que se mezcló siempre, con habilidad demostrada, la política y la literatura, e incluso algo todavía mucho más azaroso: la vida íntima de un ser humano. Hay un infinito catálogo de los despropósitos que estas polémicas sucitaron, pero que vamos a ahorrar al lector, aunque antes consigne como botón de muestra el hecho más infame: Un oscuro escritor sueco, que respondiendo al nombre de Artur Lundkvist, obtuvo cierta popularidad por ostentar en la Academia Sueca que concede el Premio Nobel, una dudosa representación de la literatura en lengua castellana, se permitió afirmar que Borges jamás sería Premio Nobel de Literatura por razones estrictamente políticas y que nada tienen que ver con la literatura. Acosado por los nazis argentinos en los años dorados del fascismo europeo y blanco reiterado del estalinismo y sus variantes *hispanoamericanas*, Borges acaba de volver a proclamarse hace pocos meses un «anarquista independiente». Lo que siempre había intentado ser a lo largo de su vida, desde que su padre, aquel profesor de psicología y escritor frustrado y romántico, le había pintado con los fuertes colores de la utopía el mundo por venir:

> Fíjate bien en los uniformes, en las tropas, en los cuarteles, en las banderas, en las iglesias, en los curas y en las carnicerías, porque todo eso está a punto de desaparecer, y podrás contar a tus hijos que fuiste testigo de tales cosas.

La profecía no se ha cumplido aún, dice maliciosamente Borges.

La prehistoria del mito

Sólo una cosa no hay. Es el olvido.
Dios, que salva el metal, salva la escoria.
Y cifra en Su profética memoria
Las lunas que serán y las que han sido.

J. L. B.

De la más rancia sangre criolla por el lado materno, ya que sus antepasados se remontan al coronel Suárez, al general Miguel Estanislao y a don Francisco Narciso de Laprida, el presidente del Congreso que proclamó la independencia argentina en la ciudad de Tucumán, un 9 de julio de 1816. Borges es portugués, criollo e inglés por la vertiente paterna. Hay en su sangre un extraño linaje portugués que se pierde en la memoria. En su poema *Los Borges,* el poeta alude a ese remoto pasado con estos versos: «Portugueses los Borges, vaga gente / que prosigue en mi carne, oscuramente / sus hábitos, rigores y temores».

Pero la auténtica prehistoria de Borges comienza con un hecho bélico, con una jornada de sangre y valor, ese coraje anhelado desde el principio por el escritor en ciernes y más tarde reiterado en la madurez, y que tiene su visión arquetípica en su cuento *Hombre de la esquina rosada,* que incluimos en esta antología. La valentía deseada y deseante, que la literatura de Borges destila hasta en la letra de sus milongas, nació en Junín, en la célebre batalla de Junín, una de las acciones claves en el fortalecimiento de las independencias de las nuevas repúblicas sudamericanas. El coronel Isidoro Suárez, primo hermano del sangriento dictador argentino don Juan Manuel de Rosas y también su encarnizado adversario político, es uno de los vencedores de Junín, el oficial decisivo a cuyo mando estaba la valerosa caballería, los lanzeros del Perú, que recordará Borges en uno de los poemas de su primer libro, «Inscripción sepulcral», en *Fervor de Buenos Aires*. Ese Isidoro Suárez, vencedor de Junín, es uno de sus bisabuelos. Había huido después de Buenos Aires, en tiempos de la dictadura rosista, para no caer en manos del tirano y correr la misma suerte que su hermano, fusilado por orden del cruel *restaurador de las leyes,* al pie del viejo paredón del cementerio de la Recoleta. El mismo que guarda el panteón familiar de los Borges, y que él suele recorrer ahora en sombrío paseo, ahora cuando anhela ya reunirse con los suyos en el recinto casi materno de esa ciudad helada, en la que perduran las estelas del pasado que fue alimento de Borges y de su literatura. Como un nuevo Lovecraft, visitante errabundo de los viejos cementerios de Providence, buscando el escenario final para una vida destinada a ese pasado añorado, Borges se entrega al anacronismo como única salida a su avasalladora negación del presente. Cuando le preguntan por aquel legendario coronel, cuyo rostro velado por el tiempo aún permanece en los daguerrotipos que presiden el salón de la casa de su madre, Borges dice:

> A los veinticuatro años comandó la carga de la caballería colombiana y peruana que decidió la victoria de Junín. Era primo de Rosas, pero, honrosamente unitario, prefirió morir en el destierro, en Montevideo[3].

Este Isidoro Suárez es una constante en la memoria borgeana, ya que vuelve a reaparecer muchos años después de aquel primerizo 1923; en *El otro, el mismo* se recoge un poema titulado «Página para recordar al coronel Suárez, vencedor de Junín», escrito exactamente treinta años después. El poema es, esta vez, mucho más ambicioso. No se queda en el mero recuerdo, y su intención es ejemplarizar, distanciándose de la mera anécdota histórica para adquirir una significación política comprensible dentro del contexto cronológico en que fue escrito: eran los años de la dictadura peronista,

---

[3] Victoria Ocampo, *Diálogo con Borges,* Buenos Aires, Sur, 1971.

de la que Borges fue un significado opositor: *Junín son dos civiles que en una esquina maldicen a un tirano.* Pero la palabra Junín es mucho más que eso; para Borges será un nombre mágico donde los laberintos que hay en su sangre se entrecruzaron y donde la suerte le depararía también una de sus malévolas jugadas. Me explico. Su bisabuelo materno, Isidoro Suárez, librará la batalla, pero su abuelo paterno, el coronel Francisco Borges Lafinur, será el jefe militar de una pequeña población fundada en la provincia de Buenos Aires para celebrar el triunfo y perpetuar el nombre de la batalla: la ciudad de Junín. *Un paraíso de calles de tierra y calles de adobe,* como la definió Fanny Haslam de Borges, la abuela inglesa de Borges y la esposa del coronel fundador.

De Francisco Borges sabemos algunas cosas que nos cuenta su propio nieto:

> Era hijo de Carmen Lafinur, hermana de Juan Crisóstomo Lafinur, acaso nuestro primer poeta romántico. Nació en la plaza sitiada de Montevideo, durante la Guerra Grande, como los orientales dicen. A los quince años militó en esa plaza contra los blancos; después, en Caseros, bajo Urquiza, después en el Paraguay. Entre Ríos, en la frontera del Sur y en la del Oeste.

El Destino quiso que las familias que alimentarían su sangre volvieran a coincidir una vez más. El coronel Isidoro Suárez, primo de Rosas, murió en el destierro huyendo del dictador, mientras que su abuelo, Francisco Borges, nacido en el destierro, participó a las órdenes del general Urquiza en la batalla de Caseros, aquella que pondría fin al régimen rosista y obligaría al tirano a buscar refugio en Inglaterra. Pero en el fragor de la batalla, también tenía que morir este Borges. Las sucesivas guerras civiles que siguieron a la de la independencia se encargarían de ir cercenando a todos aquellos militares románticos que se hacían matar por un ideal o por lo que entonces aún se llamaba el honor. Borges dice de su abuelo:

El general Mitre estaba tramando una revolución; Sarmiento, entonces presidente, le preguntó a mi abuelo si podía contar con sus fuerzas que estaban a sus órdenes en Junín. Borges le contestó: «Mientras usted esté en el gobierno, puede contar con ellas.» La revolución se adelantó. Borges, que era mitrista, entregó el mando de las tropas y se presentó solo en el campamento revolucionario, en el Tuyú. No faltaron quienes vieron en esa lealtad una deslealtad. Llegó el combate de La Verde, el 74. Los mitristas fueron vencidos; Borges, ya perdida la acción, de poncho blanco, montó un caballo tordillo, lo siguieron unos doce o quince soldados y avanzó lentamente hacia las trincheras con los brazos cruzados. Se hizo matar. Fue la primera vez que en esta república se usó el *Remington.* Arias comandaba las fuerzas del gobierno. En el Paraguay y en la frontera había sido compañero de armas de Borges. Antes del combate, los dos amigos se encontraron en el *no man's land,* entre los dos Ejércitos. Desde el caballo se abrazaron por última vez; Arias fue a la victoria, Borges a la muerte.

Y aquí la materia para la leyenda, el verso y la prosa de Borges se alimentarán de éstas y de muchas historias parecidas que crecieron en los relatos familiares de su infancia. Borges crecerá acunado por clarines de glorias pasadas, por anécdotas heroicas, por nombres que atestiguaban unos arcanos mayores dedicados a *fundar la Patria* y a mezclarse en la historia con una apasionada voluntad de hacedores. Los otros lucharon, cruzaron los ríos amargos del exilio, murieron en la batalla o fraguaron en secreto las grandes o pequeñas revoluciones. Hay en estos armarios ancestrales: espadas, viejas pistolas de un solo tiro, mates y bombillas de plata añeja, cuchillos que como víboras se entreveraron en duelos de medianoche, y hay también muchos libros que hablan de la convulsa historia de esas crueles provincias entregadas a las guerras intestinas, mientras la Europa lejana y añorada se transplantaba lentamente en esas calles que se harían Buenos Aires, y que verían levantarse el espejo de una cultura transoceánica y fantasmagóricamente propia.

En el escritor que vendrá, en el Borges que hará de la

historia literatura, todas estas pasiones perderán realidad, se harán latencia, nostalgia de un tiempo de purezas o miserias míticas, materia de sagas comparables a las vikingas, destellos románticos que nunca fueron soñados con la intensidad devastadora que Borges puso en ellos. Alguien apuntó que las ideas de familia y patria están en Borges íntimamente ligadas, formando un binomio indestructible. Y allí está la clave de muchas de sus actitudes políticas conservadoras, caricaturescamente conservadoras, que de otra manera serían incomprensibles. El Borges *poseur,* supuestamente aristocrático, alérgico al populismo y al folklorismo tercermundista, según lo entienden, degradándolo, los versificadores latinoamericanos, el que se paseaba por la galería de retratos del Museo Histórico Nacional de Buenos Aires a la caza de un nuevo glorioso ancestro cargado de batallas, ha vivido siempre a la sombra de una *patria* propia, que nada tiene en común con la realidad de su país, sino mucho con esa otra realidad ahistórica y escéptica, que rechaza.todo lo que le disgusta con la indiferencia o la simulación de su inexistencia.

> Soy conservador —ha dicho muchas veces— porque en Argentina serlo, es la única manera de ser escéptico en política. Ellos, los conservadores, nunca movilizarán a las masas.

El épico destino

> Toda forma une lo que es imaginado por ella.
>
> GABIROL. *La Fuente de la vida.*

Nada impide, decía Ibn Gabirol, que las formas múltiples existan dentro de una sustancia simple. En el inicio «el laberinto de los ejércitos» y la nostalgia de una batalla única y por tanto infinita, marcan una de las obsesiones borgeanas más continuadas. Porque la obra de Borges tiene sus épocas, como la de Picasso, marcadas por una obsesión omnipresente y avasalladora. Primero los ancestros gloriosos y el épico destino que el azar le robó, pero que concedió generoso a los otros Borges, a los que están en su sangre. Luego la obsesión ciudadana: Buenos Aires como *axis mundi,* como ciudad única y eterna («A mí se me hace cuento que empezó Buenos Aires»), y con ella sus personajes marginados: los cuchilleros, el malevaje ladino, el heroísmo suburbial y gratuito de dos hombres que se entregan al duelo como en un ritual sagrado. Después el laberinto frío y matemático, trazado como un juego traidor en los parques medievales, y ese *vago horror,* abismático horror que los espejos multiplican en el espacio. El asalto del mundo fantástico. Y después la vejez y la ceguera, el anhelo de haber sido feliz, de haber sido otro y no Borges, el hacedor de mentiras literarias. Y por fin, terrible, desapasionadamente buscador de muerte. El último Borges, funerario e irónico que espera deseante el advenimiento teatral del fin.

> Nunca he dejado de sentir nostalgia de ese destino épico que las divinidades me negaron, sin duda sabiamente. La poesía comienza por la épica; su primer tema fue la guerra.

La muerte de Francisco Borges Lafinur, en el combate de La Verde, ha quedado grabada en un hermoso poema que su nieto le dedica en *El Hacedor.* También en *Luna de enfrente* hay un recuerdo:

> porque eso fue tu vida: una cosa que arrastran las batallas.

De su abuelo Isidoro Acevedo Laprida, en cuya casa nació el 24 de agosto de 1899 (una casa rodeada de calles bautizadas con nombres de batallas: Tucumán, Esmeralda y Suipacha), Borges recuerda que era de San Nicolás. Se batió también en las batallas de Pavón, Cepeda y Puente Alsina los civiles de entonces tenían más experiencia de la guerra que los militares actuales.

Su abuelo vivió una niñez regada de sangre; eran los malos tiempos de la dictadura rosista, la época de los delatores, de las sublevaciones frustradas, de la represión brutal y de los asesinatos sumarísimos, de la guerra civil en definitiva. A los nueve o diez años pasó frente al antiguo Mercado del Plata, donde dos carreros de chiripá pregonaban melocotones blancos y amarillos. El niño levantó la lona que los cubría para poder ver la apetecida fruta y comprobó con horror que eran cabezas de hombres degollados, con las barbas ensangrentadas y los ojos abiertos. En *Cuaderno San Martín,* su tercer libro de poemas, encontramos uno largo donde evoca a ese Isidoro Acevedo y de sus batallas dice:

> Pero mi voz no debe asumir sus batallas / porque él las arrebató a un ensueño esencial.

No habla de sus batallas reales, sino de las que su abuelo emprendió en sueños, bajo los últimos delirios de su agonía. La muerte, como una sombra irreal, como un fantasma imposible, irrumpe en la vida del Borges niño que ve desaparecer la figura de su abuelo:

> Yo era chico, yo no sabía entonces de muerte; yo era inmortal; lo busqué por muchos días por los cuartos sin luz.

De su abuela inglesa, Fanny Haslam de Borges, sabemos bastante. Llegó de Londres a la ciudad de Paraná (entonces una pequeña capital situada al norte de Buenos Aires, a orillas del río de su nombre y frente a la ciudad de Santa Fe), para visitar a una hermana casada con un ingeniero italiano que trabajaba en la construcción de las primeras líneas de tranvías. Una mañana toda la ciudad se asomó a los ventanales y balcones para ver pasar a la tropa del gobierno que venía para someter a un caudillo local, el general López Jordán, que se había sublevado contra el gobierno central. Al frente de este ejército cabalgaba el gobernador de la provincia y a su lado el coronel Francisco Borges Lafinur. La inglesa contempló desapasionadamente esa algarada, que no era otra cosa que lo habitual en aquel salvaje país. El militar entrevisto era de poca estatura, y ni su condición ni su aspecto eran el ideal de la inglesa. Pese a ello, aquél acabó siendo su marido. La civilización de la que venía se hizo así barbarie, y Fanny Haslam se adaptó admirablemente a su nueva vida argentina. Bajo el influjo de la obra de Sir Walter Scott, cuenta Borges:

> Yo le pregunté si tenía sangre escocesa. Ella me contestó: Gracias a Dios (Thank goodness!), no tengo ni una gota de sangre escocesa, irlandesa o galesa.
>
> Cuando estaba muriéndose, todos la rodeamos y ella nos dijo: «Soy una mujer vieja que está muriendo muy despacio. No hay nada interesante ni patético en lo que me sucede.» Nos pedía disculpas por su demora en morir.

La misma escena se repetiría, muchos años después de que Borges la relatara cuando doña Leonor, su madre, moría lentamente a sus noventa y nueve años. Premonitoriamente Borges, al contar la muerte de su abuela paterna, estaba contando la agonía de su madre, que duró muchos meses y que contó con la misma generosidad del que se siente morir y sufre por demorar la partida. De aquella mujer, que le enseñó a leer y a hablar el inglés antes que el castellano, heredó Borges su devoción por la literatura y la lengua inglesa.

> Leía y releía a Dickens, pero también a Wells y a Arnold Benett. En la reserva y en la cortesía de mi hermana Norah perdura Frances Haslam.

El país de los tigres

Uno de los últimos cuentos de Borges se titula *Los tigres azules.* Un cazador obsesionado por el felino animal, que se parece mucho al autor, busca en la India un misterioso tigre azul del que oyó hablar. Salido de la prosa de Kipling, el inquietante animal parece haber sido visto por los lugareños. La aventura desemboca en una alucinación matemática, en una invasión de la realidad de un imponderable que lleva a quien conoce su secreto a la locura y la muerte. Como aquella leyenda cabalística que narraba el suicidio y la locura, las violentas muertes de aquellos que penetraban en la inmensa sabiduría del *Zohar,* sólo uno, cuya templanza pudo más que el maleficio, logró conocer la verdad y salvarse del castigo.

Desde ese primer tigre del origen a estos múltiples y devoradores espectros azules, toda la gama de garras y rayas sorpresivas apareciendo fugaces unas veces como destellos de luz y otras como turbias imágenes nacidas de la sombra. Tigre amado y temido, símbolo de algo inalcanzable y sangriento, concentración del coraje y de la fuerza, pero también torbellino de dientes.

Al final de un pasillo laberíntico, en lo más lejano late el primer recuerdo de Borges, son recuerdos de un jardín, de una verja y de un arco iris formándose en una de las dos márgenes del Plata. («No sé de qué lado del río queda, puede ser en una quinta de Palermo o Adrogué, o quizá en la quinta de un tío mío, Francisco Haedo, en el Paso del Molino, en Montevideo.») Sólo ese recuerdo, un jardín, una verja y el arco iris brillando en soledad.

Pero quizá fuera el jardín de Serrano 2135. La primera de sus casas en Palermo, con un jardín arbolado y un molino cuyo ruido asustaba al niño las noches tormentosas. En ese jardín «detrás de una verja con lanzas» que aparece fugazmente en el prólogo a su *Evaristo Ca-*

rriego. El jardín poblado de fieras de pesadilla, el jardín de la palmera y los gorriones, el de la parra de uva negra, el del molino rojo («remota rueda laboriosa / en el viento / honor de nuestra casa, pues a las otras / iba el río bajo la campanita del aguatero.») El jardín donde surgiría el país de los tigres y de los primeros espejos.

En este marco apacible de barrio residencial crece el niño. Allí pronuncia por primera vez la legendaria palabra: *tiger*, el disfraz inglés de la fiera que el niño dibuja precariamente en los cuadernos y libros. Nacen los tigres,

> no el tigre overo de los camalotes del Paraná y de la confusión amazónica, sino el rayado, asiático, real, que sólo pueden afrontar los hombres de guerra sobre un castillo, encima de un elefante —explicará en *El Hacedor*—. Yo solía demorarme sin fin ante una de las jaulas en el zoológico; yo apreciaba las vastas enciclopedias y los libros de historia natural por el esplendor de sus tigres. (Todavía me acuerdo de esas figuras: yo, que no puedo recordar sin error la frente o la sonrisa de una mujer.) Pasó la infancia, caducaron los tigres y su pasión, pero todavía están en mis sueños. En esa napa sumergida o caótica siguen prevaleciendo, y así: Dormido, me distrae un sueño cualquiera y de pronto sé que es un sueño. Suelo pensar entonces: Éste es un sueño, una pura diversión de mi voluntad, y ya que tengo un ilimitado poder, voy a causar un tigre. Oh, incompetencia. Nunca mis sueños saben engendrar la apetecida fiera.

Pero volvamos al jardín; allí están las cañas acumuladas sobre el césped, las cañas que el niño transformará en lanzas gauchas, en lanzas apuntadas contra un enemigo invisible en sus cargas de caballería, remedando la de sus gloriosos antepasados. Y en el jardín, otra vez acechante, la sombra del tigre, el mismo que transformado en fuego devoraría a su amiga Susana Soca, muerta en un accidente de aviación y a la que dedica un poema de *El Hacedor*:

Sin atraverse a hollar este perplejo / Laberinto, miraba desde fuera / Las formas, el tumulto y la carrera / Como aquella otra dama del espejo / Dioses que moran más allá del ruego / La abandonaron a ese tigre, el Fuego.

Pero ninguna de las bestias creadas por el verso conforman al poeta: todas se desvanecen, porque se alimentan de las enciclopedias y en las historias naturales, ninguna es el *tigre fatal*. El hombre al nombrarla la hace *ficción del arte y no criatura / viviente de las que andan por la tierra*.

Los espejos velados

Yo conocí de chico ese horror de una duplicación o multiplicación espectral de la realidad, pero ante los grandes espejos. Su infalible y continuo funcionamiento, su persecución de mis actos, su pantomima cósmica, eran sobrenaturales entonces, desde que anochecía. Uno de mis insidiosos ruegos a Dios y al ángel de mi guarda era el no soñar con espejos. Yo sé que los vigilaba con inquietud. Temí, unas veces, que empezaran a diverger de la realidad: otras, ver desfigurado en ellos mi rostro por adversidades extrañas. He sabido que ese temor está otra vez, prodigiosamente, en el mundo.

Este fragmento de *Los espejos velados* puede ilustrar al lector acerca del que será reiterado tema en la obra de Borges: el frío azogue que tendrá su origen en el que había en un gran armario de caoba en su habitación infantil. Su hermana Norah recuerda aún aquellas noches de terror infantil cuando quedaban solos en los dormitorios altos de la casa. Un día creyeron ver una mancha verde en el fondo del espejo. *Yo que sentí el horror de los espejos.*

La infancia recuperada

No tuvo Borges el autoritario padre de Kafka, ni siquiera un padre fugaz y loco como el de Lovecraft. Jorge Guillermo Borges, prematuramente ciego como lo sería su hijo,

> era muy inteligente y, como todos los hombres inteligentes, muy bondadoso. Era discípulo de Spencer y alguna vez me dijo que me fijara bien en los uniformes, en las tropas, en los cuarteles, en las banderas, en las iglesias, en los curas y en las carnicerías, porque todo eso estaba a punto de desaparecer, y yo podría contar a mis hijos que había sido testigo de tales cosas. La profecía no se ha cumplido aún. Era tan modesto, que hubiera preferido ser invisible. Muy orgulloso de su inmediata sangre sajona, solía bromear sobre ella. Nos dijo con aparente perplejidad: *No sé porqué se habla tanto* de los ingleses. ¿Qué son, al fin al cabo? Son unos chacareros alemanes. Los dioses de su idolatría eran Shelley, Keats, Wordsworth y Swinburne. La realidad de la poesía, el hecho de que las palabras puedan ser no sólo un juego de símbolos, sino una magia y una música, me fue revelada por él. Cuando recito ahora un poema, lo hago, sin proponérmelo, con la voz de mi padre. Solía decir que en este país el catecismo ha sido reemplazado por la historia argentina. Desconfiaba del lenguaje: pensaba en muchas palabras que encierran un sofisma. Los enfermos creen que van a sanar —decía— porque los llevan a un sanatorio. En la revista *Nosotros* pueden buscarse algunos admirables sonetos suyos, un poco a la manera de Enrique Banchs. Ha dejado una novela histórica, *El Caudillo.* Escribió y destruyó varios libros. Dictó en inglés una cátedra de filosofía.

Leonor Acevedo dice por su parte: «Yo sólo soy la madre de los Borges», y hasta su muerte lo acompañó siempre en su vocación literaria, era su crítico más exigente, su secretaria y su amanuense, que sólo vio fugazmente interrumpida su labor los breves años en que Borges estuvo casado:

> Para mí —decía— siempre fue extraodinario. Los ochomesinos suelen ser hombres de talento. A los siete años escribió un cuento, *La víscera fatal*. El Quijote fue su primer libro de lecturas. A los nueve años tradujo el *Príncipe feliz* de Oscal Wilde, que su primo Álvaro Melián Lafinur hizo publicar en *El País*. Todos creyeron que el traductor era mi marido, porque él había sido el primero en traducir al español las *Rubaiyat* de Omar Khayam.

Leía ya el inglés y el español. *Don Quijote* y *Las mil y una noches,* Wells, Kipling, Stevenson, las mitologías griegas y escandinavas son sus lecturas. Él recuerda cómo sus predilectos eran *La isla del tesoro, Los primeros hombres en la luna* y una novela de Douglas, *The House with Green Shutters*. También evoca el *Poema del Cid* y novelas de Eduardo Gutiérrez.

> Como todos los chicos, yo era muy *snob*. Al principio me parecía que lo literario debía ser arduo y que lo fácilmente accesible y placentero no podía ser buena literatura.

Ya entonces intuía Borges su vocación literaria, entre las tinieblas de sus temores y los laberintos de sus juegos pensaba en ser escritor:

> Yo siempre supe, de algún modo, que sería escritor. Cuando era chico se hablaba mucho de *ratés* —no se usaba la palabra fracasados, sino la francesa *ratés*—, yo oía hablar de los *ratés* y me preguntaba con inquietud, ¿llegaré yo alguna vez a ser un *raté?* Ésa era mi máxima ambición.

Eran los tiempos de miss Tink, la institutriz inglesa que se ocupaba de los estudios del niño y al que no abandonaría hasta cumplir los nueve años, vencidos los temores paternos a las enfermedades contagiosas que podría contraer en la escuela. Su hermana Norah lo recuerda siempre leyendo, tirado en el suelo boca abajo con un guardapolvo color crudo. No le gustaba ningún trabajo manual y ningún juego de destreza fuera del diávolo, pero representaba con ella escenas tomadas de los libros: él era un príncipe y ella la reina, y desde una escalera se asomaban a oír las aclamaciones de la multitud imaginaria, o viajaban a la luna dentro de un proyectil construido plegando un papel de seda roja, bordado con pájaros y flores de oro, dentro del cual caían, deslizándose, por el pasamanos de la escalera.

Las sociedades secretas es un tema presente en la obra de Borges, tema que le fascinaba ya en la infancia. Durante las vacaciones, los Borges iban a un chalet de Adrogué, en la provincia de Buenos Aires, llamado *Las Delicias*, pero durante el mes de febrero, en pleno verano austral, cruzaban el río rumbo a Montevideo. En la quinta de Paso del Molino, de los Haedo, pasaban el mes más tórrido.

Era una casa con mirador, al que se llegaba por una escalerita de caracol, acristalado con vidrios de colores, los rombos rojos y verdes de Triste-le-Roy que aparecen en *La muerte y la brújula*. Todo este escenario para llegar a los tres primos, Norah, Jorge Luis y Esther.

Esther Haedo, la futura mujer de Enrique Amorim. En aquellos encuentros nació la *sociedad secreta* Tres Cruces, creada para defender al pequeño Borges de un enigmático enemigo. Su hermana y su prima debían defenderlo y para ello utilizaban un recinto templario o cuartel general que era un quiosco de madera pintada, rodeado de una galería, al que se entraba por medio de un puentecito. Toda una primitiva arquitectura laberíntica levantada para mayor gloria del arcano. Los niños escribían sus mensajes cifrados, basándose en una clave creada por la presunta víctima, auténtica presa de sacrificio.

Favorable. Ginebra. Poemas

Vencida la puerta, que al fin acabamos siempre por descubrir en lo que parecía una verja infinita e impenetrable, se puede salir del jardín de la infancia y descubrir el *más allá* del hasta entonces cerrado paraíso. Borges cumple así un doble viaje: el que lo conduce de la infancia a la adolescencia y el que lo aleja de su ciudad para llevarlo a un nuevo escenario soñado en los libros y en la nostalgia de sus ancestros. Borges cruza el océano y se encuentra con Europa, la madre cultural de los argentinos, la tierra perdida que nada puede usurpar.

> Y éramos tan ignorantes de la historia universal, sobre todo del futuro inmediato de la historia, que viajamos el año catorce y quedamos encajonados en Suiza.

Borges había cumplido ya los quince años, había leído a Mark Twain y a Hawthorne, a Jack London y a Poe, había conocido al enigmático Xul Solar, que venía a visitar a su padre junto con Macedonio Fernández

> una de las personas que me han impresionado más en la vida.

El incesante Ródano y el lago, desde el poema, es la imagen más citada de sus días ginebrinos, en los que pasan los años del sitio en Europa. De aquellos años se conserva una fotografía memorable. Sentados en una silla doble de varillas blancas, Leonor Acevedo y Jorge Luis. Ella, protegida por un gran cuello de piel y escondiendo sus manos en un manguito, tocada por un sombrero oscuro coronado con dos altas plumas que llegaban al hombro de su marido, de pie. Jorge Luis, abrigado, con una gorra en la mano y una correa escolar cruzándole el pecho, quizá sosteniendo la oculta cartera.

Norah, de pie, a su lado, sujetando un paraguas apoyado al brazo de la silla, con un abrigo blanco de grandes botones y un sombrero cilíndrico adornado con una cinta ancha y oscura. Por fin, el padre, aún joven, dejando ver el abrigo, el cuello redondo de su camisa y una abultada corbata.

Son los años del bachillerato en francés y de los primeros libros en la nueva lengua. *Tartarín de Tarascón,* y después *Los Miserables.* Más tarde leerá a Flaubert, Maupassant, Zola, Barbusse y también a Rimbaud, Verlaine y todo el simbolismo francés, materia que le descubrió uno de sus compañeros de estudios, un judío, Maurice Abramowitz.

La guerra los obligará a permanecer en Suiza hasta 1919, año en que hará la familia su primer viaje a España. El cerco favorece las lecturas del adolescente, y también la confección de los primeros poemas escritos, bajo influencia de sus nuevas lecturas, en francés. Va con su hermana, que también comienza a pintar, al mismo colegio en el que estudió Calvino. Pero los descubrimientos no cesan: viene enseguida el alemán, y los expresionistas. Se encierra varios días en un hotel con un diccionario inglés-alemán y con las obras completas de Heine, para salir *descifrando* el alemán. A pesar de su juventud colabora con algunos artículos en revistas germanas, notas que llamarían la atención de Martin Buber, quien quiso conocerlo y se asombró al saber que el escritor en cuestión no había cumplido aún los veinte años. Encerrado en el Hotel du Lac, Borges estudia una enciclopedia alemana que le regalaron sus padres y más tarde lee una novela de Gustav Meyrin, *Der Golem,* un libro expresionista, publicado en 1915, que iniciará su pasión por la leyenda de Praga, a la que dedicará muchos años después uno de sus más célebres poemas. Pero además lee a Schopenhauer, a Carlyle y a Chesterton, prácticamente a todos los escritores que le influirán durante toda su vida y a los que siempre recurrirá en sus ensayos y en sus narraciones. Son los escritores de la adolescencia los que nunca le abandonaron.

De los poemas de aquellos días se sabe muy poco; su madre sólo recordaba un verso, donde llamaba al ataúd: *petite boite noire par le violon cassé.*

Eran los años del Bachillerato y, desde luego, yo leía a Verlaine y a Baudelaire e hice algunos intentos. Compuse sonetos, bien mediocres por cierto, en francés y en inglés. Ahora no osaría hacerlo.

Cansinos-Asséns

El nombre, casi mágico, de Cansinos-Asséns bautiza una enorme isla vanguardista que sobrevivía en la España a la que Borges llegó en 1919. Junto a Ramón Gómez de la Serna, el otro adelantado de la modernidad, Rafael Cansinos-Asséns representaba a la resistencia innovadora y europeísta que recibía los embates ahogantes del *españolismo* del 98. Borges había recibido, en Argentina primero y en Europa después, una educación universalista que necesariamente tenía que entablar colisión con los entonces *gurus* de la cultura establecida: Unamuno, Ortega, Machado, Azaña, Baroja. Y es así que, pese a conocerlos y leerlos con interés, Borges preferirá la eclosión novísima que Cansinos y Ramón, cada uno a su manera, acaudillaban. Ante la vieja y nueva opción de la cultura peninsular: el aislamiento y la apertura a Europa, Borges no podía dudar un instante. Y se acercó precisamente al más *universalista* de los vanguardistas, Cansinos-Asséns, que pretendía asimilar Oriente y Occidente, Mallarmé y la Cábala, Dostoievski y el Islam. Frente a los ya entonces jóvenes pre-fascistas que anunciaban el advenimiento del Imperio, y que más tarde serían cómplices voluntarios de los totalitarismos europeos, Borges eligió al marginado culto y visionario, que creía en la confraternidad de las naciones y no en el destino épico y colonialista de un pueblo vencedor sobre los otros.

En el *templo sepultado* de Maerterlinck, ese pozo escondido que guarda los más hondos misterios de la naturaleza y del hombre, Viriato Díaz Pérez cifró la doctrina profunda, la que conocieron los sabios de Hieraim y la que fue enterrada junto al cadáver del último asceta. Ese iluminado de la España peregrina, que buscó al pie de la selva paraguaya su refugio último, hablaba con veneración de Cansinos-Asséns. (Un cuento iniciático fechado en Sofía, en 1913, y recogido por Mario Roso de Luna en su *Por el reino encantado de Maya,* y el testimonio oral del que fuera su discípulo en Asunción, mi padre, son los escasos datos que poseo del que fue portavoz y exégeta primero de Cansinos en las australidades americanas.) Antes de que la aventura ultraísta creciera y que la fama del orientalista se propagara, la vasta secta sin nombre de los seguidores de Utgard —recordemos el apólogo de Carlyle— contaba entre sus forjadores más preclaros al sabio sevillano, que quiso ser también judío en su desbordado anhelo de universalismo. No es casual que su primer libro se llamara precisamente *El candelabro de siete brazos* y fuera, pese a que se subtitulara Psalmos, una prosa profética y poética de una belleza inusual y de un hermetismo digno de los himnos cabalísticos. Corría el año catorce y su autor tenía ya treinta años; desde entonces una febril bibliografía y un magisterio militante se desarrollará sin descanso. El que consulte los ficheros de la Biblioteca Nacional madrileña comprobará el grado de proliferación al que llegó un hombre que, cuando apareció su novela *Las luminarias de Hanukah,* en 1924, había publicado en el plazo de diez años, la asombrosa cantidad de 49 títulos de creación y ensayos, sin contar sus innumerables traducciones y prólogos.

El Viaducto

En la biblioteca de mi padre encontré el primer libro de Cansinos, un estudio sobre los judíos en la literatura española, editado en Buenos Aires cuando en España se libraba la guerra civil. Por su prologuista desconocido tuve su primer retrato, de vagas reminiscencias árabes, instalado en un desvencijado piso de la aljama madrileña, desde cuya ventana se divisaba la estructura férrea del Viaducto, símbolo de la modernidad ultraica que está tatuado en el primer Borges, el de los hoy olvidados poemas vanguardistas. A sus huéspedes Cansinos les mostraba las ruinas de un palacio que ocupaba el número 13 de la calle de la Morería, donde aún perduraba altiva la leyenda: *Palacio de Isabel la Católica,* y pisando el Madrid original les hablaba con una generosidad, hoy tan perdida, de los demás. Magerit era en su verbo ese *sitio de poder,* ese *axis* sagrado que los magos del Islam y los sabios del Talmud conocían, y cuyo prestigio heredaron los astrólogos de Felipe II. El joven Borges, y con él los entusiastas del ultra, se enfrentaban al Iniciado, que en medio de la natural miseria en que se movía y se mueve la literatura, les ofrecía un pasado de remotas magias y un futuro igualmente poderoso, encarnado en ese salvaje puente a la modernidad. Conversador, de charla «pulposa», estaba convencido que la literatura «es una de las más complejas y severas disciplinas del espíritu». Y ahí la coincidencia con el otro *maestro* de Borges, el criollo Macedonio Fernández.

Es en ese mismo escenario donde crece el fervor judaico de Borges. Cansinos había sido el brazo derecho del doctor Ángel Pulido, senador y académico que recopiló a principios de siglo cuantiosos datos sobre el acervo sefardí y había participado en varias campañas a favor de ese trozo de la cultura española perdida en la diáspora. Durante los años de mayor relación directa entre Borges y Cansinos, 1920 y 1921, aparecen tres libros que respaldan esta afirmación: *España y los judíos españoles, Las bellezas del Talmud* y *Cuentos judíos.* (Es la época de la estancia española de Borges y de su regreso a Buenos Aires en plena *aberración* ultraísta.)

Casi sesenta años después, Borges sigue recordando a Cansinos y autoproclamándose su discípulo. Al celebrar sus ochenta años y al recordar para los infatigables periodistas sus grandes amigos españoles, Borges sigue citando con lealtad a Cansinos y a su competidor, Ramón Gómez de la Serna. Y también en el poema, en el verso de Borges, vive el recuerdo, la estampa viva del maestro:

> La imagen de aquel pueblo lapidado
> Y execrado, inmortal en su agonía,
> En las negras vigilias lo atraía
> Con una suerte de terror sagrado
> Bebió, como quien bebe un hondo vino,
> Los Salmos y el Cantar de la Escritura,
> Y sintió que era suya esa dulzura
> Y sintió que era suyo aquel destino.
> Lo llamaba Israel. Íntimamente
> La oyó Cansinos como oyó el profeta
> En la secreta cumbre la secreta
> Voz del Señor desde la zarza ardiente.
> Acompáñame siempre su memoria;
> Las otras cosas las dirá la gloria.

Los papeles de Macedonio

El primero de junio de 1874, en la ciudad de Buenos Aires, nació Macedonio Fernández. A los veintitrés años, y en compañía de sus amigos Julio Molina y Vedia y Arturo Muscari, fundó una colonia anarquista en el Paraguay que se perdió en las irremediables sombras. Hoy lo conocemos como un escritor extraño, como un pensador amigable e ingenioso, que resurge en la lectura del raro o en la voz casi siempre redentora de su discípulo más célebre, el fiero Borges. La aventura comunal se desvanece en las selvas australes, el viejo gaucho deambula en sus papeles amarillentos, en su estampa barbialbina, en su presenciada fortaleza hecho sosias del viejo conspirador de *Invasión,* un mal film que su discípulo escribió para unas cámaras doblegadas por la buena voluntad. Macedonio Fernández es así, para nosotros, los nietos de Borges, como el gran bisabuelo que nunca conocimos, pero del que oímos hablar con ese fervor que sólo tenían los mayores y que nos dejó un testamento lleno de holgazana inteligencia. Se multiplica su rostro, se hace cara de los otros, espíritu de una letra que recibimos con pasión primeriza y luego con creciente escéptico gesto. Macedonio es lo que tenemos más palpable de esa bohemia porteña, de la mesa de café en la que se sentó el Borges adolescente, de la enfebrecida conversación y el culto a la amistad que parece haber sido patrimonio de una época dorada, de un tiempo lleno de pausas y de miradas oblicuas. Macedonio es testigo y actor de ese tiempo, y desde él dibuja su obra, hecha de fragmentos, de poemas, de prólogos infinitos, de cartas, de elegías. No era un filósofo y lo era, no era un poeta y lo era, no era un novelista y lo era. Espejea en Sócrates su magisterio volatilizando la cicuta y refugiándose en el silencio, encerrándose en esa habitación sellada que profetiza otra ficción: el anciano que crea Bioy Casares en su pavorosa *Guerra del cerdo.* Describe líneas confusas para el catalogador de legajos. Nadie podrá confeccionar una ficha, ni levantar bibliografías sobre su diseminación. Sólo sus discípulos, amadísimos o voraces, pueden reconstruir su obra conservadora, perdida en los largos párrafos de la tertulia, presentida en el malabarismo de los espacios blancos, en los silenciosos huecos. *Vivir es estar mucho tiempo enfermo, debo un gallo a Esculapio libertador.*

Y la voz del maestro se reconstruye, acaso fiel, acaso devoradora, en la voz antigua del que sobrevive. Harto, el maestro delega sus voces en la espiral de los otros. Esta estética del renunciamiento, esta entrega dimisionaria en los demás es la característica más turbadora de Macedonio. Los que deberán perpetrar el gesto que perdure, describirlo y nombrarlo para esa dudosa posteridad en la que Madedonio creyó ver la confirmación de todas sus desesperanzas. Rechazó el oficio de intelectual con firmeza, renegó de la profesión y nunca puso su ambición en construir el Libro, soñado por Mallarmé y por Borges. Macedonio prefería la interrogación constante, el cuestionamiento infinito de todo lo que le rodeaba (empezando por él mismo), la constatación despiadada de la acechante nada. Impresionaba a sus amigos escritores tanta sabiduría, tanto talento, tanta inteligencia desperdiciada en el aire desmelenado de la charla, y la escasa presencia de la literatura en él. Y aunque nadie podría hablar de desprecio, Macedonio no condescendía fácilmente a la escritura laboriosa que tanto atormentó siempre a los angustiosos sedientos de literaria gloria. Gran inventor, forjador de poderosas imaginarias, podía entretener miles de noches en el tejido perfecto de su urdido tapiz para no malgastar ni un instante en la ejecución del minucioso proyecto. Ejecutar a la imaginación, *qué cosa más espantosa*. Cuando cabe siempre abandonarla al espacio nebuloso de la pesadilla o al no menos turbio de la vigilancia insomne.

Han pasado los años. Macedonio murió en 1952 y nos dejó una incompleta obra que hoy reúnen con fervor sus editores. Un museo laberíntico que une todos esos papeles que él quiso para la confusión, un múltiple desván lleno de cartas ajadas, de poemas de amor, de continuada exaltación de la nada. *Soy un convencido de que jamás lograré escribir... escribir es el verdadero modo de no leer y de vengarse de haber leído tanto.* Aquí está el embrión del humorista que hay en Borges, el humorista que se oculta tras el metafísico para desesperación generosa de los trascendentes. (Unamuno —decía— escribe tan serio esas cosas tan serias porque sabe que lo leeremos en Buenos Aires.) La miscelánea adquirió en sus manos un grado casi sublime, y hoy vivimos reconstruyendo esa novela que entregó a la habilidad del presunto lector o al imprevisible reescritor. Frente a la dictadura del texto labrado en fuego, Macedonio ofreció su fragmentada incitación a la perplejidad, sus pistas abiertas a la imaginación fértil de los otros. *(Continuación de la nada.)* Amó, como Borges, a Cervantes, donde reconocía todo el poder de la fabulación, toda la magia de la libertad, y rechazó, como Borges, a Gracián y a Góngora, *que le parecían unas calamidades.* Destripó un volumen de Schopenhauer, que era propiedad del Círculo Alemán, y eso asombró mucho a Borges, que lo había conocido primero como amigo de su padre y luego como un gemelo de Cansinos-Asséns, criollo y cercano. El Gran Ocioso, emprendedor de correspondencias extravagantes, Resucitado del Obituario Perpetuo, gran luchador por la inexistencia, resurge ahora para una fama llena de guiños, muchos años después de su muerte. Innecesario se creía, innecesaria la gloria y el libro inútil: *Todo viviente es inmortal; sólo el hombre lo es con miedo de muerte.*

Se ha dicho hasta el hartazgo que Macedonio Fernández fue el gran maestro de Borges, pero en realidad nadie se tomó el trabajo de demostrarlo. Porque quizá se repita aquí el caso de Cansinos-Asséns, y ni uno ni el otro sean más que dos veneraciones borgianas que el tiempo y los exégetas como yo, hicimos leyenda. Tarea de venerable tesis doctoral será escarbar con paciencia en las galerías subterráneas de Macedonio y contraponer muestras de la no menos entrecruzada obra de Borges. Ambos han amado la saeta burlesca, se han reconocido en una ciudad, Buenos Aires, a la que juzgan tan eterna como el aire o el agua. Los dos han sido arbitrarios, mentirosos, manipuladores de la realidad, todas esas cosas que asustan tanto a los poseedores de la verdad, a los guardianes de los valores eternos, a los recitadores de doctrina y devotos de la Terapéutica. Macedonio y Borges hablaron y escribieron en un lenguaje común, aunque el primero prefirió una entonación más solitaria, como los ecos propios de una asumida inacción. El discípulo dijo de él que fue el hombre más extraordinario que conoció. Y nosotros (desde ese plural mayestático) se lo creemos. Borges remedó a Macedonio en más de una frase y en más de una *boutade,* aunque se entrega a la literatura como única justificación de su vida nada tiene que ver con las desvencijadas incursiones del gran ausente en la huidiza realidad de la letra impresa.

Macedonio Fernández soñó, sin embargo, ser presidente de la República, escribir una novela perfecta que jamás escribió *(Museo de la novela de la Eterna),* prodigar su nombre en pequeñas esquelas manuscritas que acabarían por imponerlo en el subconsciente de las gentes. Fue artífice de grandes confabulaciones que no rebasaron nunca la inofensiva especulación de café. Borges pergeñó, gracias a su inspirado maestro, historias tan paralelas como la del ya citado guión de *Invasión* o la pública y al alcance de todos que cuenta en *El Congreso.* La imagen que sobrevive es la del huésped eterno de un cuarto de pensión, hierático bonzo que, entre mate y mate, se entrega a la meditación incesante. Ahí está, sin que nadie rebaje al personaje: es parte visible en lo que nos dejó y en el retrato que nos hacen los que convivieron con él. Bajo esas linternas diurnas de los atenienses, el *hombre bueno* buscado hasta la saciedad no puede encarnar más que en Macedonio, el Inencontrable. Aspiraba —como Borges— al Gobierno Mínimo y a un mundo lleno de pueblos de buenos perdedores:

> Menos Gobierno, más Individuo o Persona; menos Apropiación, más Producción.

Para vivir juntos convivamos —decía— o dispersémonos en solitarios:

> No nos hemos juntado para contemplar el vivir de una multitud burocrática estéril, escuchar el falsete de la vocinglería electoralista y del bajo periodismo, soportar los abortos burocráticos de leyes por docenas, asistir al teatro Colón y al sorteo de la «Jugada de los Dos Millones».

¿No están ustedes escuchando las ideas «políticas» de Borges, las mismas que heredó de su padre spenceriano

y que reflejan la caricaturizada caricatura? El Martiro-
logio Americano está lleno de próceres ilustres, de re-
dentores profusos, de invictos luchadores, de padres del
aula y de la estancia y de la aberración y del crimen.
Saludad romanos al que nunca os pidió nada, ni nada
quiso daros. Ni salvador, ni víctima para un continente
lleno de malos y de buenos, de desalmada historia. Macedonio, desde el Olimpo, al que accedió sin esfuerzos ni
recomendaciones, os mira burlón y agradecido. Que los
otros, los muy otros, eleven las reclamaciones que crean
pertinentes.

Los fugaces años ultras

Junto con las maestrías gemelas de Cansinos-Asséns
y Macedonio Fernández, vinieron los acelerados años de
la «equivocación ultraísta». Esa «secta», nacida en España y trasladada a Buenos Aires después, marcó un
tiempo borgeano hoy completamente perdido, pero que
sobrevive gracias a la tenacidad de su cuñado, Guillermo
de Torre, que nunca perdió una oportunidad de repetir
la leyenda de esos años en que el fervor vanguardista
contagió al Borges adolescente. La España de 1919 sentía ya la efervescencia de los jóvenes escritores que buscaban en Ramón Gómez de la Serna, en el mismo Juan
Ramón Jiménez —un poeta tan poco recordado a la
hora de marcar los grandes hitos de la poesía moder-
na— y la vanguardia extranjera, una *tradición para su*
disidencia. Juan Ramón llegó a escribir una carta a
Reflector —uno de los órganos de los jóvenes— donde
expresaba su voluntad de romper con sus «compañeros
de generación, secos, pesados, turbios y alicaídos», en
claro ataque a dos de los más caracterizados *prohombres*
de su época: Antonio Machado y Miguel de Unamuno,
a quienes los *nuevos* rechazaban de plano, por conside-
rarlos con justicia, los últimos poetas de un claroscuro
siglo XIX, mientras que Juan Ramón ya era para todos
el primer gran poeta del siglo XX.

La llegada de Huidobro a Madrid un año antes de que lo hiciera Borges, había sido también fundamental para crear las bases de la vanguardia española, reseñada con entusiasmo por Cansinos, que ya reunía en el Café Colonial una tertulia, en las postrimetrías de 1918. Borges es hoy implacable con aquel tiempo, la aventura ultraísta es observada ahora con enorme crueldad:

> Creo que lo mejor sería ignorar totalmente el ultraísmo. Se quería imitar a Reverdy, se quería imitar a Apollinaire, al chileno Huidobro. Una teoría que hoy encuentro completamente falsa, quería reducir la poesía a la metáfora y creía en la posibilidad de hacer nuevas metáforas. Y bien, yo creí, yo intenté creer en ese credo literario. ¡Ahora lo encuentro falso de toda falsedad! No veo ninguna razón para suponer que la metáfora sea el único artificio literario posible, cuando lo cierto es que hay otros.

Pese a la dureza de Borges, Gloria Videla y Carlos Meneses han estudiado detenidamente esta época tan fértil de la literatura española, que de haber cuajado hubiera hecho imposible las vueltas reiteradas al prosaísmo y al ruralismo, tan caras a los seguidores de Antonio Machado, y que en la prosa tuvo como modelo el naturalismo galdosiano. Aunque Borges descreyó del ultraísmo, nunca asumió la postura de los enemigos naturales de la vanguardia, los que siempre han rechazado el europeísmo y se han refugiado en la letra más reaccionaria. Porque en Borges hay, como lo hubo en Rubén Darío, un claro rechazo de cierto espíritu provinciano y engreído que caracterizó a algunos movimientos estéticos peninsulares, potencialmente reacconarios, aunque utilicen la coartada de su compromiso político.

Borges es un europeísta, eminentemente americano. La Europa de Borges es una ficción, una Europa que sólo existe porque hay un americano que pueda crearla:

> Ese europeísmo —escribió Paz en *Cuadrivio*— es una de las maneras que tenemos los hispanoamericanos de ser nosotros mismos o, más bien, de inventarnos. Nuestro europeísmo no es un desarraigo, ni una vuelta al pasado: es una tentativa por crear un espacio temporal frente a un espacio sin tiempo, y así encarnar.

Borges nunca se redujo a la tradición literaria española, ni se encerró en ella; por el contrario, siempre ansió recoger una herencia cosmopolita en la que hallaría la cifra de todos los enigmas. Pero ésta no es una característica exclusiva de este autor, sino una tendencia universalista generalizada entre todos los intelectuales latinoamericanos. Pero bajo el influjo de la *secta,* no sólo escribe Borges sus primeros poemas, tocados incluso por un inusitado fervor revolucionario ante los sucesos que desembocaron en la revolución rusa, sino que también escribe sus primeros cuentos, uno de los cuales envía y es rechazado por *La Esfera* madrileña. El cuento era, en el recuerdo de Borges, de una factura dudosa, no sé si una broma borgeana, mas hace correr la leyenda de que estaba influenciado por don Pío Baroja. Publica, sin embargo, numerosas traducciones de expresionistas alemanes en varias revistas vanguardistas, y firma los sonados y olvidados manifiestos del Ultra. Gerardo Diego, compañero de *herejía,* recuerda su primer encuentro con Borges en una cervecería de la plaza de Santa Ana de Madrid con los primeros calores. Gómez de la Serna fijó en alguna página memorable su imagen en los divanes del Pombo. Cansinos-Asséns en la tertulia del Café Colonial.

En 1921, los Borges vuelven a Buenos Aires. Habían pasado siete largos años desde el día en que habían embarcado rumbo a la mítica Europa. El niño de quince años, aún habitante del país de los tigres y de los primeros espejos, es ya un joven de veintidós años, entusiasta de la literatura y dispuesto a ser escritor. Reencuentra su ciudad, funda y asesina rápidamente al ultraísmo argentino, crea revistas como *Prismas* (con su primo Guillermo Juan, Eduardo González Lanuza, Norah Borges y Francisco Piñeiro) y después *Proa* bajo la protección magistral de Macedonio. Después, el primer libro de poemas *Fervor de Buenos Aires*. La secta, la equivocación ultraísta, había terminado.

Martín Fierro era una revista

Los años que he vivido en Europa son ilusorios; yo he estado siempre y estaré en Buenos Aires.

Borges se autoafirma en el escenario natural de su vida, la ciudad, la *casa primordial de la infancia*. Y al volver, como en un tango, hace que su poesía retome las fuentes de inspiración ciudadana. Son los momentos álgidos de ese fervor por Buenos Aires, que no le abandonará nunca, ni siquiera en los momentos más difíciles, cuando la utopía de un exilio sería rechazada con una mezcla de estoicismo y coraje. Y es también el momento de una revista, *Martín Fierro,* aparecida en 1924 para mayor gloria de aquella *biblia gaucha,* que extrañamente ampararía una manera de entender la literatura nada ligada al populismo o a la exaltación telúrica, sino todo lo contrario: un puente europeo y hacia la modernidad. Borges publica su *Fervor de Buenos Aires* y Oliverio Girondo los *Veinte poemas para leer en el tranvía,* para el que nuestro escritor tendrá siempre una broma cruel, pese a que los dos respiraban en un mismo aire renovador y fueron recibidos con auténtica ansiedad por un medio literario necesitado de nuevas formas, ahogado aún bajo la dominación modernista y por la dictadura férrea de Leopoldo Lugones. Los argentinos, tan necesitados de Europa siempre, presentían que los cambios literarios de aquel continente, tan profundos y tan fascinantes, iban a tener a orillas del Plata su réplica, aunque asordinada.

Martín Fierro, la revista, aparece con el nombre de ese héroe literario —tan bárbaro, tan enemigo de la civilización, un buscado por la justicia, un renegado de la Ley, que encontró, a la sombra ambigua de la indiada, un refugio para su resentimiento—, y la dirige un discípulo de Lugones, un modernista tardío, Evar Méndez. En ella publicarán los modernistas y los ultraístas residuales, no habrá una corriente común, pero sí un mismo entusiasmo que coaligará a Ricardo Güiraldes, el autor de *Don Segundo Sombra* (tan citado luego en los cuentos borgianos), con Macedonio Fernández, a Leopoldo Marechal con Alberto Hidalgo o a Keller Sarmiento con Borges y Girondo. El martinfierrismo nacía desprovisto de una ideología política, y sólo varios años después se dividiría en los célebres grupos de Florida y Boedo, conservador el primero y socializante el segundo, división que muchos, incluido el propio Borges, consideraron siempre como una parodia amistosa de los bandos aguerridos que dividían a Europa. El manifiesto *martinfierrista* era confuso y poco tenía que ver con la realidad de las obras de los que le firmaban, tenía frescura iconoclasta y grandilocuencia de proclama, pero se quedaba en fuego de artificio. Lugones, como abanderado que era del modernismo, se convirtió en el blanco favorito de los jóvenes y en las páginas de la revista no faltaron los ataques, aunque sin ahorrarle algunos elogios. Lugones defendía la rima de los ataques de los versolibristas y, con cierta amargura, contraatacaba a esos jóvenes que «tragaron el anzuelo ultraísta de Simón el Bobito». Mientras, los nombres barajados por los martinfierristas eran Apollinaire y Max Jacob, Reverdy, Cocteau, Morand, Whitman y el mismo Rimbaud. Muy poco influyen los escritores españoles, y casi se ignora a Vicente Huidobro. Borges se inclinaba ya ante la máxima de Esteban Echeverría sobre cómo debía ser la literatura argentina:

> Hay que tener un ojo puesto en la inteligencia europea y el otro clavado en las entrañas de la patria.

Borges publica, en 1925, *Luna de enfrente,* su segundo poemario que continuará en la postura aconsejada por Echeverría, y así será también el tercero, *Cuaderno San Martín*. Pero así como el contorno ciudadano y las leyendas fundadoras de la patria estarán muy presentes en su poesía, ese otro ojo inquieto e inquisidor dirigido a la inteligencia europea estará muy presente en sus ensayos, que reunirá en un libro hoy renegado: *Inquisiciones,* que nunca reeditaría. El libro hablaba de Joyce, de sir Thomas Browne, de Quevedo, de Unamuno —al que pronto denostaría— mezclados con los amigos Norah Lange, Cansinos-Asséns, González Lanuza. Según Alicia Jurado, que conoció esos borradores del gran ensayista por venir,

> están escritos con originalidad, entusiasmo y no poca pedantería. A los veinticinco años, cuando es natural creer que se descubren por primera vez las cosas, el entusiasmo y la pedantería son atributos normales; la originalidad ya lo es menos, y en este caso presagia agradablemente el futuro.

Martín Fierro acaba en 1927 y marca el divorcio definitivo de Borges con el ultraísmo. Un año antes había publicado un segundo libro de ensayos donde estudiaba, además de autores extranjeros (Góngora, Milton y Wilde), la literatura gauchesca (Estanislao del Campo), Evaristo Carriego, que era amigo de su familia, y las coplas criollas.

Oh, destino de Borges

> Oh destino de Borges,
> Tal vez no más extraño que el tuyo.

El trauma natural, que trae consigo cumplir treinta años es bien conocido por todo el que con no poca perplejidad acaba por cumplirlos. En Borges los años se cumplen casi con los del siglo y los años treinta fueron en Argentina años de un tránsito que marcaba el fin de una época de bonanza y el comienzo de profundas turbulencias sociales y políticas, que llevarían al país al fin de su parlamentarismo liberal y a la sucesión de distintos regímenes militares de extrema derecha que culminarían en el gobierno populista y demagógico del general Perón. El país cambia, y cambian las gentes que lo gobiernan. Las grandes familias dueñas de la tierra se ven empujadas por la burguesía industrial y por una clase media poderosa alimentada por los emigrantes europeos que, en progresión geométrica, hacían difícil el triunfo de los partidos tradicionales. El Yrigoyenismo, había gobernado con el apoyo de los *nuevos* argentinos y con el rechazo de los *fundadores*. Por lazos de familia, Borges tenía que estar al lado de los conservadores, pero pese a ello tuvo su debilidad yrigoyenista que permanece hoy sólo en un verso perdido de *Fervor de Buenos Aires:* «*El corralón seguro ya opinaba: Yrigoyen.*» Pero no dejó de ser una extravagancia, tolerada por sus congéneres y rápidamente rectificada. Borges tenía que estar al lado de los suyos, de sus fantasmas familiares, de sus heroicos ascendientes y de toda esa mitología que alimentaba sus versos. Pero nunca estuvo de una manera pasiva. A la hora del fascismo italiano y del incipiente nazismo alemán, se puso siempre entre quienes rechazaban esas ideologías, sin dejarse tentar por el espíritu que sin embargo contagió a muchos de los de su clase y que trajo horas amargas para los amantes de la libertad en Argentina.

Los treinta años de Borges son importantes porque sirven de frontera entre su prehistoria y lo que iba a venir después. Borges abandona la poesía, por lo menos deja de publicar poemas y se dedica de lleno al ensayo, al articulismo y a las primeras narraciones, que no se atreve a llamar cuentos, y que presentará como supuestas historias verídicas. Es el año de su *Evaristo Carriego,* un personaje literario que sirve para su propia ficción. Carriego era un poeta conocido en Buenos Aires, amigo de su padre y recordaba haberlo visto subir a su casa muchas tardes. Lo había visto, lo había tenido cerca, era una sombra familiar que podía soportar la creación por su misma naturaleza imprecisa. Así encuentra el escritor un campo propicio para la inventiva, que es en él creación y descubrimiento. Borges reconstruye en su biografía ensayística, casi apócrifa, una silueta y una personalidad, como así también una obra basándose en unos conceptos míticos, en unos recuerdos fabulosos.

El mismo año en que se publica el *Evaristo Carriego,* conoce a Adolfo Bioy Casares, al que le presentan Victoria y Silvina Ocampo. Bioy sería el gran amigo de Borges y el colaborador en empresas tan imaginarias como la de Bustos Domecq.

Paralelamente a su intensa labor crítica y erudita, en las revistas *Sur,* recién fundada por Victoria Ocampo, en *El Hogar,* donde dirige «Libros y autores extranjeros», y en el suplemento literario de *Crítica,* un diario de la tarde, y en la traducción, su proceso evolutivo prosigue lentamente para desembocar primero en *Historia universal de la infamia* y más tarde en *El jardín de los senderos que se bifurcan.*

Borges explica en el prólogo de *Historia universal* la razón de ese libro que lo llevaría a la literatura fantástica:

> Son el irresponsable juego de un tímido que no se animó a escribir cuentos y que se distrajo en falsear y tergiversar (sin justificación estética alguna vez) ajenas historias,

para seguir después:

> Leer es una actividad posterior a escribir, más resignada, más civil, más intelectual.

Pero, pese a la humildad del prologuista, el libro no se reduce a esos ejercicios apócrifos de los que simula avergonzarse, sino que incluye uno de sus primeros cuentos, y el que le daría una inmediata popularidad: *Hombre de la esquina rosada,* un relato de corte realista situado en un ambiente criollo de fin de siglo XIX, en el que se entreveran los primeros cuchillos borgeanos, héroes que no se apartarán ya de su mitología literaria. Un lenguaje asombrosamente rico, plagado de lunfardo, respaldará el dramatismo de la historia.

La felicidad, ese impalpable bien que corre clandestino cuando lo tenemos, pero que como la salud despierta en nuestra añoranza a la hora de la desdicha o de la enfermedad, no era, sin embargo, familiar a Borges. «El hombre que lo ejecutó era asaz desdichado», recuerda en el prólogo de *Historia universal de la infamia.* Alicia Jurado, uno de sus biógrafos, conjetura que esa desdicha se relaciona con una mujer inglesa a la que Borges dedica el libro: «I. J.: English, innumerable and an Angel», y a quien ofrece: *The central heart that deals not in words, traffics not with dreams and is untouched by time, by joy, by adversities»* [El corazón central que no utiliza palabras ni trafica con sueños y al que no tocan el tiempo, la alegría, las adversidades]. Alicia Jurado llega aún a suponer que es la misma mujer a la que está dedicado un poema en inglés escrito en 1934, sin título, y que comienza con las palabras *Waht can I hold you with?* (incluido en su volumen *El Otro, el mismo),* cuya última estrofa contiene el siguiente ofrecimiento:

> *I can give you my loneliness, my darkness, the hunger of my heart; I am triyng to breibe you with uncertainty, with danger, with defeat.*
> [Puedo darte mi soledad, mis tinieblas, el hambre de mi corazón; estoy tratando de sobornarte con la incertidumbre, el peligro y la derrota.]
> Me he preguntado más de una vez —dice Alicia Jurado— si fueron aceptados esa dádiva dolorosa y ese amargo cohecho; si la desconocida supo qué soledad, qué tinieblas, qué hambre de corazón eran esas que rechazaba; si, por el contrario, se arriesgó a la incertidumbre y al peligro y recibió la derrota[4].

---

[4] Alicia Jurado, *Genio y figura de Jorge Luis Borges,* Buenos Aires, Eudeba, 1964.

Pero no eran sólo desdichas de amor, principio del arte, ya que en 1938 muere Jorge Guillermo Borges, su padre, y a la ya madura edad de treinta y nueve años Borges abandona el hogar para buscar más allá del universo familiar y de los bienes literarios, un trabajo en la inhóspita calle. Será auxiliar de biblioteca, padece de insomnio y su vista es ya entonces muy deficiente. En la Navidad de ese mismo 1938 sufre un gravísimo accidente que lo mantuvo varias horas en el límite entre la vida y la muerte. Subiendo la escalera de una casa en la que no funcionaba el ascensor, su mala vista no le permitió advertir una ventana de ventilación que estaba abierta, y se golpeó contra ella en la cabeza. Siguieron al golpe tres angustiosas semanas de alta fiebre y delirios, poblados de horrendas visiones, que referirá después en un relato: *El Sur*. Más tarde lo operaron y, durante larga convalecencia, Borges comienza a escribir su primer relato fantástico: *Tlön, Uqbar, Orbis Tertius*. Extrañamente, la peligrosa experiencia sufrida parece haber impulsado al escritor por venir. El azaroso destino de los Borges.

La biblioteca de Babel

He recorrido las ciudades de Europa, he olvidado miles de páginas, miles de insustituibles caras humanas, pero suelo pensar que, esencialmente, nunca he salido de esa biblioteca y de ese jardín.

No soy ni filósofo ni metafísico; lo que he hecho es explotar, o explorar —que es una palabra más noble— las posibilidades literarias de la filosofía. Creo que eso es lícito.

Hume, que fue el que despertó a Kant de su sueño dogmático, decía: «Soy filósofo cuando escribo.» Yo, por ejemplo, niego la exterioridad de los sentidos, pero vivo como todo el mundo porque no se puede vivir de otra manera.

J. L. B.

> Mi vida cotidiana no concordaba con la supuesta reputación de buen escritor, era una vida curiosamente anónima y fastidiosa.

Como bibliotecario en un barrio alejado del centro, ganaba un sueldo precario que las presiones amistosas hicieron crecer a doscientos cuarenta pesos, con la condición expresa de la superioridad de «no oír hablar más de ese Borges». Pese a tratarse de una biblioteca, el trabajo era vulgar y rutinario; algunos hechos reales están presentes en *La biblioteca de Babel*.

> Mis únicas ventajas eran las lecturas de los libros de Leon Bloy, que me gustaban, y los de Paul Claudel, que no me gustaron tanto.

Son los años de la aparición de su libro con Bioy Casares *Seis problemas para Isidro Parodi,* y después su célebre *El jardín de los senderos que se bifurcan,* que publica *Sur* en 1941. Este último será además de uno de los libros fundamentales en la obra narrativa de Borges, el tema para un escándalo literario de grandes proporciones. Presentado al Premio Nacional de Literatura, no lo obtiene, resultando premiada una obra de escaso mérito que hoy pertenece al olvido. La indignación ante tal atropello es general, y Victoria Ocampo organiza en su revista un desagravio-homenaje en el que participan los nombres más relevantes de la literatura argentina de entonces. Aparecido en julio de 1942, reúne a Eduardo Mallea, Francisco Romero, Pedro Henríquez Ureña, Amado Alonso, Eduardo González Lanuza, Gloria Alcorta, Samuel Eichenbaum, Bioy Casares, José Bianco, Anderson Imbert, Carlos Mastronardi, Enrique Amorim, Ernesto Sábato, Manuel Peyrou y Bernardo Canal Feijoo, entre otros. Las palabras de Bioy fueron proféticas: «El voto de Mallea y estas notas que publica *Sur* advertirán a la posteridad que la Argentina de 1942 no era un desierto poblado por miembros de la Comisión Nacional de Cultura.» El desagravio se completó con la concesión del Gran Premio de Honor de la Sociedad Argentina de Escritores, creado por su presidente y otorgado por primera vez a Borges en 1944, año en el que aparece *Ficciones*. De aquella laboriosa época, en la que surgieron sus narraciones más célebres, recuerda el propio Borges en conversación con María Esther Vázquez[5]:

> No recuerdo bien los cuentos porque confundo fácilmente *Ficciones* y *El aleph*. Pero supongo que no están mal. *El aleph* es un cuento que me gusta. Me acuerdo de que mi familia se había ido a Montevideo; yo estaba solo en Buenos Aires y lo escribía riéndome, porque me causaba mucha gracia. Y luego hubo otro cuento, que se llama *Las ruinas circulares,* con el que me ocurrió algo que no me ha sucedido nunca. Ocurrió por única vez en la vida, y es que durante la semana que tardé en escribirlo (lo cual en mi caso no significa morosidad, sino rapidez) yo estaba como arrebatado por esa idea del soñador soñado. Es decir, yo cumplía mal con mi modestas funciones en una biblioteca del barrio de Almagro; veía a mis amigos, cené un viernes con Haydée Lange, iba al cinematógrafo, llevaba mi vida corriente y al mismo tiempo sentía que todo era falso, que lo realmente verdadero era el cuento que estaba imaginando y escribiendo, de modo que si puedo hablar de la palabra inspiración, lo hago refiriéndome a aquella semana, porque nunca me ha sucedido algo igual con nada.

El triunfo de la barbarie

La literatura de Borges es una exaltación desesperada de una de las posibles formas de ser latinoamericano. Siguiendo la opción de Sarmiento: *Civilización o barbarie,* que subtitula su *Facundo,* y que Borges opone al *Martín Fierro* tan amado por el populismo, la obra de Borges prefiere la civilización, que

---

[5] M. E. Vázquez, *Borges: Imágenes, Memorias, Diálogos,* Caracas, Monte Ávila, 1977.

no es otra cosa que la aceptación de que la cultura latinoamericana es eminentemente europea, porque somos los hijos de Europa y no podemos renunciar a esa tradición. La otra posibilidad, la de la llamada *barbarie,* es la que rechaza de cuajo todo valor europeo, siempre sospechoso de colonialismo cultural y prefiere la sobrevaloración de un indigenismo presente en algunos países latinoamericanos pero absolutamente fantasma en otro. La *barbarie,* enlaza en Argentina con la dictadura ultranacionalista de Juan Manuel de Rosas, con la corriente antiliberal y antidemocrática que tentó a muchos militares y políticos derechistas y nacionalistas, y que culminó con la ascensión al poder de su forma más populista y demagógica: el peronismo. Borges, desde sus inicios deploro el peronismo, y consecuentemente el peronismo se ensañó con su figura, en la que veía un enemigo poderoso, concentración de todas sus agresividades. Ya durante la segunda guerra mundial, al haberse declarado públicamente aliadófilo, Borges recibió duros ataques de los nacionalistas, entonces en plena luna de miel con el fascismo italiano y con el nacionalsocialismo alemán. Acabada la guerra, el triunfo electoral de un conocido militar neofascista, el general Juan Domingo Perón, se instaura la llamada *barbarie* en el poder durante diez años. Como era de prever, los nuevos dueños de la situación pasaron inmediatamente la factura a aquél atrevido intelectual que se había mantenido siempre al margen de los delirantes defensores del eje y que no ocultó nunca su simpatía por quienes luchaban contra él. Su puesto de bibliotecario de barrio es convertido por el humor represivo de algún funcionario peronista en inspector de aves en los mercados municipales. Obligado a renunciar, escribe el texto de su dimisión con no poco sarcasmo, declarándose incompetente para el nuevo cargo.

Algunos diarios de Buenos Aires publicaron la renuncia, y el poeta Roberto Ledesma organizó un banquete en honor del frustrado inspector de aves, al que concurrieron los amigos incondicionales. Borges agradeció aquella muestra de fervor y solidaridad con unas palabras muy valientes en aquellas tristes horas, palabras que le costarían más disgustos y más horas amargas.

Las dictaduras —decía— fomentan la opresión, las dictaduras fomentan el servilismo, las dictaduras fomentan la crueldad; más abominable es el hecho de que fomentan la idiotez. Botones que balbucean imperativos, efigies de líderes, vivas y mueras prefijados, muros exornados de nombres, ceremonias unánimes, la mera disciplina usurpando el lugar de la lucidez... Combatir esas tristes monotonías es uno de los muchos deberes de un escritor[6].

Los años difíciles continuarán para Borges, y deberá afrontarlos desde puestos peligrosos. Acepta la presidencia de la Sociedad Argentina de Escritores, en momentos en que esta institución era una de las más significadas en la oposición al régimen, y lo ocupa desde 1950 hasta 1953. Los escritores vivían entonces bajo la constante amenaza y persecución. Su madre, su hermana y su sobrino sufrirán la detención o la cárcel. Pero, pese a las dificultades de un mundo exterior hostil, de una multitud encanallada en la que el personaje de *Martín Fierro* se multiplicaba, la obra de Borges no cesa. *La muerte y la brújula* aparece en 1951 incorporándole algunos cuentos de *Ficciones.* En 1952 se publica *Otras Inquisiciones,* la segunda versión de aquél primitivo volumen retirado de circulación y sometido a un voluntario olvido. En 1953, su discutido ensayo sobre *Martín Fierro*, que le gana más enemigos. En su poesía, sobre todo, quedarán huellas del momento político argentino, que un enorme pudor impide aflore en la prosa. El silencioso sufrimiento del hombre está presente en los versos del poeta que

---

[6] Palabras pronunciadas por J. L. Borges, en la comida que le ofrecieron los escritores, *Sur,* número 142, agosto de 1946.

recordará en los poemas de *El Hacedor,* publicados cinco años más tarde de la caída de Perón. En *Mil Novecientos veintitantos* podemos leer la siguiente estrofa:

No sabíamos que el porvenir encerraba el rayo,
No presentíamos el oprobio, el incendio y la tremenda noche de la Alianza;
Nada nos dijo que la historia argentina echaría a andar por las calles.
La historia, la indignación, el amor,
Las muchedumbres como el mar, el nombre de Córdoba,
El sabor de lo real y de lo increíble, el horror y la gloria.

(La *Alianza* es el nombre popularizado de una organización neo-nazi, la *Alianza Libertadora Nacionalista,* fuerza de choque peronista en la que abundaban los refugiados croatas y que cometían toda clase de atropellos y destrozos, entre los que figuraron la quema de iglesias, sedes de partidos políticos, y clubs aristocráticos, tras un fallido golpe militar contra Perón. Córdoba es la ciudad argentina en donde la resistencia al peronismo fue más permanente y en la que se desarrollaron importantes sucesos durante las revoluciones de 1955, que depusieron la dictadura peronista.)

De aquellos años data la iniciación de Borges como conferenciante, obligado a dictar cursos y ciclos para reemplazar su trabajo perdido. El Instituto Anglo-Americano le propuso una serie de conferencias sobre escritores norteamericanos: Hawthorne, Poe, Thoreau, Melville, Whitman, James y, por su parte, el Colegio Libre de Estudios Superiores le ofreció un cursillo sobre literatura inglesa. No fue fácil para Borges vencer su timidez, que le hacía evitar lecturas pretextando su mala vista. Lysandro Z. D. Galtier, el poeta argentino amigo de Milosz, recuerda cómo fueron necesarias tres «escasas pero contundentes» copas de ginebra, apuradas en un bar cercano, para iniciar la primera conferencia.

José Bianco, amigo de Borges desde 1935, señala con agudeza la forma de afrontar la conferencia:

> Prosigue el tácito diálogo con el auditorio, enuncia tímida, dubitativamente, no ya sus ideas, sino sus opiniones, como si esperara que le salieran al paso con alguna opinión interesante dispuesto a admitirla y a conciliar la suya de la manera más lógica y por lo general más imprevista. Los que asisten a sus clases y conferencias no pueden dejar de reconocer la superioridad de ese hombre enigmático y lejano, que tiene el don milagroso de asociarlo todo con todo.

Bianco recalca además la lealtad de Borges a la amistad. Cuando en 1961 José Bianco participa como jurado en el Premio Casa de las Américas, la revista *Sur* lo represalia y le quita el puesto de secretario que en ella ocupaba. Borges, por el contrario, no aceptó sumarse a ese atropello, quizá porque había conocido el rigor de otra represalia de otro sentido y, pese a no ser amigo del castrismo, recibió a Bianco como siempre, eludiendo de su conversación el tema político.

> Yo estaba profundamente herido, triste, y él tuvo el tacto de hacerme olvidar mi disgusto.

Pero, *no hay barbarie que dure cien años*. La caída de Perón devolvió la tranquilidad a Borges, el país comenzó a reconocer lo que ya habían proclamado sus compañeros de letras argentinos y extranjeros. La austral república americana tenía entre los suyos a un prodigioso maestro del idioma, custodiaba una de las obras literarias más altas del castellano e imprescindible en la valoración de la literatura occidental.

El laberinto de los cabalistas

En Ginebra el descubrimiento de *El Golem* de Gustav Meyrink, y sus compañeros de Bachillerato judíos. En Madrid, Rafael Cansinos-Asséns. En Buenos Aires, la paciente búsqueda en la enmarcada red de los apellidos sefarditas. En Jerusalén, el encuentro con Gershom Scholem. En las infinitas bibliotecas, todos los volúmenes que hablaban del Libro, y del Nombre, y de aquella inefable fórmula de volver a crear al hombre a la sombra mágica de la primera creación. El descubrimiento de la Cábala fue fundamental para completar el concepto borgeano del hombre y la creación y, por ende, del creador y su obra. Una de las narraciones más próximas al mundo de los cabalistas es *La biblioteca de Babel.* La búsqueda de un libro que tiene sentido entre los innumerables libros que componen la biblioteca puede simbolizar la búsqueda del *nombre,* de la fórmula que los cabalistas buscaban para acelerar el advenimiento de los tiempos mesiánicos [7].

Esta penumbra es lenta y no duele

La vejez no significó en Borges una reducción de su actividad literaria. Muy al contrariuo, con los años la producción de Borges se fue haciendo más nutrida. Vuelve a la poesía, y sus libros nuevos se suceden casi anualmente: *Elogio de la sombra, El oro de los tigres, La moneda de hierro, La rosa profunda, Historia de la noche,...* y algo similar ocurre con sus cuentos,

---

[7] Desarrollo este tema en el capítulo «Una vindicación de la cábala» de mi libro *Conocer Borges y su obra,* Barcelona, Dopesa, 1978.

reunidos en dos volúmenes *El informe de Brodie* y *El libro de arena.*

Su narrativa se vuelve más directa, y parece huir de los laberintos, los espejos y los tigres, que fabulosamente plagan su obra anterior.

> No me atrevo a afirmar que son sencillos —dice en el prólogo a *Informe de Brodie*—; no hay en la tierra una sola página, una sola palabra, que lo sea, ya que todas postulan el universo, cuyo más notorio atributo es la complejidad. Sólo quiero aclarar que no soy, ni he sido jamás, lo que antes se llamaba un fabulista o un predicador de palabras y ahora un escritor comprometido.

Borges se siente obligado a explicarse, aquí también, y a defenderse. No olvidemos que su obra, y su persona exaltada universalmente, traducida a todas las lenguas cultas y premiada por infinidad de universidades e instituciones públicas y privadas, tiene en Argentina sus principales detractores y enemigos. Borges es también símbolo involuntario de la confusión entre literatura y política. No en vano la gran mayoría de sus detractores literarios son sus enemigos políticos. Durante los últimos años han circulado toda clase de libelos contra el escritor, provenientes siempre de un mismo sector: sus tercos e irritados «peronistas», y alguno de ellos intentó vanamente todo un volumen inflamado de odio, en el que pretendía «desmontar» el mito literaria, sicoanalítica y políticamente, logrando una concentrada esencia de insultos gratuitos y tesis infantilistas. Borges les responde:

> No aspiro a ser Esopo. Mis cuentos, como los de *Las mil y una noches,* quieren distraer o conmover y no persuadir. Este propósito no quiere decir que me encierre, según la imagen salomónica, en una torre de marfil. Mis convicciones en materia política son harto conocidas; me he afiliado al partido conservador, lo que es una forma de escepticismo, y nadie me ha tildado de comunista, de nacionalista, de antisemita,

de partidario de Hormiga Negra o de Rosas. Creo que con el tiempo mereceremos que no haya gobiernos. No he disimulado nunca mis opiniones, ni siquiera en los años arduos, pero no he permitido que interfieran mi obra literaria, salvo cuando me urgió la exaltación de la guerra de los seis días.

La bibliografía de Borges nos reserva aún un nuevo libro de cuentos *El libro de arena,* que continuando con la línea simplificada de *El informe* va a cerrar, por ahora, esa plural teoría literaria que es su obra. Jaime Rest en un brillante libro[8] escribe que «el Borges *último,* no es, en esencia, diferente del anterior; pero, como en los poemas tardíos de Yeats o en el Eliot de los *Cuartetos,* hay, con respecto a sus textos precedentes, una suerte de transparencia, de simplicidad y despojamiento». Para Rest, como para algunos críticos extraños al ámbito de la lengua castellana, los últimos libros de Borges pueden ser sus libros mejores.

Los últimos diez años

Manuel Mújica Laínez, alguna vez tuvimos una Patria —¿recuerdas?— y los dos la perdimos.

J. L. B.

La cronología de los últimos diez años de la vida de Borges es muy intensa. Son años en los que el reconocimiento universal de su obra y su celebridad dentro y fuera de su país lo convierten en un hombre asediado por los periodistas, por los profesores de literatura y por sus innumerables y variopintos admiradores. Su talante no cambia, sigue siendo un hombre austero al que la fama no turba, recibe en su piso de la calle Maipú a todo el que quiere visitarlo, contesta a todas las entrevistas, y viaja

---

[8] J. Rest, *El laberinto del universo*. Borges y el pensamiento nominalista, Buenos Aires, Ed. Fausto, 1976.

incansablemente a todos los países a los que es invitado, bien para dar conferencias o para recibir los premios y los homenajes que parecen querer compensarle la negativa cantada de la Academia Sueca a concederle el Premio Nobel de Literatura.

En julio de 1975 muere a los 99 años su madre, Leonor Acevedo, con la que compartía su casa porteña tras su fugaz primer matrimonio. Y la desaparición de su madre hace que Borges pueda viajar con mayor facilidad, desde entonces en compañía de su secretaria María Kodama a la que profesa desde antiguo una gran amistad y con la que acabaría contrayendo matrimonio.

En 1976 realiza su séptimo viaje a los EE. UU., visita México y viene a España en momentos en que nuestro país comienza la transición política hacia la democracia. En Argentina, en cambio, un golpe militar acaba con el gobierno de la viuda de Perón y Borges, enemigo tradicional del peronismo muestra su solidaridad con los militares, actitud que junto a la aceptación de una condecoración chilena y el viaje a ese país invitado por la Universidad de Santiago le valdrá la condena de muchos demócratas y la decisión del académico sueco Arthur Lundkvist de invalidarle para el Premio Nobel. El hecho de que Borges, junto a Ernesto Sábato, encabezara una delegación de escritores que visita al general Videla, presidente de la Junta Militar, para interesarse por la suerte de escritores desaparecidos durante la represión, no disipa la reprobación que algunos medios culturales europeos le habían impuesto.

El entusiasmo de Borges por los militares no dura mucho, pronto comienzan a llegarle las noticias de las brutalidades en las que cae la represión y su desengaño se hace cada vez más patente. En 1977 vuelve a Europa, la Sorbona lo nombra doctor *honoris causa,* visita Grecia y cumple su deseo de conocer Creta y el mítico laberinto de Knossos. El diario francés *Le Monde* le dedica una larga entrevista en dos entregas y comienza a publicarse la colección *La Biblioteca de Babel*, que dirige por encargo del editor Ricci. Cuando cumple los ochenta años, en 1979, la Academia Francesa le concede su medalla de oro, y en

España el diario *El País* le dedica un suplemento de homenaje. Pese a que tiene que someterse a una operación en una clínica de Buenos Aires no deja de viajar. Cada vez le resulta más insoportable la vida en Buenos Aires, una ciudad entristecida por la dictadura y con un mundo literario enrarecido. Borges opta por estar el mayor tiempo posible fuera del país y comienza a acariciar la idea de abandonarlo definitivamente. Las noticias de los periódicos nos lo presentan un día en Tokio, otro en París, otro en Islandia, siempre acompañado por María.

En 1980 le es concedido el Premio Cervantes, extrañamente compartido con el poeta español Gerardo Diego. Más tarde se sabrá que grupos, no precisamente progresistas, consideraban que no debía concedérsele en solitario y eligieron a un poeta comprometido con el franquismo para acompañarle en el homenaje. A Borges no le agrada demasiado el resultado pero acepta el premio, que recibe de manos del Rey Juan Carlos el veintitrés de abril. En España visita Barcelona, Sevilla y Palma de Mallorca. Los estudiantes de la Universidad Central de Barcelona le ofrecen un multitudinario recibimiento y en el paraninfo contesta a las preguntas que le hacemos el profesor Joaquín Marco y yo. Es entonces cuando me confiesa su horror a la dictadura en un paseo que hacemos por el barrio gótico en compañía de su traductor al sueco, el poeta Lasse Soderberg. Al regresar a Buenos Aires repetirá sus palabras en una entrevista que le hace el diario *La Prensa*, y sus palabras son de una enorme claridad: «No puedeo permanecer silencioso ante tantas muertes y tantos desaparecidos».

De ese tiempo es también su impresionante narración *Las hojas del ciprés*, que se publica tanto en Argentina como en España y que luego incluirá en su último libro *Los conjurados*. En él la ficción le sirve para denunciar la situación política argentina. En el cuento se narra el secuestro y asesinato del propio narrador, y aunque en el texto abundan los anacronismos (al secuestrado se lo llevan en un coche de caballos y no en Ford Falcon), la fecha del suceso es harto elocuente, sucede el catorce de abril de 1977, en plena dictadura militar.

«Se había decidido mi muerte y el sitio destinado a la ejecución quedaba un poco lejos. Mudo de asombro, obedecí.» Escribe Borges al comienzo de la narración, para seguir después: «Para no hacer ruido bajamos por la escalera. Conté cada peldaño. Noté que se cuidaba de tocarme, como si el contacto pudiera contaminarlo.»; «Yo no tenía miedo, ni siquiera miedo de tener miedo, ni siquiera miedo de tener miedo de tener miedo, a la infinita manera de los eleatas, pero cuando la portezuela se abrió y tuve que bajar, casi me caí.»; «El árbol de mi muerte era un ciprés.»

En forma de pesadilla Borges había imaginado la triste suerte de muchos de sus contemporáneos que nunca volvieron. Ya en 1978, y durante los fastos fascistas que los militares organizaron para festejar el Mundial de Fútbol de Buenos Aires, Borges había hecho declaraciones muy duras. No hay que olvidar cuando se trata de juzgar sus ideas políticas, que nuestro escritor fue partidario de los republicanos durante la guerra civil española, antifascista y antinazi cuando Hitler era el amo de Europa y en Argentina gobernaban militares germanófilos, y antiestalinista en tiempos en que otros escritores latinoamericanos recibían sin ascos el Premio Stalin, algo que no impidió que el gran poeta chileno Pablo Neruda recibiera después el Nobel.

En 1982 hace Borges su noveno viaje a los EE. UU. En Alemania da conferencias en Berlín y Munich. Y en España publica su libro *Nueve ensayos dantescos*, una original aproximación a la Divina Comedia que tuve el honor de prologar. Sus viajes se multiplican: Francia, Italia, España, Inglaterra. Y también los premios y las condecoraciones, un destino extraño para un escritor que le llenaba de perplejidades. A fines del año 1985 se sabe enfermo de cáncer y decide abandonar Buenos Aires para siempre. Viaja a Ginebra a pasar el fin de año con sus amigos de la adolescencia, y mantiene en secreto su decisión de residir sus últimos meses de vida y esperar la muerte en Suiza. Ni siquiera María Kodama conoce la verdad, a quien se la comunica ya en Europa. El 22 de abril de 1986 se casa por poder y ante las autoridades de Paraguay, porque no existe aún el divorcio en Argentina, con María. Y por fin, la muerte esperada llega el 14 de julio. En su testamento pide ser enterrado en Ginebra y declara a María Kodama su heredera universal.

Los restos de Borges

No hace mucho tiempo, una editorial alemana publicó un último tomo de las obras completas de Walter Benjamin, en el que se recogen lisa y llanamente los restos literarios de Benjamin, una miscelánea de papeles inéditos hasta entonces que su autor escribió para no ser publicados nunca, pero que la voracidad de editores y especialistas han hecho visible. Así el curioso lector puede leer, por ejemplo, los varios modelos de currículum que Benjamin escribió para distintos destinos. Algo similar ocurre con los plurales restos de Borges. Algunos de los que en algún momento gozaron de su confianza han confeccionado y editado, con audacia increíble, mediocres libros de anécdotas borgianas, género resbaladizo del que nuestro escritor fue tantas veces protagonista y víctima propensa, verdaderas o falsas. Otros han preferido reunir en un volumen largas entrevistas, imposibles ya de respaldar o de desmentir por el interesado. Y a falta de herencias más suculentas, Miguel de Torre, uno de sus sobrinos, ha publicado en Buenos Aires un simulacro de homenaje reuniendo fotos de familia, libros que formaron parte de la biblioteca del escritor, postales y otros testimonios gráficos que tuvieron que ver con su famoso tío, con fines que no tardaron en revelarse exclusivamente crematísticos cuando aparecieron ofrecidos a los coleccionistas de objetos prestigiados por el genio, en el seno de una famosa casa de subastas de Nueva York.

Se acaban de cumplir ya cuatro años desde la muerte en Ginebra de Jorge Luis Borges, un escritor que gozó en vida del prestigio de un clásico y que conoció el respeto e incluso el fervor de sus contemporáneos más ilustres, pero que nunca obtuvo el *estatus* de escritor de fortuna. Su herencia literaria es sin duda tan cuantiosa como modesto resulta su legado económico. Pese a ello, las batallas de los que se suponen herederos desposeídos del escritor argentino, no sólo no han decaído sino que por el contrario crecen y se complican hasta extremos a veces esperpénticos.

Todos los actos realizados por Borges en el último año de su vida son puestos en duda y exhibidos sin pudor por algunos de sus frustrados herederos potenciales, e incluso su testamento ha sido impugnado judicialmente por su antigua criada. La venta del apartamento porteño de la calle Maipú, en el que vivió durante varias décadas con su madre y en cuyo frente aún no existe una placa que recuerde su larga estancia, los muebles y objetos que en él se guardaban, su boda ante las autoridades paraguayas con su secretaria María Kodama, su testamento en el que la declara su heredera universal, y hasta su deseo de ser enterrado en la ciudad de Ginebra, son objeto de polémica, escándalo o recursos judiciales por parte de sus sobrinos y de la criada, quienes se creen perjudicados por los últimos designios de Borges. A esto debemos sumar el inevitable sensacionalismo con el que cierta prensa suele condimentar el de por sí ya enmarañado panorama. Siguiendo el modelo de las más célebres series norteamericanas para la televisión, las envenenadas intrigas se suceden, las más bajas pasiones sacuden a los aviesos protagonistas que parecen dispuestos a todo para lograr sus deseos y los abogados inescrupulosos interponen demandas a su frágil viuda, como si se tratase de la herencia de un acaudalado naviero griego. Una viuda discreta y serena que desde la desaparición de Borges ha sabido responder con dignidad al sinnúmero de atropellos verbales, y a veces menos verbales, que le regalan de vez en cuando sus voluntariosos y variados enemigos.

La imagen de una María Kodama dedicada en cuerpo y alma a preservar la obra y la memoria de Borges, acudiendo a encuentros universitarios o a homenajes internacionales; creando una fundación destinada a divulgar su obra y a premiar escritores; adquiriendo en las subastas los objetos que pertenecieron a Borges y que sus últimos propietarios ansiaban convertir con rapidez en dinero, no parece gustar a quienes hubieran preferido que Borges nunca se casara y hubiera muerto en Buenos Aires preso en el múltiple cerco de su ceguera, una criada salida del mejor cine negro, y unos familiares a los que había demostrado repetidas veces su desconfianza y con los que mantenía una pésima relación.

Pero el folletón tiene también sus imprevisibles tintes necrofílicos, en los que se mezclan esa turbia tradición de la novela inglesa en la que los estudiantes de medicina asaltan con nocturnidad los cementerios, y la vieja coartada chauvinista de la vuelta a la patria de las cenizas de un prócer ilustre. Porque la descabellada y última pretensión parece ser ahora la de exhumar los restos de su tío, de Borges, que se hallan enterrados en el ginebrino cementerio de ilustres de Plainpalais, señalados con los caracteres rúnicos de una saga, en una hermosa piedra blanca sin labrar. Incinerarlos y trasladarlos presumiblemente al cementerio bonaerense de La Recoleta, donde los Borges tienen en propiedad un blasonado panteón. Operación que además de contradecir la voluntad expresa del interesado, es difícil conjeturar qué clase de beneficio puede reportar a su nada anónimo incitador. Sólo sabemos que Borges como esa criatura de sus sueños que se llama Menard «abominaba de esos carnavales inútiles», y que el destino de sus restos, algo más que sus huesos, pero también sus huesos, no puede estar sujeto al capricho venal de quienes sólo pueden ostentar una conflictiva consanguineidad.

Nota a esta nueva edición

Los tres libros que he dedicado a Jorge Luis Borges, publicados en España a partir del año 1972, la extensa introducción a su libro *Nueve ensayos dantescos* (Espasa-Calpe, Madrid, 1982), y esta edición a una muy meditada antología de sus narraciones, son algunos de los eslabones de una ya larga labor de estudio y difusión de su obra en España, y también de una reiterada complicidad con un escritor ya clásico, del que he aprendido muchas lecciones y no sólo literarias. De la fascinación inicial a la respetuosa y crítica consideración de hoy hay más de veinticinco años de lecturas, pesquisas, remedos, emociones, desengaños, polémicas y desesperanzas. Incluso fui víctima de alguna intriga que me valió un gran disgusto que empañó mi amistad con Borges. Pero el tiempo hace que cicatricen los sinsabores, y que sea la realidad espléndida de la obra literaria y la inteligencia de su creador lo que en definitiva permanece. No me arrepiento de haberle defendido y de seguirle defendiendo de sus detractores, que no han silenciado su veneno después de su muerte.

Quiero agradecer la colaboración de mi mujer, Rosa María Pereda, en la anotación de los cuentos y su apoyo para vencer algunos momentos de inevitable flaqueza. También la permanente amistad y la solidaridad de María Kodama, desde que nos conocimos en un viaje de Borges a Madrid, en los momentos difíciles de la concesión y entrega de la gran Cruz de Alfonso X el Sabio, en Santander, en el verano de 1983, y en los años que siguieron a la muerte de Borges. A Matilde Gini de Barnatán, a la que tantos conocen ya como mi «tía borgeana», que durante muchos años fue mi enlace con el Borges lejano y con su ciudad de Buenos Aires. A Guillermo Cabrera Infante, y a toda esa vasta secta borgeana que mantiene viva la llama, contra los airados vientos de los que hacen gala de su ruindad y su falta de agradecimiento.

Esta antología, seleccionada hace diez años, contiene narraciones transcritas de la edición *Obras Completas,* publicadas por Emecé en Buenos Aires en 1974, volumen dirigido por Carlos V. Frías, con excepción de las cuatro últimas, pertenecientes a *El libro de arena*, que fueron transcritas de la primera edición (Buenos Aires, Emecé, 1975). Las notas a pie de página sin numerar, salvo la inicial a cada cuento, son las notas originales que Borges señala unas veces con un asterisco y otras bajo la leyenda «nota del autor» o «nota del editor». Las notas iniciales y las numeradas son las correspondientes a la presente edición.

Bibliografía

OBRAS DE JORGE LUIS BORGES

Obras Completas. Emecé Editores, Barcelona, 1989 (3 volúmenes).
Tomo I. Contiene: *Fervor de Buenos Aires, Luna de enfrente, Cuaderno San Martín, Evaristo Carriego, Discusión, Historia Universal de la infamia, Historia de la eternidad, Ficciones, El Aleph.*
Tomo II. Contiene: *Otras inquisiciones, El Hacedor, El otro, el mismo, Para las seis cuerdas, Elogio de la sombra, El informe de Brodie, El oro de los tigres.*
Tomo III. Contiene: *El libro de arena, La rosa profunda, La moneda de hierro, Historia de la noche, Siete noches, La cifra, Nueve ensayos dantescos, La memoria de Shakespeare, Atlas, Los conjurados.*

Fuera de las Obras Completas:

Prólogos. Buenos Aires, Torres Aguero, 1975.
Libro de sueños. Buenos Aires, Torres Aguero, 1976.
Nueve ensayos dantescos (Introducción de M. R. Barnatán). Austral, Espasa-Calpe, Madrid, 1982.
Textos cautivos. Barcelona, Tusquets, 1986.
(No se hace referencia a los libros que Borges se negó a reeditar y que se mencionan en la introducción.)

Obras Completas en colaboración. Alianza Editorial/Emecé, Madrid, 1981-1982 (2 volúmenes).
(Contiene la obra de creación escrita con Adolfo Bioy Casares, pero no las antologías, con Betina Edelberg, Margarita Guerrero, Alicia Jurado, María Kodama y María Esther Vázquez. Están ausentes las obras escritas en colaboración con Silvina Bullrrich, Luisa Mercedes Levinson, Delia Ingenieros, Esther Zamborain de Torres y José E. Clemente.)

Fuera de las Obras Completas en colaboración:

Con Adolfo Bioy Casares y Silvina Ocampo:
Antología de la literatura fantástica. Buenos Aires, Sudamericana, 1940. Barcelona, Edhasa, 1983.
Antología poética argentina. Buenos Aires, Sudamericana, 1941.

Con Adolfo Bioy Casares:
Los mejores cuentos policiales. Emecé, Buenos Aires, 1941 (2.º volumen en 1951).
Cuentos breves y extraordinarios. Buenos Aires, Raigal, 1955 (2.ª edición, Buenos Aires, Rueda, 1967).
La poesía gauchesca. México, Fondo de Cultura Económica, 1955.
Libro del cielo y del infierno. Buenos Aires, Sur, 1960.

Con Pedro Henríquez Ureña:
Antología clásica de la literatura argentina. Buenos Aires, Kepelusz, 1937.

Con Silvina Bullrich:
El compadrito. Buenos Aires, Emecé, 1945 (2.ª edición, Fabril, 1968).

Con Delia Ingenieros:
Antiguas literaturas germánicas. México, Fondo de Cultura Económica, 1951.

Con Margarita Guerrero:
Manual de Zoología fantástica. México, Fondo de Cultura Económica, 1957.

Con Luisa Mercedes Levinson:
La hermana Eloísa. Buenos Aires, Ediciones Ene, 1955.

Con Esther Zemborain de Torres:
Introducción a la literatura norteamericana. Columba, 1965.

Con José E. Clemente:
El lenguaje de Buenos Aires. Buenos Aires, Emecé, 1952.

EDICIONES ESPAÑOLAS

La casi totalidad de los libros incluidos en las *Obras Completas* están editados en edición de bolsillo por Alianza Editorial. Y la *Obra poética* está reunida en un volumen de Alianza Tres.

Bibliografía general

Horacio Jorge Becco, *J.L.B. Bibliografía total (1923-1973)*. Buenos Aires, Casa Pardo, 1973.

ALGUNAS OBRAS SOBRE J.L.B. EN CASTELLANO

AIZENBERG, Edna, *El Tejedor del Aleph (Biblia, Kabala y judaismo)*. Madrid, Altalena, 1986.

ALAZRAKI, Jaime, *La prosa narrativa de J.L.B.* Madrid, Gredos, 1968.

ALAZRAKI, J., y AA.VV., *Jorge Luis Borges. El escritor y la crítica*. Madrid, Taurus, 1976.

BARNATAN, Marcos-Ricardo, *Jorge Luis Borges*. Madrid, Júcar, 1972 (2.ª edición, 1976).

—— *Borges*. Epesa, Madrid, 1972.

—— *Conocer Borges y su obra*. Barcelona, Dopesa, 1978 (2.ª edición, Barcelona, Barcanova, 1984).

BARRENECHEA, Ana María, *La expresión de la irrealidad en la obra de J.L.B.* El Colegio de México, 1957.

BURGIN, Richard, *Conversaciones con J.L.B.* Madrid, Taurus, 1974.

CANTO, Estela, *Borges a contraluz*. Austral, Espasa Calpe, Madrid, 1989.

COZARINSKY, *Borges y el cine*. Buenos Aires, Sur, 1974.

GRAU, Cristina, *Borges y la Arquitectura*. Cátedra, Madrid, 1989.

GUTIÉRREZ GIRARDOT, Rafael, *J.L.B. Ensayo de una interpretación*. Madrid, Ínsula, 1959.

JURADO, Alicia, *Genio y figura de J.L.B.* Buenos Aires, Eudeba, 1964.

OCAMPO, Victoria, *Diálogos con Borges*. Buenos Aires, Sur, 1971.

RODRÍGUEZ PADRÓN, Jorge, *Tentativas Borgeanas*. Ed. Regional Extremadura, Mérida, 1989.

SOSNOWSKY, *Borges y la Cábala*. Buenos Aires, Hispamérica, 1976.

SUCRE, Guillermo, *Borges, el poeta*. Caracas, Monte Ávila, 1968.

YURKIEVICH, Saúl, *Fundadores de la poesía latinoamericana*. Barcelona, Barral Editores, 1971.

Narraciones

Hombre de la esquina rosada*

A Enrique Amorim[1]

A mí, tan luego, hablarme del finado Francisco Real. Yo lo conocí, y eso que éstos no eran sus barrios porque él sabía tallar[2] más bien por el Norte, por esos laos de la laguna de Guadalupe y la Batería. Arriba de tres veces no lo traté, y ésas en una misma noche, pero es noche que no se me olvidará, como que en ella vino la Lujanera porque sí, a dormir en mi rancho y Rosendo Juárez dejó, para no volver, el Arroyo. A ustedes, claro que les falta la debida esperiencia para reconocer ese nombre, pero Rosendo Juárez el Pegador, era de los que pisaban más fuerte por Villa Santa Rita. Mozo acreditao para el cuchillo era uno de los hombres de D. Nicolás Paredes, que era uno de los hombres de Morel. Sabía llegar de lo más paquete[3] al quilombo[4], en un oscuro, con las prendas de plata; los hom-

---

* Se publicó por primera vez, en su versión definitiva, en el libro *Historia Universal de la Infamia,* Buenos Aires, Ediciones Tor, 1935.
[1] *Enrique Amorim:* escritor uruguayo contemporáneo de Jorge Luis Borges, que se unió en matrimonio a una de sus primas Haedo.
[2] *tallar:* tayar, guapear: encarar con valor algún negocio o riesgo. Fanfarronear (José Gobello, *Diccionario Lunfardo,* Buenos Aires, 1975).
[3] *paquete:* elegante, bien vestido. (Del español popular).
[4] *quilombo:* prostíbulo. Voz bantú según el *Breve Diccionario Lunfardo* de José Gobello y Luciano Payet, Buenos Aires, 1959.

bres y los perros lo respetaban y las chinas[5] también; nadie inoraba que estaba debiendo dos muertes; usaba un chambergo alto, de ala finita, sobre la melena grasienta; la suerte lo mimaba, como quien dice. Los mozos de la Villa le copiábamos hasta el modo de escupir. Sin embargo, una noche nos ilustró la verdadera condición de Rosendo.

Parece cuento, pero la historia de esa noche rarísima empezó por un placero[6] insolente de ruedas coloradas, lleno hasta el tope de hombres, que iba a los barquinazos[7] por esos callejones de barro duro, entre los hornos de ladrillos y los huecos[8], y dos de negro, déle guitarriar y aturdir, y el del pescante que les tiraba un fustazo a los perros sueltos que se le atravesaban al moro, y un emponchado[9] iba silencioso en el medio, y ése era el Corralero de tantas mentas[10], y el hombre iba a peliar y a matar. La noche era una bendición de tan fresca; dos de ellos iban sobre la capota volcada, como si la soledá juera un corso[11]. Ése jué el primer sucedido de tantos que hubo, pero recién después lo supimos. Los muchachos estábamos dende temprano en el salón de Julia, que era un galpón[12] de chapas de cinc, entre el camino de Gauna y el Maldonado. Era un local que usté lo divisaba de lejos, por

---

[5] *chinas:* muchachas, mujer en general. En el lenguaje gauchesco tiene connotaciones afectivas. En el idioma argentino actual se reserva para chicas de rasgos aindiados y puede tener valor despectivo. Voz quechua.

[6] *placero:* popular, coche de plaza, de alquiler, arcaísmo.

[7] *ir a los barquinazos:* ir dando tumbos. Del italiano *banchina,* arcén, margen, orilla del camino. Ir a: utilización popular de las preposiciones, americanismo.

[8] *hueco:* por solar vacío. Las plazas argentinas eran en su mayoría *huecos.*

[9] *emponchado:* envuelto en un poncho.

[10] *mentas:* popular, fama. Se usa siempre en plural. Del español mentar, mencionar, nombrar.

[11] *corso:* del italiano *corso* (carrera, desfile, lugar donde pasean las máscaras). Desfile de carruajes que se celebra en Carnaval.

[12] *galpón:* edificación simple, de una sola pieza, que puede destinarse a muchos usos, salvo vivienda.

la luz que mandaba a la redonda el farol sinver-
güenza, y por el barullo también. La Julia, aunque de
humilde color, era de lo más conciente y formal, así
que no faltaban musicantes [13], güen beberaje [14] y compa-
ñeras resistentes pal baile. Pero la Lujanera, que era
la mujer de Rosendo, las sobraba lejos a todas. Se murió, señor, y digo que hay años en que ni pienso en
ella, pero había que verla en sus días, con esos ojos.
Verla, no daba sueño.

La caña [15], la milonga [16], el hembraje, una condes-
cendiente mala palabra de boca de Rosendo, una pal-
mada suya en el montón que yo trataba de sentir como
una amistá: la cosa es que yo estaba lo más feliz.
Me tocó una compañera muy seguidora, que iba como
adivinándome la intención. El tango hacía su voluntá
con nosotros y nos arriaba y nos perdía y nos orde-
naba y nos volvía a encontrar. En esa diversión estaban los hombres, lo mismo que en un sueño, cuando
de golpe me pareció crecida la música, y era que ya se
entreveraba con ella la de los guitarreros del coche,
cada vez más cercano. Después, la brisa que la trajo
tiró por otro rumbo, y volví a atender a mi cuerpo y
al de la compañera y a las conversaciones del baile.
Al rato largo llamaron a la puerta con autoridá, un
golpe y una voz. En seguida un silencio general, una
pechada poderosa a la puerta y el hombre estaba adentro. El hombre era parecido a la voz.

Para nosotros no era todavía Francisco Real, pero sí
un tipo alto, fornido, trajeado enteramente de negro,
y una chalina de un color como bayo, echada sobre
el hombro. La cara recuerdo que era aindiada, es-
quinada.

Me golpeó la hoja de la puerta al abrirse. De puro
atolondrado me le juí encima y le encajé la zurda en

---

13 *musicante:* lunfardo, músicos. Del italiano.

14 *beberaje:* bebida en general, especialmente alcohólica. Derivación.

15 *Caña:* aguardiente destilado de la caña de azúcar.

16 *milonga:* música popular argentina. Se usa a veces como el lugar
donde se baila. Del afronegrismo *milonga,* palabra.

la facha[17], mientras con la derecha sacaba el cuchillo filoso que cargaba en la sisa del chaleco, junto al sobaco izquierdo. Poco iba a durarme la atropellada. El hombre, para afirmarse, estiró los brazos y me hizo a un lado, como despidiéndose de un estorbo. Me dejó agachado detrás, todavía con la mano abajo del saco[18], sobre el arma inservible. Siguió como si tal cosa, adelante. Siguió, siempre más alto que cualquera de los que iba desapartando, siempre como sin ver. Los primeros —puro italianaje mirón— se abrieron como abanico, apurados. La cosa no duró. En el montón siguiente ya estaba el Inglés esperándolo, y antes de sentir en el hombro la mano del forastero, se le durmió con un planazo que tenía listo. Jué ver ese planazo y jué venírsele ya todos al humo[19]. El establecimiento tenía más de muchas varas de fondo, y lo arriaron como un cristo, casi de punta a punta, a pechadas, a silbidos y a salivasos. Primero le tiraron trompadas, después, al ver que ni se atajaba lo golpes, puras cachetadas a mano abierta o con el fleco inofensivo de las chalinas, como riéndose de él. También, como reservándolo pa Rosendo, que no se había movido para eso de la paré del fondo, en la que hacía espaldas, callado. Pitaba con apuro su cigarrillo, como si ya entendiera lo que vimos claro después. El Corralero fue empujado hasta él, firme y ensangrentado, con ese viento de chamuchina[20] pifiadora detrás. Silbando, chicoteado, escupido, recién habló cuando se enfrentó con Rosendo. Entonces lo miró y se despejó la cara en el antebrazo y dijo estas cosas:

—Yo soy Francisco Real, un hombre del Norte. Yo soy Francisco Real, que le dicen el Corralero. Yo les he consentido a estos infelices que me alzaran la mano,

---

[17] *facha:* jeta, cara. Tiene connotaciones agresivas y despectivas. Del italiano *faccia,* cara.

[18] *saco:* chaqueta, americana.

[19] *venirse al humo:* venir rápidamente en busca de algo. Popular.

[20] *chamuchina:* chamullina, barullo de voces. Del caló *chamullar,* conversar.

porque lo que estoy buscando es un hombre. Andan por ahí unos bolaceros[21] diciendo que en estos andurriales hay uno que tiene mentas de cuchillero, y de malo, y que le dicen el Pegador. Quiero encontrarlo pa que me enseñe a mí, que soy naides, lo que es un hombre de coraje y de vista.

Dijo estas cosas y no le quitó los ojos de encima. Ahora le relucía un cuchillón en la mano derecha, que en fija[22] lo había traído en la manga. Alrededor se habían ido abriendo los que empujaron; y todos los mirábamos a los dos, en un gran silencio. Hasta la jeta del mulato ciego que tocaba el violín, acataba ese rumbo.

En eso, oigo que se desplazaban atrás, y me veo en el marco de la puerta seis o siete hombres, que serían la barra[23] del Corralero. El más viejo, un hombre apaisanado, curtido, de bigote entrecano, se adelantó para quedarse como encandilado por tanto hembraje y tanta luz, y se descubrió con respeto. Los otros vigilaban, listos para dentrar a tallar si el juego no era limpio.

¿Qué le pasaba mientras tanto a Rosendo, que no lo sacaba pisotiando a ese balaquero?[24] Seguía callado, sin alzarle los ojos. El cigarro no sé si lo escupió o si se le cayó de la cara. Al fin pudo acertar con unas palabras, pero tan despacio que a los de la otra punta del salón no nos alcanzó lo que dijo. Volvió Francisco Real a desafiarlo y él a negarse. Entonces, el más muchacho de los forasteros silbó. La Lujanera lo miró aborreciéndolo y se abrió paso con la crencha en la es-

---

[21] *bolaceros:* mentirosos. Del español familiar, *bola,* mentira.

[22] *en fija:* populismo, sin duda, de fijo.

[23] *barra:* cuadrilla, grupo de amigos. La acepción surgió en enero de 1908 cuando el presidente argentino José Figueroa Alcorta clausuró las sesiones del Parlamento y los miembros de *la barra* (público que asistía a las sesiones de un tribunal o asamblea) dieron por agruparse en las esquinas para comentar los hechos políticos. Desde entonces cualquier grupo esquinero fue llamado por chunga *barra.*

[24] *balaquero:* hablador que presume de valiente, americanismo formado, según José Gobello, sobre la raíz del español *baladrón.*

palda, entre el carretaje y las chinas, y se jué a su hombre y le metió la mano en el pecho y le sacó el cuchillo desenvainado y se lo dio con estas palabras:

—Rosendo, creo que lo estarás precisando.

A la altura del techo había una especie de ventana alargada que miraba al arroyo. Con las dos manos recibió Rosendo el cuchillo y lo filió [25] como si no lo coconociera. Se empinó de golpe hacia atrás y voló el cuchillo derecho y fue a perderse ajuera, en el Maldonado. Yo sentí como un frío.

—De asco no te carneo [26] —dijo el otro, y alzó, para castigarlo, la mano. Entonces la Lujanera se le prendió y le echó los brazos al cuello y lo miró con esos ojos y le dijo con ira:

—Déjalo a ése, que nos hizo creer que era un hombre.

Francisco Real se quedó perplejo un espacio y luego la abrazó como para siempre y le gritó a los musicantes que le metieran tango y milonga y a los demás de la diversión, que bailáramos. La milonga corrió como un incendio de punta a punta. Real bailaba muy grave, pero sin ninguna luz, ya pudiéndola. Llegaron a la puerta y gritó:

—¡Vayan abriendo cancha [27], señores, que la llevo dormida!

Dijo, y salieron sien con sien, como en la marejada del tango, como si los perdiera el tango.

Debí ponerme colorao de vergüenza. Di unas vueltitas con alguna mujer y la planté de golpe. Inventé que era por el calor y por la pretura y jui orillando la paré hasta salir. Linda la noche, ¿para quién? A la vuelta del callejón estaba el placero, con el par de guitarras derechas en el asiento, como cristianos. Dentré a amargarme de que las descuidaran así, como si ni pa recoger changangos [28] sirviéramos. Me dio coraje de sentir

---

[25] *filar:* mirar fijamente, del caló *(fila,* cara, rostro).

[26] *carnear:* popular, matar, apuñalar.

[27] *abrir cancha:* dar paso, abrir camino. Del quechua *Kancha,* ámbito, para practicar deportes.

[28] *changangos:* popular, despectivo: guitarras.

que no éramos naides. Un manotón a mi clavel de atrás de la oreja y lo tiré a un charquito y me quedé un espacio mirándolo, como para no pensar en más nada. Yo hubiera querido estar de una vez en el día siguiente, yo me quería salir de esa noche. En eso, me pegaron un codazo que jue casi un alivio. Era Rosendo, que se escurría solo del barrio.

—Vos siempre has de servir de estorbo, pendejo[29] —me rezongó al pasar, no sé si para desahogarse, o ajeno. Agarró el lado más oscuro, el del Maldonado; no lo volví a ver más.

Me quedé mirando esas cosas de toda la vida —cielo hasta decir basta, el arroyo que se emperraba solo ahí abajo, un caballo dormido, el callejón de tierra, los hornos— y pensé que yo era apenas otro yuyo[30] de esas orillas, criado entre las flores de sapo y las osamentas. ¿Qué iba a salir de esa basura sino nosotros, gritones pero blandos para el castigo, boca y atropellada no más? Sentí después que no, que el barrio cuanto más aporriao, más obligación de ser guapo. ¿Basura? La milonga déle loquiar, y déle bochinchar[31] en las casas, y traía olor a madreselvas el viento. Linda al ñudo la noche. Había de estrellas como para marearse mirándolas, unas encima de otras. Yo forcejiaba por sentir que a mí no me representaba nada el asunto, pero la cobardía de Rosendo y el coraje insufrible del forastero no me querían dejar. Hasta de una mujer para esa noche se había podido aviar el hombre alto. Para ésa y para muchas, pensé, y tal vez para todas, porque la Lujanera era cosa seria. Sabe Dios qué lado agarraron. Muy lejos no podían estar. A lo mejor ya se estaban empleando los dos, en cualesquier cuneta.

Cuando alcacé a volver, seguía como si tal cosa el bailongo. Haciéndome el chiquito[32], me entreveré en el

---

29 *pendejo:* popular, muchacho, púber. Despectivo.
30 *yuyo:* yerba silvestre.
31 *bochinchar:* de *bochinche,* gresca, desorden, ruido.
32 *haciéndome el chiquito:* pasar desapercibido, popular.

montón, y vi que alguno de los nuestros había rajado[33] y que los norteros tangueaban junto con los demás. Codazos y encontrones no había, pero sí recelo y decencia. La música parecía dormilona, las mujeres que tangueaban con los del Norte, no decían esta boca es mía.

Yo esperaba algo, pero no lo que sucedió.

Ajuera oímos una mujer que lloraba y después la voz que ya conocíamos, pero serena, casi demasiado serena, como si ya no juera de alguien, diciéndole:

—Entra, m'hija —y luego otro llanto. Luego la voz como si empezara a desesperarse.

—¡Abrí te digo, abrí guacha[34] arrastrada abrí, perra! Se abrió en eso la puerta tembleque, y entró la Lujanera, sola. Entró mandada, como si viniera arreándola alguno.

—La está mandando un ánima —dijo el Inglés.

—Un muerto, amigo —dijo entonces el Corralero. El rostro era como de borracho. Entró, y en la cancha que le abrimos todos, como antes, dio unos pasos mareados —alto, sin ver— y se fue al suelo de una vez, como poste. Uno de los que vinieron con él, lo acostó de espaldas y le acomodó el ponchito de almohada. Esos ausilios lo ensuciaron de sangre. Vimos entonces que traiba una herida juerte en el pecho; la sangre le encharcaba y ennegrecía un lengue[35] punzó[36], que antes no le oservé, porque lo tapó la chalina. Para la primera cura, una de las mujeres trujo caña y unos trapos quemados. El hombre no estaba para esplicar. La Lujanera lo miraba como perdida, con los brazos colgando. Todos estaban preguntándose con la cara y ella consiguió hablar. Dijo que luego de salir con el Corralero, se jueron a un campito, y que en eso cae un desconocido y lo llama como desesperado a pelear y

---

[33] *rajar:* irse, marcharse. Del caló.
[34] *guacha:* popular, bastarda. Del quechua.
[35] *lengue:* pañuelo. Lunfardo.
[36] *punzó:* rojo.

le infiere esa puñalada y que ella jura que no sabe quién es y que no es Rosendo. ¿Quién le iba a creer?

El hombre a nuestros pies se moría. Yo pensé que' no le había temblado el pulso al que lo arregló[37]. El hombre, sin embargo, era duro. Cuando golpeó, la Julia había estao cebando unos mates y el mate dio la vuelta redonda y volvió a mi mano, antes que falleciera. «Tápenme la cara», dijo despacio, cuando no pudo más. Sólo le quedaba el orgullo y no iba a consentir que le curiosearan los visajes de la agonía. Alguien le puso encima el chambergo negro, que era de copa altísima. Se murió abajo del chambergo, sin queja. Cuando el pecho acostado dejó de subir y bajar, se animaron a descubrirlo. Tenía ese aire fatigado de los difuntos; era de los hombres de más coraje que hubo en aquel entonces, dende la Batería hasta el Sur; en cuanto lo supe muerto y sin habla, le perdí el odio.

—Para morir no se precisa más que estar vivo —dijo una del montón, y otra, pensativa también:

—Tanta soberbia el hombre, y no sirve más que pa juntar moscas.

Entonces los norteros jueron diciéndose una cosa despacio y dos a un tiempo la repitieron juerte después:

—Lo mató la mujer.

Uno le gritó en la cara si era ella, y todos la cercaron. Ya me olvidé que tenía que prudenciar y me les atravesé como luz. De atolondrado, casi pelo el fiyingo[38]. Sentí que muchos me miraban, para no decir todos. Dije como con sorna:

—Fijensén en las manos de esa mujer. ¿Qué pulso ni qué corazón va a tener para clavar una puñalada?

Añadí, medio desgañado de guapo:

—¿Quién iba a soñar que el finao, que asegún dicen, era malo en su barrio, juera a concluir de una manera tan bruta y en un lugar tan enteramente

---

[37] *arreglar:* popular, castigar, matar.

[38] *pelar el fiyingo:* fiyingo: cuchillo pequeño. Sacar el cuchillo de la vaina. Viene del juego de naipes.

muerto como éste, ande no pasa nada, cuando no cae alguno de ajuera para distrairnos y queda para la escupida después?

El cuero no le pidió biaba[39] a ninguno.

En eso iba creciendo en la soledá un ruido de jinetes. Era la policía. Quien más, quien menos, todos tendrían su razón para no buscar ese trato, porque determinaron que lo mejor era traspasar el muerto al arroyo. Recordarán ustedes aquella ventana alargada por la que pasó en un brillo el puñal. Por ahí pasó después el hombre de negro. Lo levantaron entre muchos y de cuantos centavos y cuanta zoncera[40] tenía, lo alijeraron esas manos y alguno le hachó un dedo para refalarle[41] el anillo, Aprovechadores, señor, que así se le animaban a un pobre dijunto indefenso, después que lo arregló otro más hombre. Un envión y el agua torrentosa y sufrida se lo llevó. Para que no sobrenadara, no sé si le arrancaron las vísceras, porque preferí no mirar. El de bigote gris no me quitaba los ojos. La Lujanera aprovechó el apuro para salir.

Cuando echaron su vistazo los de la ley, el baile estaba medio animado. El ciego del violín le sabía sacar unas habaneras de las que ya no se oyen. Ajuera estaba queriendo clariar. Unos postes de ñandubay[42] sobre una lomada estaban como sueltos, porque los alambrados finitos no se dejaban divisar tan temprano.

Yo me fui tranquilo a mi rancho, que estaba a unas tres cuadras[43]. Ardía en la ventana una lucesita, que se apagó en seguida. De juro que me apuré a llegar, cuando me di cuenta. Entonces, Borges, volví a sacar el cuchillo corto y filoso que yo sabía cargar aquí, en el chaleco, junto al sobaco izquierdo, y le pegué

---

[39] *biaba:* lunfardo. Del italiano: pelea, golpe.

[40] *zoncera:* minucia, tontería.

[41] *refalar:* derivado de resbalar, robar.

[42] *ñandubay:* cierta especie de árbol.

[43] *cuadras:* calles, manzanas, distancia que hay entre una y otra esquina sin atravesar la calzada.

otra revisada despacio, y estaba como nuevo, inocente, y no quedaba ni un rastrito de sangre[44].

---

[44] Este cuento es uno de los más populares de la obra de Borges, sobre todo en Argentina. Borges se ha burlado muchas veces de él, reprochándole su excesivo *color local* y su casi inextricable vocabulario. Pese a ello, debido al éxito obtenido, nunca fue suprimido en sus *Obras Completas*. De él se han realizado varias adaptaciones cinematográficas y televisivas. (Ver Edgardo Cozarinsky, *Borges y el Cine,* Buenos Aires, Sur, 1974.)

Pierre Menard, autor del Quijote*

A Silvina Ocampo[1]

La obra visible que ha dejado este novelista es de fácil y breve enumeración. Son, por lo tanto, imperdonables las omisiones y adiciones perpetradas por Madame Henri Bachelier en un catálogo falaz que cierto diario cuya tendencia *protestante* no es un secreto ha tenido la desconsideración de inferir a sus deplorables lectores —si bien éstos son pocos y calvinistas, cuando no masones y circuncisos. Los amigos auténticos de Menard han visto con alarma ese catálogo y aun con cierta tristeza. Diríase que ayer nos reunimos ante el mármol final y entre los cipreses infaustos y ya el Error trata de empañar su Memoria... Decididamente, una breve rectificación es inevitable.

Me consta que es muy fácil recusar mi pobre autoridad. Espero, sin embargo, que no me prohibirán mencionar dos altos testimonios. La baronesa de Ba-

---

* Este cuento fue publicado por primera vez en libro incluido en en el volumen *El jardín de senderos que se bifurcan,* Buenos Aires, Sur, 1942, para integrar posteriormente la primera parte de *Ficciones*. En el prólogo, Borges se refiere a lo irreal del «destino que su protagonista se impone».
[1] Silvina Ocampo, escritora argentina, autora de excelentes narraciones fantásticas. Esposa de Adolfo Bioy Casares, con el que Borges ha colaborado literariamente.

court (en cuyos *vendredis*[2] inolvidables tuve el honor de conocer al llorado poeta) ha tenido a bien aprobar las líneas que siguen. La condesa de Bagnoregio, uno de los espíritus más finos del principado de Mónaco (y ahora de Pittsburg, Pennsylvania, después de su reciente boda con el filántropo internacional Simón Kautzsch, tan calumniado ¡ay! por las víctimas de sus desinteresadas maniobras) ha sacrificado «a la vanidad y a la muerte» (tales son sus palabras) la señorial reserva que la distingue y en una carta abierta publicada en la revista *Luxe* me concede asimismo su beneplácito. Esas ejecutorias, creo, no son insuficientes.

He dicho que la obra *visible* de Menard es fácilmente enumerable. Examinado con esmero su archivo particular, he verificado que consta de las piezas que siguen:

a)   Un soneto simbolista que apareció dos veces (con variaciones) en la revista *La conque* (números de marzo y octubre de 1899).

b)   Una monografía sobre la posibilidad de construir un vocabulario poético de conceptos que no fueran sinónimos o perífrasis de los que informan el lenguaje común, «sino objetos ideales creados por una convención y esencialmente destinados a las necesidades poéticas» (Nîmes, 1901).

c)   Una monografía sobre «ciertas conexiones o afinidades» del pensamiento de Descartes, de Leibniz y de John Wilkins (Nîmes, 1903)[3].

---

[2] El autor alude a la costumbre seudoaristocrática de los salones literarios, que aquí tienen periodicidad semanal. La narración adopta un tono de *eco de sociedad,* en la que Borges ejerce una sutil ironía. Inmediatamente después el texto parece entregarse a ciertos tics de los trabajos universitarios. Son los preámbulos al ritmo verdadero que se descubrirá pronto.

[3] En el volumen de ensayos *Otras Inquisiciones* publica Borges su célebre estudio «El idioma analítico de John Wilkins», en el que efectivamente lo relaciona con Leibniz y con los enigmáticos hexagramas del I King y con una epístola de Descartes.

d)   Una monografía sobre la *Characteristica universalis* de Leibniz (Nîmes, 1904)[4].

e)   Un artículo técnico sobre la posibilidad de enriquecer el ajedrez eliminando uno de los peones de torre. Menard propone, recomienda, discute y acaba por rechazar esa innovación[5].

f)   Una monografía sobre el *Ars magna generalis* de Ramón Lull (Nîmes, 1906).

g)   Una traducción con prólogo y notas del *Libro de la invención liberal y arte del juego del axedrez* de Ruy López de Segura (París, 1907).

h)   Los borradores de una monografía sobre la lógica simbólica de George Boole.

i)   Un examen de las leyes métricas esenciales de la prosa francesa, ilustrado con ejemplos de Saint-Simon *(Revue des langues romanes,* Montpellier, octubre de 1909).

j)   Una réplica a Luc Durtain (que había negado la existencia de tales leyes) ilustrada con ejemplos de Luc Durtain *(Revue des langues romanes,* Montpellier, diciembre de 1909).

k)   Una traducción manuscrita de la *Aguja de navegar cultos* de Quevedo, intitulada *La boussole des précieux*[6].

l)   Un prefacio al catálogo de la exposición de litografías de Carolus Hourcade (Nîmes, 1914).

m)   La obra *Les problèmes d'un problème* (París, 1917) que discute en orden cronológico las soluciones del ilustre problema de Aquiles y la tortuga. Dos ediciones de este libro han aparecido hasta ahora; la se-

---

[4] La constante presencia de Leibniz en el pensamiento borgeano puede ser fácilmente rastreable a lo largo de los ensayos de *Otras Inquisiciones.*

[5] En *El Hacedor,* hay dos poemas que materializan la obsesión ajedrecista de Borges. («¿Qué dios detrás de Dios la trama empieza / de polvo y tiempo y sueños y agonías?») En ambos el ajedrez es una representación del mundo.

[6] El autor rinde aquí homenaje a uno de los clásicos españoles al que más admira. En *Otras Inquisiciones* le dedica un cumplido ensayo.

gunda trae como epígrafe el consejo de Leibniz «Ne craignez point, monsieur, la tortue», y renueva los capítulos dedicados a Russell y a Descartes [7].

n) Un obstinado análisis de las «costumbres sintácticas» de Toulet *(N. R. F.,* marzo de 1921). Menard —recuerdo— declaraba que censurar y alabar son operaciones sentimentales que nada tienen que ver con la crítica.

o) Una trasposición en alejandrinos del *Cimetière marin* de Paul Valéry *(N. R. F.,* enero de 1928) [8].

p) Una invectiva contra Paul Valéry, en las *Hojas para la supresión de la realidad* de Jacques Reboul. (Esa invectiva, dicho sea entre paréntesis, es el reverso exacto de su verdadera opinión sobre Valéry. Éste así lo entendió y la amistad antigua de los dos no corrió peligro.)

q) Una «definición» de la condesa de Bagnoregio, en el «victorioso volumen» —la locución es de otro colaborador, Gabriele d'Annunzio— que anualmente publica esta dama para rectificar los inevitables falseos del periodismo y presentar «al mundo y a Italia» una auténtica efigie de su persona, tan expuesta (en razón misma de su belleza y de su actuación) a interpretaciones erróneas o apresuradas.

r) Un ciclo de admirables sonetos para la baronesa de Bacourt (1934).

s) Una lista manuscrita de versos que deben su eficacia a la puntuación*.

---

[7] En el ya tantas veces citado *Otras Inquisiciones* y fechado en 1939 aparece el ensayo *Avatares de la tortuga* donde hace referencia a una *ilusoria biografía del infinito* y a las paradojas de Zenón, citando a Leibniz, a Russell y a Descartes, entre otros muchos.

[8] También Paul Valéry aparece como tema importante en *Otras Inquisiciones,* a quien dedica el ensayo «Valery como símbolo», con lo que se contempla la veracidad del catálogo de ocupaciones literarias de Pierre Menard... *alter ego* irónico del propio Borges.

* Madame Henri Machelier enumera asimismo una versión literal de la versión literal que hizo Quevedo de la *Introduction à la vie dévote* de San Francisco de Sales. En la biblioteca de Pierre Menard no hay rastros de tal obra. Debe tratarse de una broma de nuestro amigo, mal escuchada.

Hasta aquí (sin otra omisión que unos vagos sonetos circunstanciales para el hospitalario, o ávido, álbum de Madame Henri Bachelier) la obra *visible* de Menard, en su orden cronológico. Paso ahora a la otra: la subterránea, la interminablemente heroica, la impar. También ¡ay de las posibilidades del hombre! la inconclusa. Esa obra, tal vez la más significativa de nuestro tiempo, consta de los capítulos noveno y trigésimo octavo de la primera parte del *Don Quijote* y de un fragmento del capítulo veintidós. Yo sé que tal afirmación parece un dislate; justificar ese «dislate» es el objeto primordial de esta nota*[9].

Dos textos de valor desigual inspiraron la empresa. Uno es aquel fragmento filológico de Novalis —el que lleva el número 2005 en la edición de Dresden— que esboza el tema de la *total identificación* con un autor determinado. Otro es uno de esos libros parasitarios que sitúan a Cristo en un bulevar, a Hamlet en la Cannebière o a Don Quijote en Wall Street. Como todo hombre de buen gusto, Menard abominaba de esos

---

* Tuve también el propósito secundario de bosquejar la imagen de Pierre Menard. Pero ¿cómo atreverme a competir con las páginas áureas que me dicen prepara la baronesa de Bacourt o con el lápiz delicado y puntual de Carolus Hourcade?

[9] En su ensayo *La flor de Coleridge*, incluido también en *Otras Inquisiciones*, Borges justifica indirectamente la pasión quijotesca de su héroe cuando dice «Una observación última. Quienes minuciosamente copian a un escritor, lo hacen impersonalmente, lo hacen porque confunden a ese escritor con la literatura, lo hacen porque sospechan que apartarse de él en un punto es apartarse de la razón y de la ortodoxia. Durante muchos años, yo creí que la casi infinita literatura estaba en un hombre. Ese hombre fue Carlyle, fue Johannes Becher, fue Whitman, fue Rafael Cansinos Asséns, fue De Quincey.» Con Carlyle, precisamente, cierra el ensayo del mismo libro titulado *Magias parciales del Quijote*, en el que insiste: «¿Porqué nos inquieta que Don Quijote sea lector del Quijote y Hamlet espectador de Hamlet? Creo haber dado con la causa: tales inversiones sugieren que si los caracteres de una ficción pueden ser lectores o espectadores, nosotros sus lectores o espectadores podemos ser ficticios. En 1833 Carlyle observó que la historia universal es un infinito libro sagrado que todos los hombres escriben y leen y tratan de entender, y en el que también los escriben.»

carnavales inútiles, sólo aptos —decía— para ocasionar el plebeyo placer del anacronismo o (lo que es peor) para embelesarnos con la idea primaria de que todas las épocas son iguales o de que son distintas. Más interesante, aunque de ejecución contradictoria y superficial, le parecía el famoso propósito de Daudet: conjugar en *una* figura, que es Tartarín, al Ingenioso Hidalgo y a su escudero... Quienes han insinuado que Menard dedicó su vida a escribir un Quijote contemporáneo, calumnian su clara memoria.

No quería componer otro Quijote —lo cual es fácil— sino *el Quijote*. Inútil agregar que no encaró nunca una transcripción mecánica del original; no se proponía copiarlo. Su admirable ambición era producir unas páginas que coincidieran —palabra por palabra y línea por línea— con las de Miguel de Cervantes.

«Mi propósito es meramente asombroso» me escribió el 30 de setiembre de 1934 desde Bayonne. «El término final de una demostración teológica o metafísica —el mundo externo, Dios, la casualidad, las formas universales— no es menos anterior y común que mi divulgada novela. La sola diferencia es que los filósofos publican en agradables volúmenes las etapas intermediarias de su labor y que yo he resuelto perderlas.» En efecto, no queda un solo borrador que atestigüe ese trabajo de años.

El método inicial que imaginó era relativamente sencillo. Conocer bien el español, recuperar la fe católica. Guerrear contra los moros o contra el turco, olvidar la historia de Europa entre los años de 1602 y de 1918, *ser* Miguel de Cervantes. Pierre Menard estudió ese procedimiento (sé que logró un manejo bastante fiel del español del siglo diecisiete) pero lo descartó por fácil. ¡Más bien por imposible! dirá el lector. De acuerdo, pero la empresa era de antemano imposible y de todos los medios imposibles para llevarla a término, éste era el menos interesante. Ser en el siglo veinte un novelista popular del siglo diecisiete le pareció una disminución. Ser, de alguna manera, Cervantes y llegar al Quijote le pareció menos arduo —por consiguiente, menos interesante— que seguir siendo Pierre Menard y llegar al Quijote, a través de las experiencias de Pierre Menard. (Esa convicción, dicho sea de paso, le hizo excluir el prólogo autobiográfico de la segunda parte del Don Quijote. Incluir ese prólogo hubiera sido crear otro personaje —Cervantes— pero también hubiera significado presentar el Quijote en función de ese personaje y no de Menard. Éste, naturalmente, se negó a esa facilidad.) «Mi empresa no es difícil, esencialmente» leo en otro lugar de la carta. «Me bastaría ser inmortal para llevarla a cabo.» ¿Confesaré que suelo imaginar que la terminó y que leo el Quijote —todo el Quijote— como si lo hubiera pensado Menard? [10] Noches pasadas, al hojear el capítulo XXVI —no ensayado nunca por él— reconocí el estilo de nuestro amigo y como su voz en esta frase excepcional: *las ninfas de los ríos, la dolorosa y húmida Eco.* Esa conjunción eficaz de un adjetivo moral y otro físico me trajo a la memoria un verso de Shakespeare, que discutimos una tarde:

Where a malignant and turbaned Turk...

¿Por qué precisamente el Quijote? dirá nuestro lector. Esa preferencia, en un español, no hubiera sido inexplicable; pero sin duda lo es en un simbolista de Nîmes, devoto esencialmente de Poe, que engendró a Baudelaire, que engendró a Mallarmé, que engendró a Valéry, que engendró a Edmond Teste. La carta precita-

---

[10] Leer y escribir, dos ejercicios aparentemente opuestos, se confunden con la renovada experiencia del texto sometido al ojo cambiante del lector. Toda lectura implica para Borges una recreación. En una entrevista con el autor de estas notas Borges decía: «Para mí el Quijote fue siempre aquel libro que leí de niño, ese ejemplar y no otro, con aquellas ilustraciones. En el comercio con aquel volumen estaba mi imagen del Quijote.» Como es evidente, Borges marca la diferencia entre Cervantes y Menard, la singularidad de cada escritura y, lo que es lo mismo, de cada lectura.

da ilumina el punto. «El Quijote», aclara Menard, «me interesa profundamente, pero no me parece ¿cómo lo diré? inevitable. No puedo imaginar el universo sin la interjección de Poe:

Ah, bear in mind this garden was enchanted!

o sin el *Bateau ivre* o el *Ancient Mariner*, pero me sé capaz de imaginarlo sin el Quijote. (Hablo, naturalmente, de mi capacidad personal, no de la resonancia histórica de las obras.) El Quijote es un libro contingente, el Quijote es innecesario. Puedo premeditar su escritura, puedo escribirlo, sin incurrir en una tautología. A los doce o trece años lo leí, tal vez íntegramente. Después he releído con atención algunos capítulos, aquellos que no intentaré por ahora. He cursado asimismo los entremeses, las comedias, la Galatea, las novelas ejemplares, los trabajos sin duda laboriosos de Persiles y Segismunda y el Viaje del Parnaso... Mi recuerdo general del Quijote, simplificado por el olvido y la indiferencia, puede muy bien equivaler a la imprecisa imagen anterior de un libro no escrito. Postulada esa imagen (que nadie en buena ley me puede negar) es indiscutible que mi problema es harto más difícil que el de Cervantes. Mi complaciente precursor no rehusó la colaboración del azar: iba componiendo la obra inmortal un poco *à la diable,* llevado por inercias del lenguaje y de la invención. Yo he contraído el misterioso deber de reconstruir literalmente su obra espontánea. Mi solitario juego está gobernado por dos leyes polares. La primera me permite ensayar variantes de tipo formal o psicológico; la segunda me obliga a sacrificarlas al texto "original" y a razonar de un modo irrefutable esa aniquilación... A esas trabas artificiales hay que sumar otra, congénita. Componer el Quijote a principios del siglo diecisiete era una empresa razonable, necesaria, acaso fatal; a principios del veinte, es casi imposible. No en vano han transcurrido trescientos años, cargados de complejísimos hechos.

Entre ellos, para mencionar uno solo: el mismo Quijote.»

A pesar de esos tres obstáculos, el fragmentario Quijote de Menard es más sutil que el de Cervantes. Éste, de un modo burdo, opone a las ficciones caballerescas la pobre realidad provinciana de su país: Menard elige como «realidad» la tierra de Carmen durante el siglo de Lepanto y de Lope. ¡Qué españoladas no habría aconsejado esa elección a Maurice Barrès o al doctor Rodríguez Larreta! Menard, con toda naturalidad, las elude. En su obra no hay gitanerías ni conquistadores ni místicos ni Felipe Segundo ni autos de fe. Desatiende o proscribe el color local. Ese desdén indica un sentido nuevo de la novela histórica. Ese desdén condena a *Salammbô,* inapelablemente.

No menos asombroso es considerar capítulos aislados. Por ejemplo, examinemos el XXXVIII de la primera parte, «que trata del curioso discurso que hizo don Quixote de las armas y las letras». Es sabido que Don Quijote (como Quevedo en el pasaje análogo, y posterior, de *La hora de todos)* falla el pleito contra las letras y en favor de las armas. Cervantes era un viejo militar: su fallo se explica. ¡Pero que el Don Quijote de Pierre Menard —hombre contemporáneo de *La trahison des clercs* y de Bertrand Russell— reincida en esas nebulosas sofisterías! Madame Bachelier ha visto en ellas una admirable y típica subordinación del autor a la psicología del héroe; otros (nada perspicazmente) una *transcripción* del Quijote; la baronesa de Bacourt, la influencia de Nietzsche. A esa tercera interpretación (que juzgo irrefutable) no sé si me atreveré a añadir una cuarta, que condice muy bien con la casi divina modestia de Pierre Menard: su hábito resignado o irónico de propagar ideas que eran el estricto reverso de las preferidas por él. (Rememoremos otra vez su diatriba contra Paul Valéry en la efímera hoja superrealista de Jacques Reboul.) El texto de Cervantes y el de Menard son verbalmente idénticos, pero el segundo es casi infinitamente más rico. (Más ambiguo, dirán sus detractores; pero la ambigüedad es una riqueza.)

Es una revelación cotejar el Don Quijote de Menard con el de Cervantes. Éste, por ejemplo, escribió (Don Quijote, primera parte, noveno capítulo):

> ... la verdad, cuya madre es la historia, émula del tiempo, depósito de las acciones, testigo de lo pasado, ejemplo y aviso de lo presente, advertencia de lo por venir.

Redactada en el siglo diecisiete, redactada por el «ingenio lego» Cervantes, esa enumeración es un mero elogio retórico de la historia. Menard, en cambio, escribe:

> ... la verdad, cuya madre es la historia, émula del tiempo, depósito de las acciones, testigo de lo pasado, ejemplo y aviso de lo presente, advertencia de lo porvenir.

La historia, *madre* de la verdad; la idea es asombrosa. Menard, contemporáneo de William James, no define la historia como una indagación de la realidad sino como su origen. La verdad histórica, para él, no es lo que sucedió; es lo que juzgamos que sucedió. Las cláusulas finales —*ejemplo y aviso de lo presente, advertencia de lo por venir*— son descaradamente pragmáticas.

También es vívido el contraste de los estilos. El estilo arcaizante de Menard —extranjero al fin— adolece de alguna afectación. No así el del precursor, que maneja con desenfado el español corriente de su época.

No hay ejercicio intelectual que no sea finalmente inútil. Una doctrina filosófica es al principio una descripción verosímil del universo; giran los años y es un mero capítulo —cuando no un párrafo o un nombre— de la historia de la filosofía. En la literatura, esa caducidad final es aún más notoria. El Quijote —me dijo

Menard— fue ante todo un libro agradable; ahora es una ocasión de brindis patrióticos, de soberbia gramatical, de obscenas ediciones de lujo. La gloria es una incomprensión y quizá la peor.

Nada tienen de nuevo esas comprobaciones nihilistas; lo singular es la decisión que de ellas derivó Pierre Menard. Resolvió adelantarse a la vanidad que aguarda todas las fatigas del hombre; acometió una empresa complejísima y de antemano fútil. Dedicó sus escrúpulos y vigilias a repetir en un idioma ajeno un libro preexistente. Multiplicó los borradores; corrigió tenazmente y desgarró miles de páginas manuscritas*. No permitió que fueran examinadas por nadie y cuidó que no le sobrevivieran. En vano he procurado reconstruirlas.

He reflexionado que es lícito ver en el Quijote «final» una especie de palimpsesto, en el que deben traslucirse los rastros —tenues pero no indescifrables— de la «previa» escritura de nuestro amigo. Desgraciadamente, sólo un segundo Pierre Menard, invirtiendo el trabajo del anterior, podría exhumar y resucitar esas Troyas...

«Pensar, analizar, inventar (me escribió también) no son actos anómalos, son la normal respiración de la inteligencia. Glorificar el ocasional cumplimiento de esa función, atesorar antiguos y ajenos pensamientos, recordar con incrédulo estupor lo que el *doctor universalis* pensó, es confesar nuestra languidez o nuestra barbarie. Todo hombre debe ser capaz de todas las ideas y entiendo que en el porvenir lo será.»

Menard (acaso sin quererlo) ha enriquecido mediante una técnica nueva el arte detenido y rudimentario de la lectura: la técnica del anacronismo deliberado y de las atribuciones erróneas. Esa técnica de aplicación infinita nos insta a recorrer la Odisea como si fuera

---

* Recuerdo sus cuadernos cuadriculados, sus negras tachaduras, sus peculiares símbolos tipográficos y su letra de insecto. En los atardeceres le gustaba salir a caminar por los arrabales de Nîmes; solía llevar consigo un cuaderno y hacer una alegre fogata.

posterior a la Eneida y el libro *Le jardin du Centaure* de Madame Henri Bachelier como si fuera de Madame Henri Bachelier. Esa técnica puebla de aventura los libros más calmosos. Atribuir a Louis Ferdinand Céline o a James Joyce la *Imitación de Cristo* ¿no es una suficiente renovación de esos tenues avisos espirituales?

Nîmes, 1939

Las ruinas circulares*

And if he left off dreaming about you...[1]
Through the Looking-Glass, VI

Nadie lo vio desembarcar en la unánime noche, nadie vio la canoa de bambú sumiéndose en el fango sagrado, pero a los pocos días nadie ignoraba que el hombre taciturno venía del Sur y que su patria era una de las infinitas aldeas que están aguas arriba, en el flanco violento de la montaña, donde el idioma zend no está contaminado de griego y donde es infrecuente la lepra. Lo cierto es que el hombre gris besó el fango, repechó la ribera sin apartar (probablemente, sin sentir) las cortaderas que le dilaceraban las carnes y se arrastró, mareado y ensangrentado, hasta el recinto circular que corona un tigre[2] o caballo de piedra, que tuvo alguna vez

---

* Este cuento se publica por primera vez en libro en el volumen *El jardín de senderos que se bifurcan,* Buenos Aires, Sur, 1942, incluido a partir de 1944 en *Ficciones.*

[1] Esta cita de *A través del espejo* de Lewis Carroll prefigura la idea central del cuento: un hombre empeñado en soñar a otro hombre y en definitiva fruto del sueño de un tercero. Según la interpretación de Jaime Alazraki *(La prosa narrativa de J. L. B.)* se trataría de una visión idealista del mundo según la formulación budista. Por su parte, Jaime Rest apunta la influencia de Hume en el escepticismo borgeano acerca de la realidad (cfr. *El laberinto del universo. Borges y el pensamiento nominalista,* Buenos Aires, Ediciones Fausto, 1976). *Through the Looking Glass* (incorporado a la edición de Martin Gardner, *The Annotated Alice,* Londres, Penguin Books, 1970).

[2] Curiosamente, a la hora de elegir un animal sagrado para situarlo en el recinto templario, Borges elige su vieja obsesión, el tigre que está aquí muy relacionado con el fuego.

el color del fuego y ahora el de la ceniza. Ese redondel es un templo que devoraron los incendios antiguos, que la selva palúdica ha profanado y cuyo dios no recibe honor de los hombres. El forastero se tendió bajo el pedestal. Lo[3] despertó el sol alto. Comprobó sin asombro, que las heridas habían cicatrizado; cerró los ojos pálidos y durmió, no por flaqueza de la carne sino por determinación de la voluntad. Sabía que ese templo era el lugar que requería su invencible propósito; sabía que los árboles incesantes no habían logrado estrangular, río abajo, las ruinas de otro templo propicio, también de dioses incendiados y muertos; sabía que su inmediata obligación era el sueño. Hacia la medianoche lo despertó el grito inconsolable de un pájaro. Rastros de pies descalzos, unos higos y un cántaro le advirtieron que los hombres de la región habían espiado con respeto su sueño y solicitaban su amparo o temían su magia. Sintió el frío del miedo y buscó en la muralla dilapidada un nicho sepulcral y se tapó con hojas desconocidas.

El propósito que lo guiaba no era imposible, aunque sí sobrenatural. Quería soñar un hombre: quería soñarlo con integridad minuciosa e imponerlo a la realidad. Ese proyecto mágico había agotado el espacio entero de su alma; si alguien le hubiera preguntado su propio nombre o cualquier rasgo de su vida anterior, no habría acertado a responder. Le convenía el templo inhabitado y despedazado, porque era un mínimo de mundo visible; la cercanía de los leñadores también, porque éstos se encargaban de subvenir a sus necesidades frugales. El arroz y las frutas de su tributo eran pábulo suficiente para su cuerpo, consagrado a la única tarea de dormir y soñar.

---

[3] Es común en América Latina la utilización de la forma etimológica del pronombre para el acusativo y habitual en toda la obra de Borges. La forma *lo*, en este caso en función de objeto directo-indirecto, puede cumplir funciones menos ambiguas y es más antigua que el *le* no etimológico utilizado en España (cfr. *Esbozo de una Nueva Gramática de la lengua española,* Madrid, Espasa-Calpe, 1973, páginas 204-205, y Alonso Zamora Vicente, *Dialectología española,* Madrid, Gredos, 2.ª ed., 1970, págs. 431 y ss.).

Al principio, los sueños eran caóticos; poco después, fueron de naturaleza dialéctica. El forastero se soñaba en el centro de un anfiteatro circular que era de algún modo el templo incendiado: nubes de alumnos taciturnos fatigaban las gradas; las caras de los últimos pendían a muchos siglos de distancia y a una altura estelar, pero eran del todo precisas. El hombre les dictaba lecciones de anatomía, de cosmografía, de magia: los rostros escuchaban con ansiedad y procuraban responder con entendimiento, como si adivinaran la importancia de aquel examen, que redimiría a uno de ellos de su condición de vana apariencia y lo interpolaría en el mundo real. El hombre, en el sueño y en la vigilia, consideraba las respuestas de sus fantasmas, no se dejaba embaucar por los impostores, adivinaba en ciertas perplejidades una inteligencia creciente. Buscaba un alma que mereciera participar en el universo.

A las nueve o diez noches comprendió con alguna amargura que nada podía esperar de aquellos alumnos que aceptaban con pasividad su doctrina y sí de aquellos que arriesgaban, a veces, una contradicción razonable. Los primeros, aunque dignos de amor y de buen afecto, no podían ascender a individuos; los últimos preexistían un poco más. Una tarde (ahora también las tardes eran tributarias del sueño, ahora no velaba sino un par de horas en el amanecer) licenció para siempre el vasto colegio ilusorio y se quedó con un solo alumno. Era un muchacho taciturno, cetrino, díscolo a veces, de rasgos afilados que repetían los de su soñador. No lo desconcertó por mucho tiempo la brusca eliminación de los condiscípulos; su progreso, al cabo de unas pocas lecciones particulares, pudo maravillar al maestro. Sin embargo, la catástrofe sobrevino. El hombre, un día, emergió del sueño como de un desierto viscoso, miró la vana luz de la tarde que al pronto confundió con la aurora y comprendió que no había soñado. Toda esa noche y todo el día, la intolerable lucidez del insomnio se abatió contra él. Quiso explorar la selva, extenuarse; apenas alcanzó entre la cicuta unas rachas de sueño débil, veteadas fugazmente de visiones de tipo rudimental: inservibles. Quiso congregar el colegio y apenas hubo articulado unas breves palabras de exhortación, éste se deformó, se borró. En la casi perpetua vigilia, lágrimas de ira le quemaban los viejos ojos.

Comprendió que el empeño de modelar la materia incoherente y vertiginosa de que se componen los sueños es el más arduo que puede acometer un varón, aunque penetre todos los enigmas del orden superior y del inferior: mucho más arduo que tejer una cuerda de arena o que amonedar el viento sin cara. Comprendió que un fracaso inicial era inevitable. Juró olvidar la enorme alucinación que lo había desviado al principio y buscó otro método de trabajo. Antes de ejercitarlo, dedicó un mes a la reposición de las fuerzas que había malgastado el delirio. Abandonó toda premeditación de soñar y casi acto continuo logró dormir un trecho razonable del día. Las raras veces que soñó durante ese período, no reparó en los sueños. Para reanudar la tarea, esperó que el disco de la luna fuera perfecto. Luego, en la tarde, se purificó en las aguas del río, adoró los dioses planetarios, pronunció las sílabas lícitas de un nombre poderoso y durmió. Casi inmediatamente, soñó con un corazón que latía.

Lo soñó activo, caluroso, secreto, del grandor de un puño cerrado, color granate en la penumbra de un cuerpo humano aun sin cara ni sexo; con minucioso amor lo soñó, durante catorce lúcidas noches. Cada noche, lo percibía con mayor evidencia. No lo tocaba: se limitaba a atestiguarlo, a observarlo, tal vez a corregirlo con la mirada. Lo percibía, lo vivía, desde muchas distancias y muchos ángulos. La noche catorcena rozó la arteria pulmonar con el índice y luego todo el corazón, desde afuera y adentro. El examen lo satisfizo. Deliberadamente no soñó durante una noche: luego retomó el corazón, invocó el nombre de un planeta y emprendió la visión de otro de los órganos principales. Antes de un año llegó al esqueleto, a los párpados. El pelo innumerable fue tal vez la tarea más difícil. Soñó un hombre íntegro, un mancebo, pero éste no se incorporaba ni hablaba ni podía abrir los ojos. Noche tras noche, el hombre lo soñaba dormido.

En las cosmogonías gnósticas[4], los demiurgos[5] amasan un rojo Adán que no logra ponerse de pie; tan inhábil y rudo y elemental como ese Adán de polvo era el Adán de sueño que las noches del mago habían fabricado. Una tarde, el hombre casi destruyó toda su obra, pero se arrepintió. (Más le hubiera valido destruirla.) Agotados los votos a los númenes de la tierra y del río, se arrojó a los pies de la efigie que tal vez era un tigre y tal vez un potro, e imploró su desconocido socorro. Ese crepúsculo, soñó con la estatua. La soñó viva, trémula: no era un atroz bastardo de tigre y potro, sino a la vez esas dos criaturas vehementes y también un toro, una rosa, una tempestad. Ese múltiple dios le reveló que su nombre terrenal era Fuego, que en ese templo circular (y en otros iguales) le habían rendido sacrificios y culto y que mágicamente animaría al fantasma soñado, de suerte que todas las criaturas, excepto el Fuego mismo y el soñador, lo pensaran un hombre de carne y hueso. Le ordenó que una vez instruido en los ritos, lo enviaría al otro templo despedazado cuyas pirámides persisten aguas abajo, para que alguna voz lo glorificara en aquel edificio desierto. En el sueño del hombre que soñaba, el soñado se despertó.

El mago ejecutó esas órdenes. Consagró un plazo (que finalmente abarcó dos años) a descubrirle *los arcanos del universo*[6] y del culto del fuego. Íntimamente, le

---

[4] y [5] El mundo como sueño de Alguien, y su consiguiente reconocimiento de un *soñador* que puede a su vez ser soñado, podría parecer una negación de esa cosmogonía gnóstica, que, sin embargo, asoma constantemente en la idea borgeana del universo. Es precisamente en esa zona de nadie entre la enunciación de la cosmogonía y en su plausible refutación donde reside la fascinación de su literatura. (Si Dios es Alguien, ese Alguien inevitablemente debe ser Nadie, es la conclusión que Jaime Rest asocia a la fábula del Simurg en la que los pájaros que buscan laboriosamente al Simurg, descubren diezmados por los trabajos que el Simurg son ellos.) (Ver *Manual de Zoología Fantástica.*)

[6] En la creación del hijo soñado y en su posterior educación en *los arcanos del universo,* este lector cree oír los ecos de la epopeya

dolía apartarse de él. Con el pretexto de la necesidad pedagógica, dilatada cada día las horas dedicadas al sueño. También rehizo el hombro derecho, acaso deficiente. A veces, lo inquietaba una impresión de que ya todo eso había acontecido... En general, sus días eran felices; al cerrar los ojos pensaba: *Ahora estaré con mi hijo.* O, más raramente: *El hijo que he engendrado me espera y no existirá si no voy.*

Gradualmente, lo fue acostumbrando a la realidad. Una vez le ordenó que embanderara una cumbre lejana. Al otro día, flameaba la bandera en la cumbre. Ensayó otros experimentos análogos, cada vez más audaces. Comprendió con cierta amargura que su hijo estaba listo para nacer —y tal vez impaciente. Esa noche lo besó por primera vez y lo envió al otro templo cuyos despojos blanqueaban río abajo, a muchas leguas de inextricable selva y de ciénaga. Antes (para que no supiera nunca que era un fantasma, para que se creyera un hombre como los otros) le infundió el olvido total de sus años de aprendizaje.

Su victoria y su paz quedaron empañadas de hastío. En los crepúsculos de la tarde y del alba, se prosternaba ante la figura de piedra, tal vez imaginando que su hijo irreal ejecutaba idénticos ritos, en otras ruinas circulares, aguas abajo; de noche no soñaba, o soñaba como lo hacen todos los hombres. Percibía con cierta palidez los sonidos y formas del universo: el hijo ausente se nutría de esas disminuciones de su alma. El propósito de su vida estaba colmado; el hombre persistió en una suerte de éxtasis. Al cabo de un tiempo que ciertos narradores de su historia prefieren computar en años y otros en lustros, lo despertaron dos remeros a medianoche: no pudo ver sus caras, pero le hablaron de un hombre mágico en un templo del norte, capaz de hollar

---

sumeria de Gilgamesh y concretamente los episodios de la creación de Enkidu, el perfecto sosias del héroe. No falta tampoco a esta cita la idea cabalística del Golem, a la que dedicó Borges uno de sus más célebres poemas y, por consiguiente, a la relación entre el creador, el poeta y su obra.

el fuego y de no quemarse. El mago recordó bruscamente las palabras del dios. Recordó que de todas las criaturas que componen el orbe, el fuego era la única que sabía que su hijo era un fantasma. Ese recuerdo, apaciguador al principio, acabó por atormentarlo. Temió que su hijo meditara en ese privilegio anormal y descubriera de algún modo su condición de mero simulacro. No ser un hombre, ser la proyección del sueño de otro hombre ¡qué humillación incomparable, qué vértigo! A todo padre le interesan los hijos que ha procreado (que ha permitido) en una mera confusión o felicidad; es natural que el mago temiera por el porvenir de aquel hijo, pensado entraña por entraña y rasgo por rasgo, en mil y una noches secretas.

El término de sus cavilaciones fue brusco, pero lo prometieron algunos signos. Primero (al cabo de una larga sequía) una remota nube en un cerro, liviana como un pájaro; luego, hacia el Sur, el cielo que tenía el color rosado de la encía de los leopardos; luego las humaredas que herrumbraron el metal de las noches; después la fuga pánica de las bestias. Porque se repitió lo acontecido hace muchos siglos. Las ruinas del santuario del dios del fuego fueron destruidas por el fuego. En un alba sin pájaros el mago vio cernirse contra los muros el incendio concéntrico. Por un instante, pensó refugiarse en las aguas, pero luego comprendió que la muerte venía a coronar su vejez y a absolverlo de sus trabajos. Caminó contra los jirones de fuego. Éstos no mordieron su carne, éstos lo acariciaron y lo inundaron sin calor y sin combustión. Con alivio, con humillación, con terror, comprendió que él también era una apariencia, que otro estaba soñándolo[7].

---

[7] El hombre soñado, producto de un demiurgo o de la voluntad inescrutable del azar es un eslabón más de una cadena infinita y concéntrica de la que no hay escapatoria posible. El cerrado laberinto, el círculo vicioso aprisiona a la *apariencia*. En ese abismo coexisten la realidad y la ficción.

La biblioteca de Babel

By this art you may contemplate the variation of the 23 letters...
The Anatomy of Melancholy, part. 2, sect. II, mem. IV.

El universo (que otros llaman la Biblioteca) se compone de un número indefinido, y tal vez infinito, de galerías hexagonales, con vastos pozos de ventilación en el medio, cercados por barandas bajísimas[1]. Desde cualquier hexágono, se ven los pisos inferiores y superiores: interminablemente. La distribución de las galerías es invariable. Veinte anaqueles, a cinco largos anaqueles por lado, cubren todos los lados menos dos; su altura, que es la de los pisos, excede apenas la de un bibliotecario normal. Una de las caras libres da a un angosto zaguán, que desemboca en otra galería, idéntica a la primera y a todas. A izquierda y a derecha del zaguán hay

---

* Este cuento se publica por primera vez en libro en el volumen *El jardín de senderos que se bifurcan,* Buenos Aires, Sur, 1942, y a partir de 1944 engrosa *Ficciones.*

[1] La biblioteca como una forma alternativa o sustitutoria del universo, entregada a la curiosidad de los hombres, es una de las posibilidades anotadas en este párrafo. El «cualquier cosa es todas las cosas» reasumido del «todo es símbolo» de Leon Bloy, hace posible que en la descripción de la biblioteca que ahora sigue nos encontremos con una caótica metáfora del universo. En el «Poema de los dones» identifica el Paraíso con la biblioteca. («Yo, que me figuraba el Paraíso / Bajo la especie de una biblioteca.»)

dos gabinetes minúsculos. Uno permite dormir de pie; otro, satisfacer las necesidades finales. Por ahí pasa la escalera espiral, que se abisma y se eleva hacia lo remoto. En el zaguán hay un espejo, que fielmente duplica las apariencias. Los hombres suelen inferir de ese espejo que la Biblioteca no es infinita (si lo fuera realmente ¿a qué esa duplicación ilusoria?); yo prefiero soñar que las superficies bruñidas figuran y prometen el infinito... La luz procede de unas frutas esféricas que llevan el nombre de lámparas. Hay dos en cada hexágono: transversales. La luz que emiten es insuficiente, incesante.

Como todos los hombres de la Biblioteca, he viajado en mi juventud; he peregrinado en busca de un libro, acaso del catálogo de catálogos; ahora que mis ojos casi no pueden descifrar lo que escribo, me preparo a morir a unas pocas leguas del hexágono en que nací. Muerto, no faltarán manos piadosas que me tiren por la baranda; mi sepultura será el aire insondable; mi cuerpo se hundirá largamente y se corromperá y disolverá en el viento engendrado por la caída, que es infinita. Yo afirmo que la Biblioteca es interminable. Los idealistas arguyen que las salas hexagonales son una forma necesaria del espacio absoluto o, por lo menos, de nuestra intuición del espacio. Razonan que es inconcebible una sala triangular o pentagonal. (Los místicos pretenden que el éxtasis les revela una cámara circular con un gran libro circular de lomo continuo, que da toda la vuelta de las paredes; pero su testimonio es sospechoso; sus palabras, oscuras. Ese libro cíclico es Dios.) Básteme, por ahora, repetir el dictamen clásico: *La Biblioteca es una esfera cuyo centro cabal es cualquier hexágono, cuya circunferencia es inaccesible* [2].

---

[2] Este fragmento tiene concomitancias con el ensayo de Borges incluido en su libro *Otras Inquisiciones* (1952) y titulado «La esfera de Pascal». Por la fecha de su redacción, 1951, es, sin embargo, posterior al cuento. La metáfora geométrica de la esfera es utilizada para la inabarcable idea de Dios. Escribe Borges sobre Pascal, como si

A cada uno de los muros de cada hexágono corresponden cinco anaqueles; cada anaquel encierra treinta y dos libros de formato uniforme; cada libro es de cuatrocientas diez páginas; cada página, de cuarenta renglones; cada renglón, de unas ochenta letras de color negro. También hay letras en el dorso de cada libro; esas letras nò indican o prefiguran lo que dirán las páginas. Sé que esa inconexión, alguna vez, pareció misteriosa. Antes de resumir la solución (cuyo descubrimiento, a pesar de sus trágicas proyecciones, es quizá el hecho capital de la historia) quiero rememorar algunos axiomas.

El primero: La Biblioteca existe *ab aeterno*. De esa verdad cuyo corolario inmediato es la eternidad futura del mundo, ninguna mente razonable puede dudar. El hombre, el imperfecto bibliotecario, puede ser obra del azar o de los demiurgos malévolos; el universo, con su elegante dotación de anaqueles, de tomos enigmáticos, de infatigables escaleras para el viajero y de letrinas para el bibliotecario sentado, sólo puede ser obra de un dios. Para percibir la distancia que hay entre lo divino y lo humano, basta comparar estos rudos símbolos trémulos que mi falible mano garabatea en la tapa de un libro, con las letras orgánicas del interior: puntuales, delicadas, negrísimas, inimitablemente simétricas.

El segundo: *El número de símbolos ortográficos es veinticinco**. Esa comprobación permitió, hace trescientos años, formular una teoría general de la Biblioteca y resolver satisfactoriamente el problema que ninguna conjetura había descifrado: la naturaleza informe y caótica de casi todos los libros. Uno, que mi padre vio en un hexágono del circuito quince noventa y cuatro, cons-

---

escribiese sobre sí mismo: «El espacio absoluto que había sido una liberación para Bruno, fue un laberinto y un abismo para Pascal. Éste aborrecía el universo y hubiera querido adorar a Dios, pero Dios, para él, era menos real que el aborrecido universo.»

* El manuscrito original no contiene guarismos o mayúsculas. La puntuación ha sido limitada a la coma y al punto. Esos dos signos, el espacio y las veintidós letras del alfabeto son los veinticinco símbolos suficientes que enumera el desconocido. *(Nota del Editor.)*

taba de las letras M C V perversamente repetidas desde el renglón primero hasta el último. Otro (muy consultado en esta zona) es un mero laberinto de letras, pero la página penúltima dice *Oh tiempo tus pirámides.* Ya se sabe: por una línea razonable o una recta noticia hay leguas de insensatas cacofonías, de fárragos verbales y de incoherencias. (Yo sé de una región cerril cuyos bibliotecarios repudian la supersticiosa y vana costumbre de buscar sentido en los libros y la equiparan a la de buscarle en los sueños o en las líneas caóticas de la mano... Admiten que los inventores de la escritura imitaron los veinticinco símbolos naturales, pero sostienen que esa aplicación es casual y que los libros nada significan en sí. Ese dictamen, ya veremos, no es del todo falaz.)

Durante mucho tiempo se creyó que esos libros impenetrables correspondían a lenguas pretéritas o remotas. Es verdad que los hombres más antiguos, los primeros bibliotecarios, usaban un lenguaje asaz diferente del que hablamos ahora: es verdad que unas millas a la derecha la lengua es dialectal y que noventa pisos más arriba, es incomprensible. Todo eso, lo repito, es verdad, pero cuatrocientas diez páginas de inalterables M C V no pueden corresponder a ningún idioma, por dialectal o rudimentario que sea. Algunos insinuaron que cada letra podía influir en la subsiguiente y que el valor de M C V en la tercera línea de la página 71 no era el que puede tener la misma serie en otra posición de otra página, pero esa vaga tesis no prosperó. Otros pensaron en criptografías; universalmente esa conjetura ha sido aceptada, aunque no en el sentido en que la formularon sus inventores.

Hace quinientos años, el jefe de un hexágono superior* dio con un libro tan confuso como los otros, pero

---

* Antes, por cada tres hexágonos había un hombre. El suicidio y las enfermedades pulmonares han destruido esa proporción. Memoria de indecible melancolía: a veces he viajado muchas noches por corredores y escaleras pulidas sin hallar un solo bibliotecario.

que tenía casi dos hojas de líneas homogéneas. Mostró su hallazgo a un descifrador ambulante, que le dijo que estaban redactadas en portugués; otros le dijeron que en yiddish. Antes de un siglo pudo establecerse el idioma: un dialecto samoyedo-lituano del guaraní, con inflexiones de árabe clásico. También se descifró el contenido: nociones de análisis combinatorio, ilustradas por ejemplos de variaciones con repetición ilimitada. Esos ejemplos permitieron que un bibliotecario de genio descubriera la ley fundamental de la Biblioteca. Este pensador observó que todos los libros, por diversos que sean, constan de elementos iguales: el espacio, el punto, la coma, las veintidós letras del alfabeto. También alegó un hecho que todos los viajeros han confirmado: *No hay, en la vasta Biblioteca, dos libros idénticos.* De esas premisas incontrovertibles dedujo que la Biblioteca es total y que sus anaqueles registran todas las posibles combinaciones de los veintitantos símbolos ortográficos (número, aunque vastísimo, no infinito) o sea todo lo que es dable expresar: en todos los idiomas[3]. Todo: la historia minuciosa del porvenir, las autobiografías de los arcángeles, el catálogo fiel de la Biblioteca, miles y miles de catálogos falsos, la demostración de la falacia de esos catálogos, la demostración de la falacia del catálogo verdadero, el evangelio gnóstico de Basílides, el comentario de ese evangelio, el comentario del comentario de ese evangelio, la relación verídica de tu muerte, la versión de cada libro a todas las lenguas, las interpretaciones de cada libro en todos los libros, el tratado que Beda pudo escribir (y no escribió) sobre la mitología de los sajones, los libros perdidos de Tácito.

---

[3] La biblioteca resulta de las combinaciones, de todas las combinaciones posibles de los veintidós símbolos ortográficos. Si la biblioteca es a su vez un símbolo del universo, ese universo existe por la combinación de las veintidós letras, y esa idea nos lleva directamente a la Kábala, que ya se insinuaba en otros párrafos y que estará presente en toda la narración. Saúl Sosnowski, entre otros, ha realizado una interpretación cabalística de éste y otros cuentos de Borges. (Cfr. *Borges y la cábala,* Buenos Aires, Hispamérica, 1976.)

Cuando se proclamó que la Biblioteca abarcaba todos los libros, la primera impresión fue de extravagante felicidad. Todos los hombres se sintieron señores de un tesoro intacto y secreto. No había problema personal o mundial cuya elocuente solución no existiera: en algún hexágono. El universo estaba justificado, el universo bruscamente usurpó las dimensiones ilimitadas de la esperanza. En aquel tiempo se habló mucho de las Vindicaciones: libros de apología y de profecía, que para siempre vindicaban los actos de cada hombre del universo y guardaban arcanos prodigiosos para su porvenir. Miles de codiciosos abandonaron el dulce hexágono natal y se lanzaron escaleras arriba, urgidos por el vano propósito de encontrar su Vindicación. Esos peregrinos disputaban en los corredores estrechos, proferían oscuras maldiciones, se estrangulaban en las escaleras divinas, arrojaban los libros engañosos al fondo de los túneles, morían despeñados por los hombres de regiones remotas. Otros se enloquecieron... Las Vindicaciones existen (yo he visto dos que se refieren a personas del porvenir, a personas acaso no imaginarias) pero los buscadores no recordaban que la posibilidad de que un hombre encuentre la suya, o alguna pérfida variación de la suya, es computable en cero.

También se esperó entonces la aclaración de los misterios básicos de la humanidad: el origen de la Biblioteca y del tiempo. Es verosímil que esos graves misterios puedan explicarse en palabras: si no basta el lenguaje de los filósofos, la multiforme Biblioteca habrá producido el idioma inaudito que se requiere y los vocabularios y gramáticas de ese idioma. Hace ya cuatro siglos que los hombres fatigan los hexágonos... Hay buscadores oficiales, *inquisidores*. Yo los he visto en el desempeño de su función: llegan siempre rendidos; hablan de una escalera sin peldaños que casi los mató; hablan de galerías y de escaleras con el bibliotecario; alguna vez, toman el libro más cercano y lo hojean, en busca de palabras infames. Visiblemente, nadie espera descubrir nada.

A la desaforada esperanza, sucedió, como es natural,

una depresión excesiva. La certidumbre de que algún anaquel en algún hexágono encerraba libros preciosos y de que esos libros preciosos eran inaccesibles, pareció casi intolerable. Una secta blasfema sugirió que cesaran las buscas y que todos los hombres barajaran letras y símbolos, hasta construir, mediante un improbable don del azar, esos libros canónicos. Las autoridades se vieron obligadas a promulgar órdenes severas. La secta desapareció, pero en mi niñez he visto hombres viejos que largamente se ocultaban en las letrinas, con unos discos de metal en un cubilete prohibido, y débilmente remedaban el divino desorden.

Otros, inversamente, creyeron que lo primordial era eliminar las obras inútiles. Invadían los hexágonos, exhibían credenciales no siempre falsas, hojeaban con fastidio un volumen y condenaban anaqueles enteros: a su furor higiénico, ascético, se debe la insensata perdición de millones de libros. Su nombre es execrado, pero quienes deploran los «tesoros» que su frenesí destruyó, negligen dos hechos notorios. Uno: la Biblioteca es tan enorme que toda reducción de origen humano resulta infinitesimal. Otro: cada ejemplar es único, irreemplazable, pero (como la Biblioteca es total) hay siempre varios centenares de miles de facsímiles imperfectos: de obras que no difieren sino por una letra o por una coma. Contra la opinión general, me atrevo a suponer que las consecuencias de las depreciaciones cometidas por los Purificadores, han sido exageradas por el horror que esos fanáticos provocaron. Los urgía el delirio de conquistar los libros del Hexágono Carmesí: libros de formato menor que los naturales; omnipotentes, ilustrados y mágicos.

También sabemos de otra superstición de aquel tiempo: la del Hombre del Libro. En algún anaquel de algún hexágono (razonaron los hombres) debe existir un libro que sea la cifra y el comercio perfecto *de todos los demás:* algún bibliotecario lo ha recorrido y es análogo a un dios. En el lenguaje de esta zona persisten aún vestigios del culto de ese funcionario remoto. Muchos peregrinaron en busca de Él. Durante un siglo fatigaron en vano los más diversos rumbos. ¿Cómo localizar el venerado hexágono secreto que lo hospedaba? Alguien propuso un método regresivo: Para localizar el libro A, consultar previamente un libro B que indique el sitio de A; para localizar el libro B, consultar previamente un libro C, y así hasta lo infinito... En aventuras de ésas, he prodigado y consumido mis años. No me parece inverosímil que en algún anaquel del universo haya un libro total*; ruego a los dioses ignorados que un hombre —¡uno solo, aunque sea, hace miles de años!— lo haya examinado y leído. Si el honor y la sabiduría y la felicidad no son para mí, que sean para otros. Que el cielo exista, aunque mi lugar sea el infierno. Que yo sea ultrajado y aniquilado, pero que en un instante, en un ser, Tu enorme Biblioteca se justifique.

Afirman los impíos que el disparate es normal en la Biblioteca y que lo razonable (y aun la humilde y pura coherencia) es una casi milagrosa excepción. Hablan (lo sé) de «la Biblioteca febril, cuyos azarosos volúmenes corren el incesante albur de cambiarse en otros y que todo lo afirman, lo niegan y lo confunden como una divinidad que delira». Esas palabras que no sólo denuncian el desorden sino que lo ejemplifican también, notoriamente prueban su gusto pésimo y su desesperada ignorancia. En efecto, la Biblioteca incluye todas las estructuras verbales, todas las variaciones que permiten los veinticinco símbolos ortográficos, pero no un solo disparate absoluto. Inútil observar que el mejor volumen de los muchos hexágonos que administro se titula *Trueno peinado,* y otro *El calambre de yeso* y otro *Axaxaxas mlö.* Esas proposiciones, a primera vista incoherentes, sin duda son capaces de una justificación criptográfica o alegórica; esa justificación es verbal y, *ex hypothesi*, ya

---

* Lo repito: basta que un libro sea posible para que exista. Sólo está excluido lo imposible. Por ejemplo: ningún libro es también una escalera, aunque sin duda hay libros que discuten y niegan y demuestran esa posibilidad y otros cuya estructura corresponde a la de una escalera.

figura en la Biblioteca. No puedo combinar unos caracteres

dhcmrlchtdj

que la divina Biblioteca no haya previsto y que en alguna de sus lenguas secretas no encierren un terrible sentido. Nadie puede articular una sílaba que no esté llena de ternuras y de temores: que no sea en alguno de esos lenguajes el nombre poderoso de un dios. Hablar es incurrir en tautologías. Esta epístola inútil y palabrera ya existe en uno de los treinta volúmenes de los cinco anaqueles de uno de los incontables hexágonos —y también su refutación. (Un número *n* de lenguajes posibles usa el mismo vocabulario; en algunos, el símbolo *biblioteca* admite la correcta definición *ubicuo y perdurable sistema de galerías hexagonales,* pero *biblioteca* es *pan* o *pirámide* o cualquier otra cosa, y las siete palabras que la definen tienen otro valor. Tú, que me lees, ¿estás seguro de entender mi lenguaje?).

La escritura metódica me distrae de la presente condición de los hombres. La certidumbre de que todo está escrito nos anula o nos afantasma. Yo conozco distritos en que los jóvenes se prosternan ante los libros y besan con barbarie las páginas, pero no saben descifrar una sola letra. Las epidemias, las discordias heréticas, las peregrinaciones que inevitablemente degeneran en bandolerismo, han diezmado la población. Creo haber mencionado los suicidios, cada año más frecuentes. Quizá me engañen la vejez y el temor, pero sospecho que la especie humana —la única— está por extinguirse y que la Biblioteca perdurará; iluminada, solitaria, infinita, perfectamente inmóvil, armada de volúmenes preciosos, inútil, incorruptible, secreta.

Acabo de escribir *infinita.* No he interpolado ese adjetivo por una costumbre retórica; digo que no es ilógico pensar que el mundo es infinito. Quienes lo juzgan limitado, postulan que en lugares remotos los corredores y escaleras y hexágonos pueden inconcebiblemente cesar

—lo cual es absurdo. Quienes lo imaginan sin límites, olvidan que los tiene el número posible de libros. Yo me atrevo a insinuar esta solución del antiguo problema: *La biblioteca es ilimitada y periódica.* Si un eterno viajero la atravesara en cualquier dirección, comprobaría al cabo de los siglos que los mismos volúmenes se repiten en el mismo desorden (que, repetido, sería un orden: el Orden). Mi soledad se alegra con esa elegante esperanza*.

Mar del Plata, 1941

---

* Letizia Álvarez de Toledo ha observado que la vasta Biblioteca es inútil; en rigor, bastaría *un solo volumen,* de formato común, impreso en cuerpo nueve o en cuerpo diez, que constara de un número infinito de hojas infinitamente delgadas. (Cavalieri a principios del siglo XVII, dijo que todo cuerpo sólido es la superposición de un número infinito de planos.) El manejo de ese *vademecum* sedoso no sería cómodo: cada hoja aparente se desdoblaría en otras análogas; la inconcebible hoja central no tendría revés[4].

[4] En esta nota final, Borges anticipa el tema de uno de sus cuentos más recientes, *El libro de arena,* un libro de páginas infinitas en el que al abrirlo el lector se encuentra un libro nuevo e irrepetible.

Funes el memorioso*

Lo recuerdo (yo no tengo derecho a pronunciar ese verbo sagrado, sólo un hombre en la tierra tuvo derecho y ese hombre ha muerto) con una oscura pasionaria en la mano, viéndola como nadie ha visto, aunque la mirara desde el crepúsculo del día hasta el de la noche, toda una vida entera. Lo recuerdo, la cara taciturna y aindiada y singularmente *remota,* detrás del cigarrillo[1]. Recuerdo (creo) sus manos afiladas de trenzador. Recuerdo cerca de esas manos un mate, con las armas de la Banda Oriental[2]; recuerdo en la ventana de la casa una estera amarilla, con un vago paisaje lacustre. Recuerdo claramente su voz; la voz pausada, resentida y nasal del orillero antiguo, sin los silbidos italianos de ahora. Más

* Como los anteriores, este cuento se publicó por primera vez en libro en *Jardín de senderos que se bifurcan,* y fue incorporado en 1944 a la primera parte de *Ficciones.* El tema de un hombre de prodigiosa memoria está presente, además de en las fuentes citadas en el propio cuento, en una narración de Turgeniev titulada *Reliquias* e incluida en *Memorias de un Cazador.*

[1] La memoria, el tiempo detenido, la noción de eternidad son constantes en la obra de Borges. De ahí que exista un paralelismo entre este cuento y «El Inmortal». El propio autor al recordar, muchos años después, la escena de su encuentro con Funes hace una extraña ostentación de memoria. No debemos olvidar que Borges siempre fue un gran memorista, que hace pública gala de ella: son famosas sus recitaciones de largos poemas en diversas lenguas.

[2] Se llama Banda Oriental, a la orilla oriental del Río de la Plata y por extensión al Uruguay, cuyo nombre oficial es República Oriental del Uruguay, y que es la región donde se desarrolla la narración.

de tres veces no lo vi; la última, en 1887... Me parece muy feliz el proyecto de que todos aquellos que lo trataron escriban sobre él; mi testimonio será acaso el más breve y sin duda el más pobre, pero no el menos imparcial del volumen que editarán ustedes. Mi deplorable condición de argentino me impedirá incurrir en el ditirambo —género obligatorio en el Uruguay, cuando el tema es un uruguayo. *Literato, cajetilla, porteño*[3]; Funes no dijo esas injuriosas palabras, pero de un modo suficiente me consta que yo representaba para él esas desventuras. Pedro Leandro Ipuche ha escrito que Funes era un precursor de los superhombres; «Un Zarathustra cimarrón[4] y vernáculo»; no lo discuto, pero no hay que olvidar que era también un compadrito[5] de Fray Bentos, con ciertas incurables limitaciones.

Mi primer recuerdo de Funes es muy perspicuo. Lo veo en un atardecer de marzo o febrero del año ochenta y cuatro. Mi padre, ese año, me había llevado a veranear a Fray Bentos. Yo volvía con mi primo Bernardo Haedo de la estancia de San Francisco. Volvíamos cantando, a caballo, y ésa no era la única circunstancia de mi felicidad. Después de un día bochornoso, una enorme tormenta color pizarra había escondido el cielo. La alentaba el viento del Sur, ya se enloquecían los árboles; yo tenía el temor (la esperanza) de que nos sorprendiera en un descampado el agua elemental. Corrimos una especie de carrera con la tormenta. Entramos en un callejón que se ahondaba entre dos veredas altísimas de

---

[3] Palabras utilizadas despectivamente para denominar a un escritor argentino. *Cajetilla:* petimetre. Esteban Echeverría utiliza el término en *El Matadero* («Todos esos cajetillas unitarios son pintores...»). Por metátesis del español jaquetilla: chaquetilla. *Porteño:* habitante del puerto de Buenos Aires y por extensión todo el que vive en la capital.

[4] Del español arcaico: silvestre, salvaje.

[5] el *compadrito* es el hombre joven del *suburbio* que imitó las actitudes de los compadres, gaucho absorbido por la ciudad, que mantuvo en la vestimenta y en el comportamiento su actitud independiente. Según José Gobello, *Diccionario Lunfardo*. Por extensión: rufián.

ladrillo. Había oscurecido de golpe; oí rápidos y casi secretos pasos en lo alto; alcé los ojos y vi un muchacho que corría por la estrecha y rota vereda como por una estrecha y rota pared. Recuerdo la bombacha[6], las alpargatas, recuerdo el cigarrillo en el duro rostro, contra el nubarrón ya sin límites. Bernardo le gritó imprevisiblemente: *¿Qué horas son, Ireneo?* Sin consultar el cielo, sin detenerse, el otro respondió: *Faltan cuatro minutos para las ocho, joven Bernardo Juan Francisco.* La voz era aguda, burlona.

Yo soy tan distraído que el diálogo que acabo de referir no me hubiera llamado la atención si no lo hubiera recalcado mi primo, a quien estimulaban (creo) cierto orgullo local, y el deseo de mostrarse indiferente a la réplica tripartita del otro.

Me dijo que el muchacho del callejón era un tal Ireneo Funes, mentado por algunas rarezas como la de no darse con nadie y la de saber siempre la hora, como un reloj. Agregó que era hijo de una planchadora del pueblo, María Clementina Funes, y que algunos decían que su padre era un médico del saladero, un inglés O'Connor, y otros un domador o rastreador del departamento del Salto. Vivía con su madre, a la vuelta de la quinta de los Laureles.

Los años ochenta y cinco y ochenta y seis veraneamos en la ciudad de Montevideo. El ochenta y siete volví a Fray Bentos. Pregunté, como es natural, por todos los conocidos y, finalmente, por el «cronométrico Funes». Me contestaron que lo había volteado un redomón[7] en la estancia de San Francisco, y que había quedado tullido, sin esperanza. Recuerdo la impresión de incómoda magia que la noticia me produjo: la única vez que yo lo vi, veníamos a caballo de San Francisco y él andaba en un lugar alto; el hecho, en boca de mi primo Bernardo, tenía mucho de sueño elabo-

---

[6] *bombacha:* pantalón utilizado por los gauchos, de gran amplitud y recogido en el tobillo.

[7] caballo sin acabar de domar.

rado con elementos anteriores. Me dijeron que no se movía del catre, puestos los ojos en la higuera del fondo o en una telaraña. En los atardeceres, permitía que lo sacaran a la ventana. Llevaba la soberbia hasta el punto de simular que era benéfico el golpe que lo había fulminado... Dos veces lo vi atrás de la reja, que burdamente recalcaba su condición de eterno prisionero: una, inmóvil, con los ojos cerrados; otra, inmóvil también, absorto en la contemplación de un oloroso gajo de santonina.

No sin alguna vanagloria yo había iniciado en aquel tiempo el estudio metódico del latín. Mi valija incluía el *De viris illustribus* de Lhomond, el *Thesaurus* de Quicherat, los comentarios de Julio César y un volumen impar de la *Naturalis historia* de Plinio, que excedía (y sigue excediendo) mis módicas virtudes de latinista. Todo se propala en un pueblo chico; Ireneo, en su rancho de las orillas, no tardó en enterarse del arribo de esos libros anómalos. Mi dirigió una carta florida y ceremoniosa, en la que recordaba nuestro encuentro, desdichadamente fugaz, «del día siete de febrero del año ochenta y cuatro», ponderaba los gloriosos servicios que don Gregorio Haedo, mi tío, finado ese mismo año, «había prestado a las dos patrias en la valerosa jornada de Ituzamgó», y me solicitaba el préstamo de cualquiera de los volúmenes, acompañado de un diccionario «para la buena inteligencia del texto original, porque todavía ignoro el latín». Prometía devolverlos en buen estado, casi inmediatamente. La letra era perfecta, muy perfilada; la ortografía, del tipo que Andrés Bello preconizó: *i* por *y, j* por *g*. Al principio, temí naturalmente una broma. Mis primos me aseguraron que no, que eran cosas de Ireneo. No supe si atribuir a descaro, a ignorancia o a estupidez la idea de que el arduo latín no requería más instrumento que un diccionario; para desengañarlo con plenitud le mandé el *Gradus ad Parnassum* de Quicherat y la obra de Plinio.

El catorce de febrero me telegrafiaron de Buenos Aires que volviera inmediatamente, porque mi padre no estaba «nada bien». Dios me perdone; el prestigio de ser el destinatario de un telegrama urgente, el deseo de comunicar a todo Fray Bentos la contradicción entre la forma negativa de la noticia y el perentorio adverbio, la tentación de dramatizar mi dolor, fingiendo un viril estoicismo, tal vez me distrajeron de toda posibilidad de dolor. Al hacer la valija, noté que me faltaban el *Gradus* y el primer tomo de la *Naturalis historia*. El «Saturno» zarpaba al día siguiente, por la mañana; esa noche, después de cenar, me encaminé a casa de Funes. Me asombró que la noche fuera no menos pesada que el día.

En el decente rancho, la madre de Funes me recibió. Me dijo que Ireneo estaba en la pieza del fondo y que no me extrañara encontrarla a oscuras, porque Ireneo sabía pasarse las horas muertas sin encender la vela. Atravesé el patio de baldosa, el corredorcito; llegué al segundo patio. Había una parra; la oscuridad pudo parecerme total. Oí de pronto la alta y burlona voz de Ireneo. Esa voz hablaba en latín; esa voz (que venía de la tiniebla) articulaba con moroso deleite un discurso o plegaria o incantación. Resonaron las sílabas romanas en el patio de tierra; mi temor las creía indescifrables, interminables; después, en el enorme diálogo de esa noche, supe que formaban el primer párrafo del vigésimocuarto capítulo del libro séptimo de la *Naturalis historia*. La materia de ese capítulo es la memoria; las palabras últimas fueron *ut nihil non iisdem verbis redderetur auditum*.

Sin el menor cambio de voz, Ireneo me dijo que pasara. Estaba en el catre, fumando. Me parece que no le vi la cara hasta el alba; creo rememorar el ascua momentánea del cigarrillo. La pieza olía vagamente a humedad. Me senté; repetí la historia del telegrama y de la enfermedad de mi padre.

Arribo, ahora, al más difícil punto de mi relato. Éste (bueno es que ya lo sepa el lector) no tiene otro argumento que ese diálogo de hace ya medio siglo. No trataré de reproducir sus palabras, irrecuperables ahora.

Prefiero resumir con veracidad las muchas cosas que me dijo Ireneo. El estilo indirecto es remoto y débil; yo sé que sacrifico la eficacia de mi relato; que mis lectores se imaginen los entrecortados períodos que me abrumaron esa noche.

Ireneo empezó por enumerar, en latín y español, los casos de memoria prodigiosa registrados por la *Naturalis historia:* Ciro, rey de los persas, que sabía llamar por su nombre a todos los soldados de sus ejércitos; Mitríades Eupator, que administraba la justicia en los 22 idiomas de su imperio; Simónides, inventor de la mnemotecnia; Metrodoro, que profesaba el arte de repetir con fidelidad lo escuchado una sola vez. Con evidente buena fe se maravilló de que tales casos maravillaran. Me dijo que antes de esa tarde lluviosa en que lo volteó el azulejo, él había sido lo que son todos los cristianos: un ciego, un sordo, un abombado, un desmemoriado. (Traté de recordarle su percepción exacta del tiempo, su memoria de nombres propios; no me hizo caso.) Diecinueve años había vivido como quien sueña: miraba sin ver, oía sin oír, se olvidaba de todo, de casi todo. Al caer, perdió el conocimiento; cuando lo recobró, el presente era casi intolerable de tan rico y tan nítido, y también las memorias más antiguas y más triviales[8]. Poco después averiguó que estaba tullido. El hecho apenas le interesó. Razonó (sintió) que la inmovilidad era un precio mínimo. Ahora su percepción y su memoria eran infalibles.

Nosotros, de un vistazo, percibimos tres copas en una mesa: Funes, todos los vástagos y racimos y frutos que comprende una parra. Sabía las formas de las nubes australes del amanecer del treinta de abril de

---

[8] La referencia al accidente sufrido por Funes que provoca el desarrollo de su memoria, pese a insinuar el autor que había ya en él elementos que podían hacerla sospechar, recuerda el accidente sufrido por Borges al subir una escalera en un edificio de Buenos Aires. El golpe dejó inconsciente al autor, que se debatió varias horas entre la vida y la muerte. Cuando se recupera del accidente Borges comienza a escribir cuentos fantásticos.

mil ochocientos ochenta y dos y podía compararlas en el recuerdo con las vetas de un libro en pasta española que sólo había mirado una vez y con las líneas de la espuma que un remo levantó en el Río Negro la víspera de la acción del Quebracho. Esos recuerdos no eran simples; cada imagen visual estaba ligada a sensaciones musculares, térmicas, etc. Podía reconstruir todos los sueños, todos los entresueños. Dos o tres veces había reconstruido un día entero; no había dudado nunca, pero cada reconstrucción había requerido un día entero[9]. Me dijo: *Más recuerdos tengo yo solo que los que habrán tenido todos los hombres desde que el mundo es mundo.* Y también: *Mis sueños son como la vigilia de ustedes.* Y también, hacia el alba: *Mi memoria, señor, es como vaciadero de basuras.* Una circunferencia en un pizarrón, un triángulo rectángulo, un rombo, son formas que podemos intuir plenamente; lo mismo le pasaba a Ireneo con las aborrascadas crines de un potro, con una punta de ganado en una cuchilla, con el fuego cambiante y con la innumerable ceniza, con las muchas caras de un muerto en un largo velorio. No sé cuántas estrellas veía en el cielo.

Esas cosas me dijo; ni entonces ni después las he puesto en duda. En aquel tiempo no había cinematógrafos ni fonógrafos; es, sin embargo, inverosímil y hasta increíble que nadie hiciera un experimento con Funes. Lo cierto es que vivimos postergando todo lo postergable; tal vez todos sabemos profundamente que somos inmortales y que tarde o temprano, todo hombre hará todas las cosas y sabrá todo.

La voz de Funes, desde la oscuridad, seguía hablando.

Me dijo que hacia 1886 había discurrido un sistema original de numeración y que en muy pocos días había rebasado el veinticuatro mil. No lo había escrito, por-

---

[9] En este párrafo aparece el paralelismo con *Del Rigor de la Ciencia,* en el que «los Colegios de Cartógrafos levantaron un mapa del Imperio que tenía el tamaño del imperio».

que lo pensado una sola vez ya no podía borrársele. Su primer estímulo, creo, fue el desagrado de que los treinta y tres orientales[10] requirieran dos signos y tres palabras, en lugar de una sola palabra y un solo signo. Aplicó luego ese disparatado principio a los otros números. En lugar de siete mil trece, decía (por ejemplo) *Máximo Pérez;* en lugar de siete mil catorce, *El ferrocarril;* otros números eran *Luis Melián Lafinur, Olimar, azufre, los bastos, la ballena, el gas, la caldera, Napoleón, Agustín de Vedia.* En lugar de quinientos, decía *nueve.* Cada palabra tenía un signo particular, una especie de marca; las últimas eran muy complicadas... Yo traté de explicarle que esa rapsodia de voces inconexas era precisamente lo contrario de un sistema de numeración. Le dije que decir 365 era decir tres centenas, seis decenas, cinco unidades; análisis que no existe en los «números» *El negro Timoteo* o *manta de carne.* Funes no me entendió o no quiso entenderme.

Locke, en el siglo XVII, postuló (y reprobó) un idioma imposible en el que cada cosa individual, cada piedra, cada pájaro y cada rama tuviera un nombre propio; Funes proyectó alguna vez un idioma análogo, pero lo desechó por parecerle demasiado general, demasiado ambiguo. En efecto, Funes no sólo recordaba cada hoja de cada árbol de cada monte, sino cada una de las veces que la había percibido o imaginado. Resolvió reducir cada una de sus jornadas pretéritas a unos setenta mil recuerdos, que definiría luego por cifras. Lo disuadieron dos consideraciones: la conciencia de que la tarea era interminable, la conciencia de que era inútil. Pensó que en la hora de la muerte no habría acabado aún de clasificar todos los recuerdos de la niñez.

Los dos proyectos que he indicado (un vocabulario infinito para la serie natural de los números, un inútil catálogo mental de todas las imágenes del recuerdo)

---

[10] Hace referencia a un tema histórico del Uruguay. Los Treinta y Tres Orientales, son treinta y tres patriotas uruguayos, cuya sublevación aseguró la independencia de aquél país.

son insensatos, pero revelan cierta balbuciente grandeza. Nos dejan vislumbrar o inferir el vertiginoso mundo de Funes. Éste, no lo olvidemos, era casi incapaz de ideas generales, platónicas. No sólo le costaba comprender que el símbolo genérico *perro* abarcara tantos individuos dispares de diversos tamaños y diversa forma; le molestaba que el perro de las tres y catorce (visto de perfil) tuviera el mismo nombre que el perro de las tres y cuarto (visto de frente). Su propia cara en el espejo, sus propias manos, lo sorprendían cada vez. Refiere Swift que el emperador de Lilliput discernía el movimiento del minutero; Funes discernía continuamente los tranquilos avances de la corrupción, de las caries, de la fatiga. Notaba los progresos de la muerte, de la humedad. Era el solitario y lúcido espectador de un mundo multiforme, instantáneo y casi intolerablemente preciso. Babilonia, Londres y Nueva York han abrumado con feroz esplendor la imaginación de los hombres; nadie, en sus torres populosas o en sus avenidas urgentes, ha sentido el calor y la presión de una realidad tan infatigable como la que día y noche convergía sobre el infeliz Ireneo, en su pobre arrabal sudamericano. Le era muy difícil dormir. Dormir es distraerse del mundo; Funes, de espaldas en el catre, en la sombra, se figuraba cada grieta y cada moldura de las casas precisas que lo rodeaban. (Repito que el menos importante de sus recuerdos era más minucioso y más vivo que nuestra percepción de un goce físico o de un tormento físico.) Hacia el Este, en un trecho no amanzanado, había casas nuevas, desconocidas. Funes las imaginaba negras, compactas, hechas de tiniebla homogénea; en esa dirección volvía la cara para dormir. También solía imaginarse en el fondo del río, mecido y anulado por la corriente.

Había aprendido sin esfuerzo el inglés, el francés, el portugués, el latín. Sospecho, sin embargo, que no era muy capaz de pensar. Pensar es olvidar diferencias, es generalizar, abstraer. En el abarrotado mundo de Funes no había sino detalles, casi inmediatos.

lonia, Irlanda, la república de Venecia, algún estado sudamericano o balcánico... Ha transcurrido, mejor dicho, pues aunque el narrador es contemporáneo, la historia referida por él ocurrió al promediar o al empezar el siglo XIX. Digamos (para comodidad narrativa) Irlanda; digamos 1824. El narrador se llama Ryan; es bisnieto del joven, del heroico, del bello, del asesinado Fergus Kilpatrick, cuyo sepulcro fue misteriosamente violado, cuyo nombre ilustra los versos de Browning y de Hugo, cuya estatua preside un cerro gris entre ciénagas rojas.

Kilpatrick fue un conspirador, un secreto y glorioso capitán de conspiradores; a semajanza de Moisés que, desde la tierra de Moab, divisió y no pudo pisar la tierra prometida, Kilpatrick pereció en la víspera de la rebelión victoriosa que había premeditado y soñado. Se aproxima la fecha del primer centenario de su muerte; las circunstancias del crimen son enigmáticas; Ryan, dedicado a la redacción de una biografía del héroe, descubre que el enigma rebasa lo puramente policial. Kilpatrick fue asesinado en un teatro; la policía británica no dio jamás con el matador; los historiadores declaran que ese fracaso no empaña su buen crédito, ya que tal vez lo hizo matar la misma policía. Otras facetas del enigma inquietan a Ryan. Son de carácter cíclico: parecen repetir o combinar hechos de remotas regiones, de remotas edades. Así, nadie ignora que los esbirros que examinaron el cadáver del héroe, hallaron una carta que le advertía el riesgo de concurrir al teatro, esa noche; también Julio César, al encaminarse al lugar donde lo aguardaban los puñales de sus amigos, recibió un memorial que no llegó a leer, en que iba declarada la traición, con los nombres de los traidores. La mujer de César, Calpurnia, vio en sueños abatida una torre que le había decretado el Senado; falsos y anónimos rumores, la víspera de la muerte de Kilpatrick, publicaron en todo el país el incendio de la torre circular de Kilgarvan, hecho que pudo parecer un presagio, pues aquél había nacido en Kilgarvan. Esos paralelismos (y otros) de la historia de César y de la historia de un conspirador irlandés inducen a Ryan a suponer una secreta forma del tiempo, un dibujo de líneas que se repiten. Piensa en la historia decimal que ideó Condorcet; en las morfologías que propusieron Hegel, Spengler y Vico; en los hombres de Hesíodo, que degeneran desde el oro hasta el hierro. Piensa en la transmigración de las almas, doctrina que da horror a las letras célticas y que el propio César atribuyó a los druidas británicos; piensa que antes de ser Fergus Kilpatrick, Fergus Kilpatrick fue Julio César. De esos laberintos circulares lo salva una curiosa comprobación, una comprobación que luego lo abisma en otros laberintos más inextricables y heterogéneos: ciertas palabras de un mendigo que conversó con Fergus Kilpatrick el día de su muerte, fueron prefiguradas por Shakespeare, en la tragedia de *Macbeth*. Que la historia hubiera copiado a la historia ya era suficientemente pasmoso; que la historia copie a la literatura es inconcebible... Ryan indaga que en 1814, James Alexander Nolan, el más antiguo de los compañeros del héroe, había traducido al gaélico los principales dramas de Shakespeare; entre ellos, *Julio César*. También descubre en los archivos un artículo manuscrito de Nolan sobre los *Festspiele* de Suiza; vastas y errantes representaciones teatrales, que requieren miles de actores y que reiteran episodios históricos en las mismas ciudades y montañas donde ocurrieron. Otro documento inédito le revela que, pocos días antes del fin, Kilpatrick, presidiendo el último cónclave, había firmado la sentencia de muerte de un traidor, cuyo nombre ha sido borrado. Esta sentencia no coincide con los piadosos hábitos de Kilpatrick. Ryan investiga el asunto (esa investigación es uno de los hiatos del argumento) y logra descifrar el enigma.

Kilpatrick fue ultimado en un teatro, pero de teatro hizo también la entera ciudad, y los actores fueron legión, y el drama coronado por su muerte abarcó muchos días y muchas noches [1]. He aquí lo acontecido:

---

[1] Según Paul de Mon, en «A Modern Master», *The New York Rewiew of Books,* 19 de diciembre de 1964. (Incluido en Jaime Alazraki', *Borges, El escritor y la crítica,* en este cuento hay varios estratos: «1) Un hecho

El 2 de agosto de 1824 se reunieron los conspiradores. El país estaba maduro para la rebelión; algo, sin embargo, fallaba siempre: algún traidor había en el cónclave. Fergus Kilpatrick había encomendado a James Nolan el descubrimiento de este traidor. Nolan ejecutó su tarea: anunció en pleno cónclave que el traidor era el mismo Kilpatrick. Demostró con pruebas irrefutables la verdad de la acusación; los conjurados condenaron a muerte a su presidente. Éste firmó su propia sentencia, pero imploró que su castigo no perjudicara a la patria.

Entonces Nolan concibió un extraño proyecto. Irlanda idolatraba a Kilpatrick; la más tenue sospecha de su vileza hubiera comprometido la rebelión; Nolan propuso un plan que hizo de la ejecución del traidor el instrumento para la emancipación de la patria. Sugirió que el condenado muriera a manos de un asesino desconocido, en circunstancias deliberadamente dramáticas, que se grabaran en la imaginación popular y que apresuraran la rebelión. Kilpatrick juró colaborar en ese proyecto, que le daba ocasión de redimirse y que su muerte rubricaría.

Nolan, urgido por el tiempo, no supo íntegramente inventar las circunstancias de la múltiple ejecución; tuvo

---

realmente histórico —un caudillo revolucionario traiciona a sus confederados y tiene que ser ejecutado—; 2) una narración imaginaria acerca de un hecho (aunque de forma inversa), como el *Julio César* de Shakespeare; 3) un hecho realmente histórico que copia la ficción: la ejecución se lleva a cabo de acuerdo con la trama de Shakespeare, para asegurarse de que será un buen espectáculo; 4) el historiador perplejo reflexionando sobre el curioso intercambio de la identidad de la ficción y los hechos históricos y derivando una teoría falsa sobre arquetipos históricos; 5) Borges el historiador más sagaz (o más bien su antiego) lleno de duplicidad, reflejándose en el historiador crédulo y reconstruyendo el curso real de los sucesos.»

El cuento es además una nueva reincidencia en el determinismo arquetípico al que están sometidos todos los hombres, tan presente en la obra en verso y prosa de Borges. «Un solo hombre ha nacido, un solo hombre ha muerto en la tierra. Afirmar lo contrario es mera estadística, es una adición imposible. No menos imposible que sumar el olor de la lluvia y el sueño que anteanoche soñaste... (para acabar) un solo hombre ha sentido en el paladar la frescura del agua, el sabor de las frutas y de la carne. Hablo del único, del uno, del que siempre está solo» (cfr. *Tú, El oro de los tigres*, 1972).

que plagiar a otro dramaturgo, al enemigo inglés William Shakespeare. Repitió escenas de *Macbeth,* de *Julio César.* La pública y secreta representación comprendió varios días. El condenado entró en Dublín, discutió, obró, rezó, reprobó, pronunció palabras patéticas y cada uno de esos actos que reflejaría la gloria, había sido prefijado por Nolan. Centenares de actores colaboraron con el protagonista; el rol de algunos fue complejo; el de otros, momentáneo. Las cosas que dijeron e hicieron perduran en los libros históricos, en la memoria apasionada de Irlanda. Kilpatrick, arrebatado por ese minucioso destino que lo redimía y que lo perdía, más de una vez enriqueció con actos y palabras improvisadas el texto de su juez. Así fue desplegándose en el tiempo el populoso drama, hasta que el 6 de agosto de 1824, en un palco de funerarias cortinas que prefiguraba el de Lincoln, un balazo anhelado entró en el pecho del traidor y del héroe, que apenas pudo articular, entre dos efusiones de brusca sangre, algunas palabras previstas.

En la obra de Nolan, los pasajes imitados de Shakespeare son los *menos* dramáticos; Ryan sospecha que el autor los intercaló para que una persona, en el porvenir, diera con la verdad. Comprende que él también forma parte de la trama de Nolan... Al cabo de tenaces cavilaciones, resuelve silenciar el descubrimiento. Publica un libro dedicado a la gloria del héroe; también eso, tal vez, estaba previsto.

Parábola del palacio*

Aquel día, el Emperador Amarillo mostró su palacio al poeta. Fueron dejando atrás, en largo desfile, las primeras terrazas occidentales que, como gradas de un casi inabarcable anfiteatro, declinan hacia un paraíso o jardín cuyos espejos de metal y cuyos intrincados cercos de enebro prefiguraban ya el laberinto. Alegremente se perdieron en él, al principio como si condescendieran a un juego y después no sin inquietud, porque sus rectas avenidas adolecían de una curvatura muy suave pero continua y secretamente eran círculos. Hacia la medianoche, la observación de los planetas y el oportuno sacrificio de una tortuga les permitieron desligarse de esa región que parecía hechizada, pero no del sentimiento de estar perdidos, que los acompañó hasta el fin. Antecámaras y patios y bibliotecas recorrieron después y una sala hexagonal con una clepsidra, y una mañana divisaron desde una torre un hombre de piedra, que luego se les perdió para siempre. Muchos resplandecientes ríos atravesaron en canoas de sándalo, o un solo río muchas veces. Pasaba el séquito imperial y la gente se prosternaba, pero un día arribaron a una isla en que alguno no lo hizo, por no haber visto nunca al Hijo del Cielo, y el verdugo tuvo que decapitarlo. Negras cabelleras y negras danzas y complicadas máscaras de oro vieron con indiferencia sus ojos; lo real se confundía con lo soñado o, mejor dicho, lo real era una de las configuraciones del sueño. Parecía imposible que la tierra fuera otra cosa que jardines, aguas, arquitecturas y formas de esplendor. Cada cien pasos una torre cortaba el aire; para los ojos el color era idéntico, pero la primera de todas era amarilla y la última escarlata, tan delicadas eran las gradaciones y tan larga la serie.

Al pie de la penúltima torre fue que el poeta (que estaba como ajeno a los espectáculos que eran maravilla de

---

* Esta narración apareció publicada en libro en el volumen antológico *El Hacedor,* en 1960.

todos) recitó la breve composición que hoy vinculamos indisolublemente a su nombre y que, según repiten los historiadores más elegantes, le deparó la inmortalidad y la muerte. El texto se ha perdido; hay quien entiende que constaba de un verso; otros, de una sola palabra. Lo cierto, lo increíble, es que en el poema estaba entero y minucioso el palacio enorme, con cada ilustre porcelana y cada dibujo en cada porcelana y las penumbras y las luces de los crepúsculos y cada instante desdichado o feliz de las gloriosas dinastías de mortales, de dioses y de dragones que habitaron en él desde el interminable pasado. Todos callaron, pero el Emperador exclamó: *¡Me has arrebatado el palacio!* y la espada de hierro del verdugo segó la vida del poeta.

Otros refieren de otro modo la historia. En el mundo no puede haber dos cosas iguales; bastó (nos dicen) que el poeta pronunciara el poema para que desapareciera el palacio, como abolido y fulminado por la última sílaba. Tales leyendas, claro está, no pasan de ser ficciones literarias. El poeta era esclavo del emperador y murió como tal; su composición cayó en el olvido porque merecía el olvido y sus descendientes buscan aún, y no encontrarán, la palabra del universo[1].

---

[1] El poder absoluto, el poder del Estado con toda su laberíntica arquitectura, levantada para asegurarlo, glorificarlo y hacerlo realidad se enfrenta en este cuento al poder mágico de la poesía. El Emperador Amarillo es el dueño todopoderoso del infinito palacio, pero el verbo puede robárselo, el verbo puede destruirlo o, lo que es peor, denunciar la falacia de su existencia. La secreta palabra que el poeta celebró tiene todos los ecos del Nombre Secreto, que sólo el Sumo Sacerdote conocía y pronunciaba solitario en el Sancta Santorum. Escribe Borges en «Historias de los ecos de un nombre», incluido en *Otras Inquisiciones:* «Escribe Jacques Bandier, "Basta saber el nombre de una divinidad o de una criatura divinizada para tenerla en su poder" *(La religion egiptienne,* 1949). Parejamente, De Quincey nos recuerda que era secreto el verdadero nombre de Roma; en los últimos días de la República, Quinto Valerio Sorano cometió el sacrilegio de revelarlo y murió ejecutado...»

Para mayor abundancia en el tema el lector curioso puede recurrir a los primeros versos del poema «El Golem» que comienza: «Si (como el griego afirma en el Cratilo) / el nombre es arquetipo de la cosa / En las letras de *rosa* está la rosa / y todo el Nilo en la palabra *Nilo.*»

Del rigor en la ciencia*

… En aquel Imperio, el Arte de la Cartografía logró tal Perfección que el mapa de una sola Provincia ocupaba toda una Ciudad, y el mapa del imperio, toda una Provincia. Con el tiempo, esos Mapas Desmesurados no satisfacieron y los Colegios de Cartógrafos levantaron un Mapa del Imperio, que tenía·el tamaño del Imperio y coincidía puntualmente con él. Menos Adictas al Estudio de la Cartografía, las Generaciones Siguientes entendieron que ese dilatado Mapa era Inútil y no sin Impiedad lo entregaron a las Inclemencias del Sol y de los Inviernos. En los desiertos del Oeste perduran despedazadas Ruinas del Mapa, habitadas por Animales y por Mendigos; en todo el País no hay otra reliquia de las Disciplinas Geográficas[1].

SUÁREZ MIRANDA, *Viajes de varones prudentes*
libro cuarto, cap. XLV, Lérida, 1658.

---

* Este cuento aparece publicado por primera vez en libro en la segunda edición transformada de *Historia Universal de la Infamia*, publicada por Emecé Editores, Buenos Aires, 1954. En 1960 será incorporado a *El Hacedor*, en el apartado *Museo*.

[1] En *Magias parciales del Quijote*, ensayo incluido en *Otras Inquisiciones*, encontramos la siguiente cita de Borges: «Las invenciones de la filosofía no son menos fantásticas que las del arte: Josiah Royce, en el primer volumen de la obra *The world and the individual* (1899), ha formulado la siguiente: Imaginemos que una porción del suelo de Inglaterra ha sido nivelada perfectamente y que en ella traza un cartógrafo un mapa de Inglaterra. La obra es perfecta; no hay detalle del suelo de Inglaterra por diminuto que sea, que no esté reflejado en el mapa; todo tiene ahí su correspondencia. Ese mapa, en tal caso, debe contener un mapa del mapa, que debe contener un mapa del mapa del mapa y así hasta lo infinito.»

El inmortal*

> Solomon saith: *There is no new thing upon the earth.* So that as Plato had an imagination, *that all knowledge was but remembrance;* so Solomon giveth his sentence, *that all novelty is but oblivion.*
>
> FRANCIS BACON, *Essays* LVIII.

En Londres, a principios del mes de junio de 1929, el anticuario Joseph Cartaphilus, de Esmirna, ofreció a la princesa de Lucinge los seis volúmenes en cuarto me-

---

* En este relato, uno de los más complejos y ambiciosos de los escritos por Borges, se reúnen muchas de las constantes de su pensamiento literario y filosófico. La peregrinación del narrador, a la búsqueda de la inmortalidad primero y de la mortalidad después, le permitirá desarrollar concéntricos dibujos que inevitablemente nos recuerdan el laberinto tantas veces aludido en el cuento.

Desde un primer momento las referencias literarias que utiliza, como en un *collage*, quedan evidenciadas. Cuando el lector está por descubrir la presencia homérica, por ejemplo, Borges se adelanta y la desenmascara, antes de que la mera sospecha se transforme en seguridad. La confirmación final, dada en la posdata, desarma cualquier confabulación contra la veracidad de la narración. Joseph Cartaphilus se confunde con Flaminio Rufo y con el mismo Homero, para adoptar después las personalidades múltiples y fugaces de otros protagonistas de la historia humana: la perplejidad de ser uno todos los hombres, tan cara al pensamiento borgeano, queda una vez más marcada. En el mismo sentido su enunciado inverso reproduce los rostros hasta el infinito, dado generosamente por el enfrentamiento de dos espejos.

Ambos caminos recorridos, el de la vida eterna y el de la ansiada muerte, tienen mucho de pesadilla y de insomnio. La vigilancia enfermiza, la falta de sueño como una de las características de la inmortalidad, es otra obsesión borgeana expresada en poemas y prosas y

nor (1715-1720) de la Ilíada de Pope. La princesa los adquirió; al recibirlos, cambió unas palabras con él. Era, nos dice, un hombre consumido y terroso, de ojos grises y barba gris, de rasgos singularmente vagos. Se manejaba con fluidez e ignorancia en diversas lenguas; en muy pocos minutos pasó del francés al inglés y del inglés a una conjunción enigmática de español de Salónica y de portugués de Macao. En octubre, la princesa oyó por un pasajero del Zeus que Cartaphilus había muerto en el mar, al regresar a Esmirna, y que lo habían enterrado en la isla de Ios. En el último tomo de la Ilíada halló este manuscrito.

El original está redactado en inglés y abunda en latinismos. La versión que ofrecemos es literal.

I

Que yo recuerde, mis trabajos empezaron en un jardín de Tebas Hekatómpylos, cuando Diocleciano era emperador. Yo había militado (sin gloria) en las recientes guerras egipcias, yo era tribuno de una legión que estuvo acuartelada en Berenice, frente al Mar Rojo: la fiebre y la magia consumieron a muchos hombres que codiciaban magnánimos el acero. Los mauritanos fueron vencidos; la tierra que antes ocuparon las ciudades rebeldes fue dedicada eternamente a los dioses plutónicos; Alejandría, debelada, imploró en vano la misericordia del César; antes de un año las legiones reportaron el triunfo, pero yo logré apenas divisar el rostro de Marte. Esa privación me dolió y fue tal vez la causa de que yo me arrojara a descubrir, por temerosos y difusos desiertos, la secreta Ciudad de los Inmortales.

responde a una etapa concreta de la vida del escritor en la que las sufrió, además de ser un recurso literario.

Al lector curioso podrá serle útil la consulta del pensamiento de Emerson, acercándose al ensayo *La Esfera de Pascal,* en *Otras Inquisiciones,* donde Borges afirma que la historia universal es la historia de unas cuantas metáforas.

Mis trabajos empezaron, he referido, en un jardín de Tebas. Toda esa noche no dormí, pues algo estaba combatiendo en mi corazón. Me levanté poco antes del alba; mis esclavos dormían, la luna tenía el mismo color de la infinita arena. Un jinete rendido y ensangrentado venía del oriente. A unos pasos de mí, rodó del caballo. Con una tenue voz insaciable me preguntó en latín el nombre del río que bañaba los muros de la ciudad. Le respondí que era el Egipto, que alimentan las lluvias. *Otro es el río que persigo,* replicó tristemente, *el río secreto que purifica de la muerte a los hombres.* Oscura sangre le manaba del pecho. Me dijo que su patria era una montaña que está del otro lado del Ganges y que en esa montaña era fama que si alguien caminara hasta el occidente, donde se acaba el mundo, llegaría al río cuyas aguas dan la inmortalidad. Agregó que en la margen ulterior se eleva la Ciudad de los Inmortales, rica en baluartes y anfiteatros y templos. Antes de la aurora murió, pero yo determiné descubrir la ciudad y su río. Interrogados por el verdugo, algunos prisioneros mauritanos confirmaron la relación del viajero; alguien recordó la llanura elísea, en el término de la tierra, donde la vida de los hombres es perdurable; alguien, las cumbres donde nace el Pactolo, cuyos moradores viven un siglo. En Roma, conversé con filósofos que sintieron que dilatar la vida de los hombres era dilatar su agonía y multiplicar el número de sus muertes. Ignoro si creí alguna vez en la Ciudad de los Inmortales: pienso que entonces me bastó la tarea de buscarla. Flavio, procónsul de Getulia, me entregó doscientos soldados para la empresa. También recluté mercenarios, que se dijeron conocedores de los caminos y que fueron los primeros en desertar.

Los hechos ulteriores han deformado hasta lo inextricable el recuerdo de nuestras primeras jornadas. Partimos de Arsinoe y entramos en el abrasado desierto. Atravesamos el país de los trogloditas, que devoran serpientes y carecen del comercio de la palabra; el de los garamantas, que tienen las mujeres en común y se nutren de leones; el de los augilas, que sólo veneran el

Tártaro. Fatigamos otros desiertos, donde es negra la arena, donde el viajero debe usurpar las horas de la noche, pues el fervor del día es intolerable. De lejos divisé la montaña que dio nombre al Océano: en sus laderas crece el euforbio, que anula los venenos; en la cumbre habitan los sátiros, nación de hombres ferales y rústicos, inclinados a la lujuria. Que esas regiones bárbaras, donde la tierra es madre de monstruos, pudieran albergar en su seno una ciudad famosa, a todos nos pareció inconcebible. Proseguimos la marcha, pues hubiera sido una afrenta retroceder. Algunos temerarios durmieron con la cara expuesta a la luna; la fiebre los ardió; en el agua depravada de las cisternas otros bebieron la locura y la muerte. Entonces comenzaron las deserciones; muy poco después, los motines. Para reprimirlos, no vacilé ante el ejercicio de la severidad. Procedí rectamente, pero un centurión me advirtió que los sediciosos (ávidos de vengar la crucifixión de uno de ellos) maquinaban mi muerte. Hui del campamento con los pocos soldados que me eran fieles. En el desierto los perdí, entre los remolinos de arena y la vasta noche. Una flecha cretense me laceró. Varios días erré sin encontrar agua, o un solo enorme día multiplicado por el sol, por la sed y por el temor de la sed. Dejé el camino al arbitrio de mi caballo. En el alba, la lejanía se erizó de pirámides y de torres. Insoportablemente soñé con un exiguo y nítido laberinto: en el centro había un cántaro; mis manos casi lo tocaban, mis ojos lo veían, pero tan intrincadas y perplejas eran las curvas que yo sabía que iba a morir antes de alcanzarlo.

II

Al desenredarme por fin de esa pesadilla, me vi tirado y maniatado en un oblongo nicho de piedra, no mayor que una sepultura común, superficialmente excavado en el agrio declive de una montaña. Los lados eran húmedos, antes pulidos por el tiempo que por la industria.

Sentí en el pecho un doloroso latido, sentí que me abrazaba la sed. Me asomé y grité débilmente. Al pie de la montaña se dilataba sin rumor un arroyo impuro, entorpecido por escombros y arena; en la opuesta margen resplandecía (bajo el último sol o bajo el primero) la evidente Ciudad de los Inmortales. Vi muros, arcos, frontispicios y foros: el fundamento era una meseta de piedra. Un centenar de nichos irregulares, análogos al mío, surcaban la montaña y el valle. En la arena había pozos de poca hondura; de esos mezquinos agujeros (y de los nichos) emergían hombres de piel gris, de barba negligente, desnudos. Creí reconocerlos: pertenecían a la estirpe bestial de los trogloditas, que infestan las riberas del Golfo Arábigo y las grutas etiópicas; no me maravillé de que no hablaran y de que no devoraran serpientes.

La urgencia de la sed me hizo temerario. Consideré que estaba a unos treinta pies de la arena; me tiré, cerrados los ojos, atadas a la espalda las manos, montaña abajo. Hundí la cara ensangrentada en el agua oscura. Bebí como se abrevan los animales. Antes de perderme otra vez en el sueño y en los delirios, inexplicablemente repetí unas palabras griegas: *Los ricos teucros de Zelea que beben el agua negra del Esepo...*

No sé cuántos días y noches rodaron sobre mí. Doloroso, incapaz de recuperar el abrigo de las cavernas, desnudo en la ignorada arena, dejé que la luna y el sol jugaran con mi aciago destino. Los trogloditas, infantiles en la barbarie, no me ayudaron a sobrevivir o a morir. En vano les rogué que me dieran muerte. Un día, con el filo de un pedernal rompí mis ligaduras. Otro, me levanté y pude mendigar o robar —yo, Marco Flaminio Rufo, tribuno militar de una de las legiones de Roma— mi primera detestada ración de carne de serpiente.

La codicia de ver a los Inmortales, de tocar la sobrehumana Ciudad, casi me vedaba dormir. Como si penetraran mi propósito, no dormían tampoco los trogloditas: al principio inferí que me vigilaban; luego, que se habían contagiado de mi inquietud, como podrían contagiarse los perros. Para alejarme de la bárbara aldea elegí la más pública de las horas, la declinación de la tarde, cuando casi todos los hombres emergen de las grietas y de los pozos y miran el poniente, sin verlo. Oré en voz alta, menos para suplicar el favor divino que para intimidar a la tribu con palabras articuladas. Atravesé el arroyo que los médanos entorpecen y me dirigí a la Ciudad. Confusamente me siguieron dos o tres hombres. Eran (como los otros de ese linaje) de menguada estatura; no inspiraban temor, sino repulsión. Debí rodear algunas hondonadas irregulares que me parecieron canteras; ofuscado por la grandeza de la Ciudad, yo la había creído cercana. Hacia la medianoche, pisé, erizada de formas idolátricas en la arena amarilla, la negra sombra de sus muros. Me detuvo una especie de horror sagrado. Tan abominadas del hombre son la novedad y el desierto que me alegré de que uno de los trogloditas me hubiera acompañado hasta el fin. Cerré los ojos y aguardé (sin dormir) que relumbrara el día.

He dicho que la Ciudad estaba fundada sobre una meseta de piedra. Esta meseta comparable a un acantilado no era menos ardua que los muros. En vano fatigué mis pasos: el negro basamento no descubría la menor irregularidad, los muros invariables no parecían consentir una sola puerta. La fuerza del día hizo que yo me refugiara en una caverna; en el fondo había un pozo, en el pozo una escalera que se abismaba hacia la tiniebla inferior. Bajé; por un caos de sórdidas galerías llegué a una vasta cámara circular, apenas visible. Había nueve puertas en aquel sótano, ocho daban a un laberinto que falazmente desembocaba en la misma cámara; la novena (a través de otro laberinto) daba a una segunda cámara circular, igual a la primera. Ignoro el número total de las cámaras; mi desventura y mi ansiedad las multiplicaron. El silencio era hostil y casi perfecto; otro rumor no había en esas profundas redes de piedra que un viento subterráneo, cuya causa no descubrí; sin ruido se perdían entre las grietas hilos de agua herrumbrada. Horriblemente me habitué a ese dudoso mundo; consideré increíble que pudiera existir otra cosa que sótanos provistos de nueve puertas y que sótanos largos que se bifurcan. Ignoro el tiempo que debí caminar bajo tierra; sé que alguna vez confundí, en la misma nostalgia, la atroz aldea de los bárbaros y mi ciudad natal, entre los racimos.

En el fondo de un corredor, un no previsto muro me cerró el paso, una remota luz cayó sobre mí. Alcé los ofuscados ojos: en lo vertiginoso, en lo altísimo, vi un círculo de cielo tan azul que pudo parecerme de púrpura. Unos peldaños de metal escalaban el muro. La fatiga me relajaba, pero subí, sólo deteniéndome a veces para torpemente sollozar de felicidad. Fui divisando capiteles y astrágalos, frontones triangulares y bóvedas, confusas pompas del granito y del mármol. Así me fue deparado ascender de la ciega región de negros laberintos entretejidos a la resplandeciente Ciudad.

Emergí a una suerte de plazoleta; mejor dicho, de patio. Lo rodeaba un solo edificio de forma irregular y altura variable; a ese edificio heterogéneo pertenecían las diversas cúpulas y columnas. Antes que ningún otro rasgo de ese monumento increíble, me suspendió lo antiquísimo de su fábrica. Sentí que era anterior a los hombres, anterior a la tierra. Esa notoria antigüedad (aunque terrible de algún modo para los ojos) me pareció adecuada al trabajo de obreros inmortales. Cautelosamente al principio, con indiferencia después, con desesperación al fin, erré por escaleras y pavimentos del inextricable palacio. (Después averigüé que eran inconstantes la extensión y la altura de los peldaños, hecho que me hizo comprender la singular fatiga que me infundieron.) *Este palacio es fábrica de los dioses,* pensé primeramente. Exploré los inhabitados recintos y corregí: *Los dioses que lo edificaron han muerto.* Noté sus peculiaridades y dije: *Los dioses que lo edificaron estaban locos.* Lo dije, bien lo sé, con una incomprensible reprobación que era casi un remordimiento, con más horror intelectual que miedo sensible. A la impresión de enorme antigüedad se agregaron otras: la de lo interminable, la de lo atroz, la de lo complejamente insensato. Yo había cruzado un laberinto, pero la nítida Ciudad de los Inmortales me atemorizó y repugnó. Un laberinto es una casa labrada para confundir a los hombres; su arquitectura, pródiga en simetrías, está subordinada a ese fin. En el palacio que imperfectamente exploré, la arquitectura carecía de fin. Abundaban el corredor sin salida, la alta ventana inalcanzable, la aparatosa puerta que daba a una celda o a un pozo, las increíbles escaleras inversas, con los peldaños y la balaustrada hacia abajo. Otras, adheridas aéreamente al costado de un muro monumental, morían sin llegar a ninguna parte, al cabo de dos o tres giros, en la tiniebla superior de las cúpulas. Ignoro si todos los ejemplos que he enumerado son literales; sé que durante muchos años infestaron mis pesadillas; no puedo ya saber si tal o cual rasgo es una transcripción de la realidad o de las formas que desatinaron mis noches. *Esta Ciudad* (pensé) *es tan horrible que su mera existencia y perduración, aunque en el centro de un desierto secreto, contamina el pasado y el porvenir y de algún modo compromete a los astros. Mientras perdure, nadie en el mundo podrá ser valeroso o feliz.* No quiero describirla; un caos de palabras heterogéneas, un cuerpo de tigre o de toro, en el que pululaban monstruosamente, conjugados y odiándose, dientes, órganos y cabezas, pueden (tal vez) ser imágenes aproximativas.

No recuerdo las etapas de mi regreso, entre los polvorientos y húmedos hipogeos. Únicamente sé que no me abandonaba el temor de que, al salir del último laberinto, me rodeara otra vez la nefanda Ciudad de los Inmortales. Nada más puedo recordar. Ese olvido, ahora insuperable, fue quizá voluntario; quizá las circunstancias de mi evasión fueron tan ingratas que, en algún día no menos olvidado también, he jurado olvidarlas.

III

Quienes hayan leído con atención el relato de mis trabajos recordarán que un hombre de la tribu me siguió como un perro podría seguirme, hasta la sombra irregular de los muros. Cuando salí del último sótano, lo encontré en la boca de la caverna. Estaba tirado en la arena, donde trazaba torpemente y borraba una hilera de signos, que eran como las letras de los sueños, que uno está a punto de entender y luego se juntan. Al principio, creí que se trataba de una escritura bárbara; después vi que es absurdo imaginar que hombres que no llegaron a la palabra lleguen a la escritura. Además, ninguna de las formas era igual a otra, lo cual excluía o alejaba la posibilidad de que fueran simbólicas. El hombre las trazaba, las miraba y las corregía. De golpe, como si le fastidiara ese juego, las borró con la palma y el antebrazo. Me miró, no pareció reconocerme. Sin embargo, tan grande era el alivio que me inundaba (o tan grande y medrosa mi soledad) que di en pensar que ese rudimental troglodita, que me miraba desde el suelo de la caverna, había estado esperándome. El sol caldeaba la llanura; cuando emprendimos el regreso a la aldea, bajo las primeras estrellas, la arena era ardorosa bajo los pies. El troglodita me precedió; esa noche concebí el propósito de enseñarle a reconocer, y acaso a repetir, algunas palabras. El perro y el caballo (reflexioné) son capaces de lo primero; muchas aves, como el ruiseñor de los Césares, de lo último. Por muy basto que fuera el entendimiento de un hombre, siempre sería superior al de irracionales.

La humildad y miseria del troglodita me trajeron a la memoria la imagen de Argos, el viejo perro moribundo de la Odisea, y así le puse el nombre de Argos y traté de enseñárselo. Fracasé y volví a fracasar. Los arbitrios, el rigor y la obstinación fueron del todo vanos. Inmóvil, con los ojos inertes, no parecía percibir los sonidos que yo procuraba inculcarle. A unos pasos de mí, era como si estuviera muy lejos. Echado en la arena, como una pequeña y ruinosa esfinge de lava, dejaba que sobre él giraran los cielos, desde el crepúsculo del día hasta el de la noche. Juzgué imposible que no se percatara de mi propósito. Recordé que es fama entre los etíopes que los monos deliberadamente no hablan para que no los obliguen a trabajar y atribuí a suspicacia o a temor el silencio de Argos. De esa imaginación pasé a otras, aun más extravagantes. Pensé que Argos y yo participábamos de universos distintos; pensé que nuestras percepciones eran iguales, pero que Argos las combinaba de otra manera y construía con ellas otros objetos; pensé que acaso no había objetos para él, sino un vertiginoso y continuo juego de impresiones brevísimas. Pensé en un mundo sin memoria, sin tiempo; consideré la posibilidad de un lenguaje que ignorara los sustantivos, un lenguaje de verbos impersonales o de indeclinables epítetos. Así fueron muriendo los días y con los días los años, pero algo parecido a la felicidad ocurrió una mañana. Llovió, con lentitud poderosa.

Las noches del desierto pueden ser frías, pero aquélla había sido un fuego. Soñé que un río de Tesalia (a cuyas aguas yo había restituido un pez de oro) venía a rescatarme; sobre la roja arena y la negra piedra yo lo oía acercarse; la frescura del aire y el rumor atareado de la lluvia me despertaron. Corrí desnudo a recibirla. Declinaba la noche; bajo las nubes amarillas la tribu, no menos dichosa que yo, se ofrecía a los vívidos aguaceros en una especie de éxtasis. Parecían coribantes a quienes posee la divinidad. Argos, puestos los ojos en la esfera, gemía; raudales le rodaban por la cara; no sólo de agua, sino (después lo supe) de lágrimas. Argos, le grité, Argos.

Entonces, con mansa admiración, como si descubriera una cosa perdida y olvidada hace mucho tiempo, Argos balbuceó estas palabras: *Argos, perro de Ulises*. Y después, también sin mirarme: *Este perro tirado en el estiércol*.

Fácilmente aceptamos la realidad, acaso porque intui-

mos que nada es real. Le pregunté qué sabía de la
Odisea. La práctica del griego le era penosa; tuve que
repetir la pregunta.

Muy poco, dijo. *Menos que el rapsoda más pobre.
Ya habrán pasado mil cien años desde que la inventé.*

IV

Todo me fue dilucidado, aquel día. Los trogloditas
eran los Inmortales; el riacho de aguas arenosas, el
Río que buscaba el jinete. En cuanto a la ciudad cuyo
nombre se había dilatado hasta el Ganges, nueve siglos
haría que los Inmortales la habían asolado. Con las reliquias de su ruina erigieron, en el mismo lugar, la desa-
tinada ciudad que yo recorrí: suerte de parodia o reverso y también templo de los dioses irracionales que manejan el mundo y de los que nada sabemos, salvo que
no se parecen al hombre. Aquella fundación fue el último símbolo a que condescendieron los Inmortales; marca una etapa en que, juzgando que toda empresa es
vana, determinaron vivir en el pensamiento, en la pura
especulación. Erigieron la fábrica, la olvidaron y fueron
a morar en las cuevas. Absortos, casi no percibían el
mundo físico.

Esas cosas Homero las refirió, como quien habla con
un niño. También me refirió su vejez y el postrer viaje
que emprendió, movido, como Ulises, por el propósito
de llegar a los hombres que no saben lo que es el mar
ni comen carne sazonada con sal ni sospechan lo que es
un remo. Habitó un siglo en la Ciudad de los Inmortales. Cuando la derribaron, aconsejó la fundación de la
otra. Ello no debe sorprendernos; es fama que después
de cantar la guerra de Ilión, cantó la guerra de las ranas
y los ratones. Fue como un dios que creara el cosmos y
luego el caos.

Ser inmortal es baladí; menos el hombre, todas las
criaturas lo son, pues ignoran la muerte; lo divino, lo
terrible, lo incomprensible, es saberse inmortal. He no-

tado que, pese a las religiones, esa convicción es rarísima. Israelitas, cristianos y musulmanes profesan la inmortalidad, pero la veneración que tributan al primer siglo prueba que sólo creen en él, ya que destinan todos los demás, en número infinito, a premiarlo o a castigarlo. Más razonable me parece la rueda de ciertas religiones del Indostán; en esa rueda, que no tiene principio ni fin, cada vida es efecto de la anterior y engendra la siguiente, pero ninguna determina el conjunto... Adoctrinada por un ejercicio de siglos, la república de hombres inmortales había logrado la perfección de la tolerancia y casi del desdén. Sabía que en un plazo infinito le ocurren a todo hombre, todas las cosas. Por sus pasadas o futuras virtudes, todo hombre es acreedor a toda bondad, pero también a toda traición, por sus infamias del pasado o del porvenir. Así como en los juegos de azar las cifras pares y las cifras impares tienden al equilibrio, así también se anulan y se corrigen el ingenio y la estolidez, y acaso el rústico poema del Cid es el contrapeso exigido por un solo epíteto de las Églogas o por una sentencia de Heráclito. El pensamiento más fugaz obedece a un dibujo invisible y puede coronar, o inaugurar, una forma secreta. Sé de quienes obraban el mal para que en los siglos futuros resultara el bien, o hubiera resultado en los ya pretéritos... Encarados así, todos nuestros actos son justos, pero también son indiferentes. No hay méritos morales o intelectuales. Homero compuso la Odisea; postulado un plazo infinito, con infinitas circunstancias y cambios, lo imposible es no componer, siquiera una vez, la Odisea. Nadie es alguien, un solo hombre inmortal es todos los hombres. Como Cornelio Agrippa, soy dios, soy héroe, soy filósofo, soy demonio y soy mundo, lo cual es una fatigosa manera de decir que no soy.

El concepto del mundo como sistema de precisas compensaciones influyó vastamente en los Inmortales. En primer término, los hizo invulnerables a la piedad. He mencionado las antiguas canteras que rompían los campos de la otra margen; un hombre se despeñó en la más honda; no podía lastimarse ni morir, pero lo abrasaba la sed; antes que le arrojaran una cuerda pasaron setenta años. Tampoco interesaba el propio destino. El cuerpo era un sumiso animal doméstico y le bastaba, cada mes, la limosna de unas horas de sueño, de un poco de agua y de una piltrafa de carne. Que nadie quiera rebajarnos a ascetas. No hay placer más complejo que el pensamiento y a él nos entregábamos. A veces, un estímulo extraordinario nos restituía al mundo físico. Por ejemplo, aquella mañana, el viejo goce elemental de la lluvia. Esos lapsos eran rarísimos; todos los Inmortales eran capaces de perfecta quietud; recuerdo alguno a quien jamás he visto de pie: un pájaro anidaba en su pecho.

Entre los corolarios de la doctrina de que no hay cosa que no esté compensada por otra, hay uno de muy poca importancia teórica, pero que nos indujo, a fines o a principios del siglo X, a dispersarnos por la faz de la tierra. Cabe en estas palabras: *Existe un río cuyas aguas dan la inmortalidad; en alguna región habrá otro río cuyas aguas la borren.* El número de ríos no es infinito; un viajero inmortal que recorra el mundo acabará, algún día, por haber bebido de todos. Nos propusimos descubrir ese río.

La muerte (o su alusión) hace preciosos y patéticos a los hombres. Éstos conmueven por su condición de fantasmas; cada acto que ejecutan puede ser último; no hay rostro que no esté por desdibujarse como el rostro de un sueño. Todo, entre los mortales, tiene el valor de lo irrecuperable y de lo azaroso. Entre los Inmortales, en cambio, cada acto (y cada pensamiento) es el eco de otros que en el pasado lo antecedieron, sin principio visible, o el fiel presagio de otros que en el futuro lo repetirán hasta el vértigo. No hay cosa que no esté como perdida entre infatigables espejos. Nada puede ocurrir una sola vez, nada es preciosamente precario. Lo elegíaco, lo grave, lo ceremonial, no rigen para los Inmortales. Homero y yo nos separamos en las puertas de Tánger; creo que no nos dijimos adiós.

V

Recorrí nuevos reinos, nuevos imperios. En el otoño de 1066 milité en el puente de Stamford, ya no recuerdo si en las filas de Harold, que no tardó en hallar su destino, o en las de aquel infausto Harald Hardrada que conquistó seis pies de tierra inglesa, o un poco más. En el séptimo siglo de la Héjira, en el arrabal de Bulaq, transcribí con pausada caligrafía, en un idioma que he olvidado, en un alfabeto que ignoro, los siete viajes de Simbad y la historia de la Ciudad de Bronce. En un patio de la cárcel de Samarcanda he jugado muchísimo al ajedrez. En Bikanir he profesado la astrología y también en Bohemia. En 1638 estuve en Kolozsvár y después en Leipzig. En Aberdeen, en 1714, me suscribí a los seis volúmenes de la Ilíada de Pope; sé que los frecuenté con deleite. Hacia 1729 discutí el origen de ese poema con un profesor de retórica, llamado, creo, Giambattista; sus razones me parecieron irrefutables. El cuatro de octubre de 1921, el *Patna,* que me conducía a Bombay, tuvo que fondear en un puerto de la costa eritrea*. Bajé; recordé otras mañanas muy antiguas, también frente al Mar Rojo; cuando yo era tribuno de Roma y la fiebre y la magia y la inacción consumían a los soldados. En las afueras vi un caudal de agua clara; la probé, movido por la costumbre. Al repechar la margen, un árbol espinoso me laceró el dorso de la mano. El inusitado dolor me pareció muy vivo. Incrédulo, silencioso y feliz, contemplé la preciosa formación de una lenta gota de sangre. De nuevo soy mortal, me repetí, de nuevo me parezco a todos los hombres. Esa noche, dormí hasta el amanecer.

... He revisado, al cabo de un año, estas páginas. Me consta que se ajustan a la verdad, pero en los primeros

---

* Hay una tachadura en el manuscrito; tal vez el nombre del puerto ha sido borrado.

capítulos, y aun en ciertos párrafos de los otros, creo percibir algo falso. Ello es obra, tal vez, del abuso de rasgos circunstanciales, procedimiento que aprendí en los poetas y que todo lo contamina de falsedad, ya que esos rasgos pueden abundar en los hechos, pero no en su memoria... Creo, sin embargo, haber descubierto una razón más íntima. La escribiré; no importa que me juzguen fantástico.

La historia que he narrado parece irreal porque en ella se mezclan los sucesos de dos hombres distintos. En el primer capítulo, el jinete quiere saber el nombre del río que baña las murallas de Tebas; Flaminio Rufo, que antes ha dado a la ciudad el epíteto de Hekatómpylos, dice que el río es el Egipto; ninguna de esas locuciones es adecuada a él, sino a Homero, que hace mención expresa, en la Ilíada, de Tebas Hekatómpylos, y en la Odisea, por boca de Proteo y de Ulises, dice invariablemente Egipto por Nilo. En el capítulo segundo, el romano, al beber el agua inmortal, pronuncia unas palabras en griego; esas palabras son homéricas y pueden buscarse en el fin del famoso catálogo de las naves. Después, en el vertiginoso palacio, habla de «una reprobación que era casi un remordimiento»; esas palabras corresponden a Homero, que había proyectado ese horror. Tales anomalías me inquietaron; otras, de orden estético, me permitieron descubrir la verdad. El último capítulo las incluye; ahí está escrito que milité en el puente de Stamford, que transcribí, en Bulaq, los viajes de Simbad el Marino y que me suscribí, en Aberdeen, a la Ilíada inglesa de Pope. Se lee, *inter alia:* «En Bikanir he profesado la astrología y también en Bohemia.» Ninguno de esos testimonios es falso; lo significativo es el hecho de haberlos destacado. El primero de todos parece convenir a un hombre de guerra, pero luego se advierte que el narrador no repara en lo bélico y sí en la suerte de los hombres. Los que siguen son más curiosos. Una oscura razón elemental me obligó a registrarlos; lo hice porque sabía que eran patéticos. No lo son, dichos por el romano Flaminio Rufo. Lo son, dichos por

Homero; es raro que éste copie, en el siglo trece, las aventuras de Simbad, de otro Ulises, y descubra, a la vuelta de muchos siglos, en un reino boreal y un idioma bárbaro, las formas de su Ilíada. En cuanto a la oración que recoge el nombre de Bikanir, se ve que la ha fabricado un hombre de letras, ganoso (como el autor del catálogo de las naves) de mostrar vocablos espléndidos*.

Cuando se acerca el fin, ya no quedan imágenes del recuerdo; sólo quedan palabras. No es extraño que el tiempo haya confundido las que alguna vez me representaron con las que fueron símbolos de la suerte de quien me acompañó tantos siglos. Yo he sido Homero; en breve, seré Nadie, como Ulises; en breve, seré todos: estaré muerto.

Posdata de 1950. Entre los comentarios que ha despertado la publicación anterior, el más curioso, ya que no el más urbano, bíblicamente se titula *A coat of many colours* (Manchester, 1948) y es obra de la tenacísima pluma del doctor Nahum Cordovero. Abarca unas cien páginas. Habla de los centones griegos, de los centones de la baja latinidad, de Ben Jonson, que definió a sus contemporáneos con retazos de Séneca, del *Virgilius evangelizans* de Alexander Ross, de los artificios de George Moore y de Eliot y, finalmente, de «la narración atribuida al anticuario Joseph Cartaphilus». Denuncia, en el primer capítulo, breves interpolaciones de Plinio *(Historia naturalis,* V, 8); en el segundo, de Thomas de Quincey *(Writings,* III, 439); en el tercero, de una epístola de Descartes al embajador Pierre Chanut; en el cuarto, de Bernard Shaw *(Back to Methuselah,* V). Infiere de esas intrusiones, o hurtos, que todo el documento es apócrifo.

---

* Ernesto Sabato sugiere que el «Giambattista» que discutió la formación de la Ilíada con el anticuario Cartaphilus es Giambattista Vico; ese italiano defendía que Homero es un personaje simbólico, a la manera de Plutón o de Aquiles.

A mi entender, la conclusión es inadmisible. *Cuando se acerca el fin,* escribió Cartaphilus, *ya no quedan imágenes del recuerdo; sólo quedan palabras.* Palabras, palabras desplazadas y mutiladas, palabras de otros, fue la pobre limosna que le dejaron las horas y los siglos.

A Cecilia Ingenieros.

Emma Zunz*

El catorce de enero de 1922, Emma Zunz, al volver de la fábrica de tejidos Tarbuch y Loewenthal, halló en el fondo del zaguán una carta, fechada en el Brasil, por la que supo que su padre había muerto. La engañaron, a primera vista, el sello y el sobre; luego, la inquietó la letra desconocida. Nueve o diez líneas borroneadas querían colmar la hoja; Emma leyó que el señor Maier había ingerido por error una fuerte dosis de veronal y había fallecido el tres del corriente en el hospital de Bagé. Un compañero de pensión de su padre firmaba la noticia, un tal Fein o Fain, de Río Grande, que no podía saber que se dirigía a la hija del muerto.

* Este cuento aparece incluido por primera vez en un volumen en 1949 *(El aleph,* Buenos Aires, Losada, 1949). Se trata de uno de los pocos textos borgeanos en los que aparece el acto sexual, aunque se trate de una relación mecánica, interesada, desprovista de pasión y sugeridora de repulsión. En la narración se superponen dos historias interrelacionadas: la venganza ejecutada como un crimen perfecto, pero para la que es necesaria una inmolación del vengador, sufrir un oprobio análogo al que sintió el padre vengado.

Tanto en este cuento como en el siguiente incluido en esta selección *Deutsches Requiem,* y por motivos distintos, el lector desprevenido puede caer en la errónea sospecha de antisemitismo del autor. En el aquí comentado, los apellidos de los propietarios de la fábrica y del propio Loewenthal podrían indicar una elección malintencionada de un nombre judío para el *malo* de la historia; sin embargo, hay que constatar que el padre de Emma Zunz se llamaba Emanuel y se hacía llamar Manuel Maier, nombres igualmente judíos. Si quedaran aún dudas, las amigas de Emma Zunz, se llaman Elsa Urstein y Perla Kronfuss.

Emma dejó caer el papel. Su primera impresión fue de malestar en el vientre y en las rodillas; luego de ciega culpa, de irrealidad, de frío, de temor; luego, quiso ya estar en el día siguiente. Acto continuo comprendió que esa voluntad era inútil porque la muerte de su padre era lo único que había sucedido en el mundo, y seguiría sucediendo sin fin. Recogió el papel y se fue a su cuarto. Furtivamente lo guardó en un cajón, como si de algún modo ya conociera los hechos ulteriores. Ya había empezado a vislumbrarlos, tal vez; ya era la que sería.

En la creciente oscuridad, Emma lloró hasta el fin de aquel día el suicidio de Manuel Maier, que en los antiguos días felices fue Emanuel Zunz. Recordó veraneos en una chacra, cerca de Gualeguay, recordó (trató de recordar) a su madre, recordó la casita de Lanús que les remataron, recordó los amarillos losanges[1] de una ventana, recordó el auto de prisión, el oprobio, recordó los anónimos con el suelto sobre «el desfalco del cajero», recordó (pero eso jamás lo olvidaba) que su padre, la última noche, le había jurado que el ladrón era Loewenthal. Loewenthal, Aarón Loewenthal, antes gerente de la fábrica y ahora uno de los dueños. Emma, desde 1916, guardaba el secreto. A nadie se lo había revelado, ni siquiera a su mejor amiga, Elsa Urstein. Quizá rehuía la profana incredulidad; quizá creía que el secreto era un vínculo entre ella y el ausente. Loewenthal no sabía que ella sabía; Emma Zunz derivaba de ese hecho ínfimo un sentimiento de poder.

No durmió aquella noche, y cuando la primera luz definió el rectángulo de la ventana, ya estaba perfecto su plan. Procuró que ese día, que le pareció interminable, fuera como los otros. Había en la fábrica rumores de huelga; Emma se declaró, como siempre, contra toda violencia. A las seis, concluido el trabajo, fue con Elsa a un club de mujeres, que tiene gimnasio y pileta[2].

---

[1] *losanges* del francés, rombo, señala los cristales cortados de esa forma y unidos en una cristalera.

[2] *pileta*, en este caso pileta de natación, piscina.

Se inscribieron; tuvo que repetir y deletrear su nombre y su apellido; tuvo que festejar las bromas vulgares que comentan la revisación. Con Elsa y con la menor de las Kronfuss discutió a qué cinematógrafo irían el domingo a la tarde. Luego, se habló de novios y nadie esperó que Emma hablara. En abril cumpliría diecinueve años, pero los hombres le inspiraban, aún, un temor casi patológico... De vuelta, preparó una sopa de tapioca y unas legumbres, comió temprano, se acostó y se obligó a dormir. Así, laborioso y trivial, pasó el viernes quince, la víspera.

El sábado, la impaciencia la despertó. La impaciencia, no la inquietud, y el singular alivio de estar en aquel día, por fin. Ya no tenía que tramar y que imaginar; dentro de algunas horas alcanzaría la simplicidad de los hechos. Leyó en *La Prensa* que el *Nordstjärnan,* de Malmö, zarparía esa noche del dique 3; llamó por teléfono a Loewenthal, insinuó que deseaba comunicar, sin que lo supieran las otras, algo sobre la huelga y prometió pasar por el escritorio, al oscurecer. Le temblaba la voz; el temblor convenía a una delatora. Ningún otro hecho memorable ocurrió esa mañana. Emma trabajó hasta las doce y fijó con Elsa y con Perla Kronfuss los pormenores del paseo del domingo. Se acostó después de almorzar y recapituló, cerrados los ojos, el plan que había tramado. Pensó que la etapa final sería menos horrible que la primera y que le depararía, sin duda, el sabor de la victoria y de la justicia. De pronto, alarmada, se levantó y corrió al cajón de la cómoda. Lo abrió; debajo del retrato de Milton Sills, donde la había dejado la antenoche, estaba la carta de Fain. Nadie podía haberla visto; la empezó a leer y la rompió.

Referir con alguna realidad los hechos de esa tarde sería difícil y quizá improcedente. Un atributo de lo infernal es la irrealidad, un atributo que parece mitigar sus terrores y que los agrava tal vez. ¿Cómo hacer verosímil una acción en la que casi no creyó quien la ejecutaba, cómo recuperar ese breve caos que hoy la memoria de Emma Zunz repudia y confunde? Emma vivía por

Almagro, en la calle Liniers; nos consta que esa tarde fue al puerto. Acaso en el infame Paseo de Julio se vio multiplicada en espejos, publicada por luces y desnudada por los ojos hambrientos, pero más razonable es conjeturar que al principio erró, inadvertida, por la indiferente recova...[3] Entró en dos o tres bares, vio la rutina o los manejos de otras mujeres. Dio al fin con hombres del *Nordstjärnan*. De uno, muy joven, temió que le inspirara alguna ternura y optó por otro, quizá más bajo que ella y grosero, para que la pureza del horror no fuera mitigada. El hombre la condujo a una puerta y después a un turbio zaguán y después a una escalera tortuosa y después a un vestíbulo (en el que había una vidriera con losanges idénticos a los de la casa en Lanús) y después a un pasillo y después a una puerta que se cerró. Los hechos graves están fuera del tiempo, ya porque en ellos el pasado inmediato queda como tronchado del porvenir, ya porque no parecen consecutivas las partes que los forman.

¿En aquel tiempo fuera del tiempo, en aquel desorden perplejo de sensaciones inconexas y atroces, pensó Emma Zunz *una sola vez* en el muerto que motivaba el sacrificio? Yo tengo para mí que pensó una vez y que en ese momento peligró su desesperado propósito. Pensó (no pudo no pensar) que su padre le había hecho a su madre la cosa horrible que a ella ahora le hacían. Lo pensó con débil asombro y se refugió, en seguida, en el vértigo. El hombre, sueco o finlandés, no hablaba español: fue una herramienta para Emma como ésta lo fue para él, pero ella sirvió para el goce y él para la justicia.

Cuando se quedó sola, Emma no abrió en seguida los ojos. En la mesa de luz estaba el dinero que había dejado el hombre: Emma se incorporó y lo rompió como antes había roto la carta. Romper dinero es una impiedad, como tirar el pan; Emma se arrepintió, apenas lo

---

[3] *recova,* en Argentina es sinónimo de arcadas y designa los paseos o aceras públicas protegidas por arcos, típicos de la arquitectura colonial, que conservan algunas construcciones urbanas.

hizo. Un acto de soberbia y en aquel día... El temor se perdió en la tristeza de su cuerpo, en el asco. El asco y la tristeza la encadenaban, pero Emma lentamente se levantó y procedió a vestirse. En el cuarto no quedaban colores vivos; el último crepúsculo se agravaba. Emma pudo salir sin que la advirtieran; en la esquina subió a un Lacroze[4], que iba al oeste. Eligió, conforme a su plan, el asiento más delantero, para que no le vieran la cara. Quizá le confortó verificar, en el insípido trajín de las calles, que lo acaecido no había contaminado las cosas. Viajó por barrios decrecientes y opacos, viéndolos y olvidándolos en el acto, y se apeó en una de las bocacalles de Warnes. Paradójicamente su fatiga venía a ser una fuerza, pues la obligaba a concentrarse en los pormenores de la aventura y le ocultaba el fondo y el fin.

Aarón Loewenthal era, para todos, un hombre serio; para sus pocos íntimos, un avaro. Vivía en los altos de la fábrica, solo. Establecido en el desmantelado arrabal, temía a los ladrones; en el patio de la fábrica había un gran perro y en el cajón de su escritorio, nadie lo ignoraba, un revólver. Había llorado con decoro el año anterior, la inesperada muerte de su mujer —¡una Gauss, que le trajo una buena dote!—, pero el dinero era su verdadera pasión. Con íntimo bochorno se sabía menos apto para ganarlo que para conservarlo. Era muy religioso; creía tener con el Señor un pacto secreto, que lo eximía de obrar bien, a trueque de oraciones y devociones. Calvo, corpulento, enlutado, de quevedos ahumados y barba rubia, esperaba de pie, junto a la ventana, el informe confidencial de la obrera Zunz.

La vio empujar la verja (que él había entornado a propósito) y cruzar el patio sombrío. La vio hacer un pequeño rodeo cuando el perro atado ladró. Los labios de Emma se atareaban como los de quien reza en voz

---

[4] *Lacroze,* nombre popular del tranvía que recorría el trayecto desde el Río de la Plata a Federico Lacroze, una de las entonces zonas suburbiales de Buenos Aires. Al indicar el autor que *subió a un Lacroze, que iba al oeste,* nos aclara que era un tranvía que iba de la zona portuaria a los suburbios, atravesando el centro de la ciudad.

baja; cansados, repetían la sentencia que el señor Loewenthal oiría antes de morir.

Las cosas no ocurrieron como había previsto Emma Zunz. Desde la madrugada anterior, ella se había soñado muchas veces, dirigiendo el firme revólver, forzando al miserable a confesar la miserable culpa y exponiendo la intrépida estratagema que permitiría a la Justicia de Dios triunfar de la justicia humana. (No por temor, sino por ser un instrumento de la Justicia, ella no quería ser castigada.) Luego, un solo balazo en mitad del pecho rubricaría la suerte de Loewenthal. Pero las cosas no ocurrieron así.

Ante Aarón Loewenthal, más que la urgencia de vengar a su padre, Emma sintió la de castigar el ultraje padecido por ello. No podía no matarlo, después de esa minuciosa deshonra. Tampoco tenía tiempo que perder en teatralerías. Sentada, tímida, pidió excusas a Loewenthal, invocó (a fuer de delatora) las obligaciones de la lealtad, pronunció algunos nombres, dio a entender otros y se cortó como si la venciera el temor. Logró que Loewenthal saliera a buscar una copa de agua. Cuando éste, incrédulo de tales aspavientos, pero indulgente, volvió del comedor, Emma ya había sacado del cajón el pesado revólver. Apretó el gatillo dos veces. El considerable cuerpo se desplomó como si los estampidos y el humo lo hubieran roto, el vaso de agua se rompió, la cara la miró con asombro y cólera, la boca de la cara la injurió en español y en ídisch. Las malas palabras no cejaban; Emma tuvo que hacer fuego otra vez. En el patio, el perro encadenado rompió a ladrar, y una efusión de brusca sangre manó de los labios obscenos y manchó la barba y la ropa. Emma inició la acusación que tenía preparada («He vengado a mi padre y no me podrán castigar...»), pero no la acabó, porque el señor Loewenthal ya había muerto. No supo nunca si alcanzó a comprender.

Los ladridos tirantes le recordaron que no podía, aún, descansar. Desordenó el diván, desabrochó el saco del cadáver, le quitó los quevedos salpicados y los dejó sobre el fichero. Luego tomó el teléfono y repitió lo que tantas veces repetiría, con esas y con otras palabras: *Ha ocurrido una cosa que es increíble... El señor Loewenthal me hizo venir con el pretexto de la huelga... Abusó de mí, lo maté...*

La historia era increíble, en efecto, pero se impuso a todos, porque sustancialmente era cierta. Verdadero era el tono de Emma Zunz, verdadero el pudor, verdadero el odio. Verdadero también era el ultraje que había padecido; sólo eran falsas las circunstancias, la hora y uno o dos nombres propios.

Deutsches Requiem*

Aunque él me quitare la vida, en él confiaré.

JOB, 13:15

Mi nombre es Otto Dietrich zur Linde. Uno de mis antepasados, Christoph zur Linde, murió en la carga de caballería que decidió la victoria de Zorndorf. Mi bis-

---

* Este cuento aparece incluido por primera vez en un volumen en 1949 *(El aleph,* Buenos Aires, Losada, 1949). Como señalábamos en la nota de la narración anterior, el tema se puede prestar a una interpretación errónea de las intenciones políticas del narrador, quien durante el nazismo y la Segunda Guerra Mundial mantuvo siempre una conducta antinazi y antifascista. Publicado por primera vez en el número de febrero de 1946 de la revista *Sur* de Buenos Aires, que dirigía Victoria Ocampo, este relato está escrito con la derrota del nazismo, aún caliente, e intenta ser una explicación del nazismo aportada por uno de sus protagonistas, que al fin parece transformarse en una víctima de sí mismo. Jaime Alazraki relaciona con acierto este cuento con un breve ensayo titulado *Anotación al 23 de agosto de 1944* e incluido en *Otras Inquisiciones,* en la que Borges escribe: «Ser nazi (jugar a la barbarie enérgica, jugar a ser viking, un tártaro, un conquistador del siglo XVI, un gaucho, un piel roja) es, a la larga una imposibilidad mental y moral. El nazismo adolece de irrealidad, como los infiernos de Erígena. Es inhabitable; los hombres sólo pueden morir por él, mentir por él, matar y ensangrentar por él.» A esta cita aportada por el profesor Alazraki debemos agregar otra del mismo ensayo que puede darnos una mayor ilustración sobre el pensamiento borgeano y sobre el determinismo que asigna ese nefasto episodio de la historia de la humanidad: «Nadie, en la soledad central de su yo, puede anhelar que triunfe. Arriesgo esta conjetura: *Hitler quiere ser derrotado.* Hitler, de un modo ciego, colabora con los inevitables ejércitos que lo aniquilarán, como los buitres de metal

abuelo materno, Ulrich Forkel, fue asesinado en la foresta de Marchenoir por francotiradores franceses, en los últimos días de 1870; el capitán Dietrich zur Linde, mi padre, se distinguió en el sitio de Namur, en 1914, y, dos años después, en la travesía del Danubio*. En cuanto a mí, seré fusilado por torturador y asesino. El tribunal ha procedido con rectitud; desde el principio, yo me he declarado culpable. Mañana, cuando el reloj de la prisión dé las nueve, yo habré entrado en la muerte; es natural que piense en mis mayores, ya que tan cerca estoy de su sombra, ya que de algún modo soy ellos.

Durante el juicio (que afortunadamente duró poco) no hablé; justificarme, entonces, hubiera entorpecido el dictamen y hubiera parecido una cobardía. Ahora las cosas han cambiado; en esta noche que precede a mi ejecución, puedo hablar sin temor. No pretendo ser perdonado, porque no hay culpa en mí, pero quiero ser

---

y el dragón (que no debieron de ignorar que eran monstruos) colaboran, misteriosamente, con Hércules.»

El nazi que narra la historia quiere simbolizar la historia de Alemania, su espíritu, su literatura, su carácter, su pensamiento. De ahí que Borges recurre a citas de Schopenhauer, Nietzsche, Goethe. Los argumentos expuestos por el personaje responden a los que la ideología nazi pretendió hacer la empresa común del pueblo alemán, empresa que acaba en la destrucción de la propia Alemania. El infierno de Erigena, citado en el ensayo de Borges, es el mismo infierno de Otto Dietrich zur Linde. Alazraki observa la paradoja borgeana de buscar una cita bíblica, la de Job que preside el relato: *Aunque él me quitare la vida, en él confiaré* para designar el destino del nazismo y del exégeta que se prepara a morir. Una cita bíblica precisamente para hablar del pueblo que se propuso destruir para siempre la Biblia. Ironía que puede convertirse en espejo, ya que la inquebrantable fe en el proyecto nazi de Otto le lleva a afirmar que, aunque el desastre sea para Alemania, él desea la victoria de las otras naciones. *Que el cielo exista, aunque nuestro lugar sea el infierno,* dice. Así el defensor de una ideología que quiso destruir la Biblia se ve obligado a recurrir a ella.

* Es significativa la omisión del antepasado más ilustre del narrador, el teólogo y hebraísta Johannes Forkel (1799-1846), que aplicó la dialéctica de Hegel a la cristología y cuya versión literal de algunos de los Libros Apócrifos mereció la censura de Hengstenberg y la aprobación de Thilo y Geseminus. *(Nota del editor.)*

comprendido. Quienes sepan oírme, comprenderán la historia de Alemania y la futura historia del mundo. Yo sé que casos como el mío, excepcionales y asombrosos ahora, serán muy en breve triviales. Mañana moriré, pero soy un símbolo de las generaciones del porvenir.

Nací en Marienburg, en 1908. Dos pasiones, ahora casi olvidadas, me permitieron afrontar con valor y aun con felicidad muchos años infaustos: la música y la metafísica. No puedo mencionar a todos mis bienhechores, pero hay dos nombres que no me resigno a omitir: el de Brahms y el de Schopenhauer. También frecuenté la poesía; a esos nombres quiero juntar otro vasto nombre germánico, William Shakespeare. Antes, la teología me interesó, pero de esa fantástica disciplina (y de la fe cristiana) me desvió para siempre Schopenhauer, con razones directas; Shakespeare y Brahms, con la infinita variedad de su mundo. Sepa quien se detiene maravillado, trémulo de ternura y de gratitud, ante cualquier lugar de la obra de esos felices, que yo también me detuve ahí, yo el abominable.

Hacia 1927 entraron en mi vida Nietzsche y Spengler. Observa un escritor del siglo XVIII que nadie quiere deber nada a sus contemporáneos; yo, para libertarme de una influencia que presentí opresora, escribí un artículo titulado *Abrechnung mit Spengler,* en el que hacía notar que el monumento más inequívoco de los rasgos que el autor llama fáusticos no es el misceláneo drama de Goethe* sino un poema redactado hace veinte siglos, el *De rerum natura.* Rendí justicia, empero, a la sinceridad del filósofo de la historia, a su espíritu radicalmente alemán *(kerndeutsch),* militar. En 1929 entré en el Partido.

Poco diré de mis años de aprendizaje. Fueron más

---

* Otras naciones viven con inocencia, en sí y para sí como los minerales o los meteoros; Alemania es el espejo universal que a todas recibe, la conciencia del mundo *(das Weltbewusstsein).* Goethe es el prototipo de esa comprensión ecuménica. No lo censuro, pero no veo en él al hombre fáustico de la tesis de Spengler.

duros para mí que para muchos otros, ya que a pesar de no carecer de valor, me falta toda vocación de violencia. Comprendí, sin embargo, que estábamos al borde de un tiempo nuevo y que ese tiempo, comparable a las épocas iniciales del Islam o del Cristianismo, exigía hombres nuevos. Individualmente, mis camaradas me eran odiosos; en vano procuré razonar que para el alto fin que nos congregaba, no éramos individuos.

Aseveran los teólogos que si la atención del Señor se desviara un solo segundo de mi derecha mano que escribe, ésta recaería en la nada, como si la fulminara un fuego sin luz. Nadie puede ser, digo yo, nadie puede probar una copa de agua o partir un trozo de pan, sin justificación. Para cada hombre, esa justificación es distinta; yo esperaba la guerra inexorable que probaría nuestra fe. Me bastaba saber que yo sería un soldado de sus batallas. Alguna vez temí que nos defraudaran la cobardía de Inglaterra y de Rusia. El azar, o el destino, tejió de otra manera mi porvenir: el primero de marzo de 1939, al oscurecer, hubo disturbios en Tilsit que los diarios no registraron; en la calle detrás de la sinagoga, dos balas me atravesaron la pierna, que fue necesario amputar*. Días después, entraban en Bohemia nuestros ejércitos; cuando las sirenas lo proclamaron, yo estaba en el sedentario hospital, tratando de perderme y de olvidarme en los libros de Schopenhauer. Símbolo de mi vano destino, dormía en el borde de la ventana un gato enorme y fofo.

En el primer volumen de *Parerga und Paralipomena* releí que todos los hechos que pueden ocurrirle a un hombre, desde el instante de su nacimiento hasta el de su muerte, han sido prefijados por él. Así, toda negligencia es deliberada, todo casual encuentro una cita, toda humillación una penitencia, todo fracaso una misteriosa victoria, toda muerte un suicidio. No hay consuelo más hábil que el pensamiento de que hemos elegi-

---

* Se murmura que las consecuencias de esa herida fueron muy graves. *(Nota del editor.)*

do nuestras desdichas; esa teología individual nos revela un orden secreto y prodigiosamente nos confunde con la divinidad. ¿Qué ignorado propósito (cavilé) me hizo buscar ese atardecer, esas balas y esa mutilación? No el temor de la guerra, yo lo sabía; algo más profundo. Al fin creí entender. Morir por una religión es más simple que vivirla con plenitud; batallar en Éfeso contra las fieras es menos duro (miles de mártires oscuros lo hicieron) que ser Pablo, siervo de Jesucristo; un acto es menos que todas las horas de un hombre. La batalla y la gloria son *facilidades;* más ardua que la empresa de Napoleón fue la de Raskolnikov. El siete de febrero de 1941 fui nombrado subdirector del campo de concentración de Tarnowitz.

El ejercicio de ese cargo no me fue grato; pero no pequé nunca de negligencia. El cobarde se prueba entre las espadas; el misericordioso, el piadoso, busca el examen de las cárceles y el dolor ajeno. El nazismo, intrínsecamente, es un hecho moral, un despojarse del viejo hombre, que está viciado, para vestir el nuevo. En la batalla esa mutación es común, entre el clamor de los capitanes y el vocerío; no así en un torpe calabozo, donde nos tienta con antiguas ternuras la insidiosa piedad. No en vano escribo esa palabra; la piedad por el hombre superior es el último pecado de Zarathustra. Casi lo cometí (lo confieso) cuando nos remitieron de Breslau al insigne poeta David Jerusalem.

Era éste un hombre de cincuenta años. Pobre de bienes de este mundo, perseguido, negado, vituperado, había consagrado su genio a cantar la felicidad. Creo recordar que Albert Soergel, en la obra *Dichtung der Zeit,* lo equipara con Whitman. La comparación no es feliz; Whitman celebra el universo de un modo previo, general, casi indiferente; Jerusalem se alegra de cada cosa, con minucioso amor. No comete jamás enumeraciones, catálogos. Aún puedo repetir muchos hexámetros de aquel hondo poema que se titula *Tse Yang, pintor de tigres,* que está como rayado de tigres, que está como cargado y atravesado de tigres transversales y silenciosos. Tampoco olvidaré el soliloquio *Rosencrantz habla con el Ángel,* en el que un prestamista londinense del siglo XVI vanamente trata, al morir, de vindicar sus culpas, sin sospechar que la secreta justificación de su vida es haber inspirado a uno de sus clientes (que lo ha visto una sola vez y a quien no recuerda) el carácter de Shylock. Hombre de memorables ojos, de piel cetrina, de barba casi negra, David Jerusalem era el prototipo del judío sefardí, si bien pertenecía a los depravados y aborrecidos Ashkenazim. Fui severo con él; no permití que me ablandaran ni la compasión ni su gloria. Yo había comprendido hace muchos años que no hay cosa en el mundo que no sea germen de un Infierno posible; un rostro, una palabra, una brújula, un aviso de cigarrillos, podrían enloquecer a una persona, si ésta no lograra olvidarlos. ¿No estaría loco un hombre que continuamente se figura el mapa de Hungría? Determiné aplicar ese principio al régimen disciplinario de nuestra casa y*... A fines de 1942, Jerusalem perdió la razón; el primero de marzo de 1943, logró darse muerte**.

Ignoro si Jerusalem comprendió que si yo lo destruí, fue para destruir mi piedad. Ante mis ojos, no era un hombre, ni siquiera un judío; se había transformado en el símbolo de una detestada zona de mi alma. Yo agonicé con él, yo morí con él, yo de algún modo me he perdido con él; por eso, fui implacable.

Mientras tanto, giraban sobre nosotros los grandes días y las grandes noches de una guerra feliz. Había en el aire que respirábamos un sentimiento parecido al amor. Como si bruscamente el mar estuviera cerca,

---

* Ha sido inevitable, aquí, omitir unas líneas. *(Nota del editor.)*

** Ni en los archivos ni en la obra de Soergel figura el nombre de Jerusalem. Tampoco lo registran las historias de la literatura alemana. No creo, sin embargo, que se trate de un personaje falso. Por orden de Otto Dietrich zur Linde fueron torturados en Tarnowitz muchos intelectuales judíos, entre ellos la pianista Emma Rosenzweig. «David Jerusalem» es tal vez un símbolo de varios individuos. Nos dicen que murió el primero de marzo de 1943; el primero de marzo de 1939, el narrador fue herido en Tilsit. *(Nota del editor.)*

había un asombro y una exaltación en la sangre. Todo, en aquellos años, era distinto; hasta el sabor del sueño. (Yo, quizá, nunca fui plenamente feliz, pero es sabido que la desventura requiere paraísos perdidos.) No hay hombre que no aspire a la plenitud, es decir a la suma de experiencias de que un hombre es capaz; no hay hombre que no tema ser defraudado de alguna parte de este patrimonio infinito. Pero todo lo ha tenido mi generación, porque primero le fue deparada la gloria y después la derrota.

En octubre o noviembre de 1942, mi hermano Friedrich pereció en la segunda batalla de El Alamein, en los arenales egipcios; un bombardeo aéreo, meses después, destrozó nuestra casa natal; otro, a fines de 1943, mi laboratorio. Acosado por vastos continentes, moría el Tercer Reich; su mano estaba contra todos y las manos de todos contra él. Entonces, algo singular ocurrió, que ahora creo entender. Yo me creía capaz de apurar la copa de la cólera, pero en las heces me detuvo un sabor no esperado, el misterioso y casi terrible sabor de la felicidad. Ensayé diversas explicaciones; no me bastó ninguna. Pensé: *Me satisface la derrota, porque secretamente me sé culpable y sólo puede redimirme el castigo.* Pensé: *Me satisface la derrota, porque es un fin y yo estoy muy cansado.* Pensé: *Me satisface la derrota, porque ha ocurrido, porque está innumerablemente unida a todos los hechos que son, que fueron, que serán, porque censurar o deplorar un solo hecho real es blasfemar del universo.* Esas razones ensayé, hasta dar con la verdadera. /

Se ha dicho que todos los hombres nacen aristotélicos o platónicos. Ello equivale a declarar que no hay debate de carácter abstracto que no sea un momento de la polémica de Aristóteles y Platón; a través de los siglos y latitudes, cambian los nombres, los dialectos, las caras, pero no los eternos antagonistas. También la historia de los pueblos registra una continuidad secreta. Arminio, cuando degolló en una ciénaga las legiones de Varo, no se sabía precursor de un Imperio Alemán; Lutero, traductor de la Biblia, no sospechaba que su fin era forjar un pueblo que destruyera para siempre la Biblia; Christoph zur Linde, a quien mató una bala moscovita en 1758, preparó de algún modo las victorias de 1914; Hitler creyó luchar por *un* país, pero luchó por todos, aun por aquellos que agredió y detestó. No importa que su yo lo ignorara; lo sabían su sangre, su voluntad. El mundo se moría de judaísmo y de esa enfermedad del judaísmo, que es la fe de Jesús; nosotros le enseñamos la violencia y la fe de la espada. Esa espada nos mata y somos comparables al hechicero que teje un laberinto y que se ve forzado a errar en él hasta el fin de sus días o a David que juzga a un desconocido y lo condena a muerte y oye después la revelación: *Tú eres aquel hombre.* Muchas cosas hay que destruir para edificar el nuevo orden; ahora sabemos que Alemania era una de esas cosas. Hemos dado algo más que nuestra vida, hemos dado la suerte de nuestro querido país. Que otros maldigan y otros lloren; a mí me regocija que nuestro don sea orbicular y perfecto.

Se cierne ahora sobre el mundo una época implacable. Nosotros la forjamos, nosotros que ya somos su víctima. ¿Qué importa que Inglaterra sea el martillo y nosotros el yunque? Lo importante es que rija la violencia, no las serviles timideces cristianas. Si la victoria y la injusticia y la felicidad no son para Alemania, que sean para otras naciones. Que el cielo exista, aunque nuestro lugar sea el infierno.

Miro mi cara en el espejo para saber quién soy, para saber cómo me portaré dentro de unas horas, cuando me enfrente con el fin. Mi carne puede tener miedo; yo, no.

La otra muerte*

Un par de años hará (he perdido la carta), Gannon me escribió de Gualeguaychú, anunciando el envío de una versión, acaso la primera española, del poema *The Past,* de Ralph Waldo Emerson[1], y agregando en una posdata que don Pedro Damián, de quien yo guardaría alguna memoria, había muerto noches pasadas, de una congestión pulmonar. El hombre, arrasado por la fiebre, había revivido en su delirio la sangrienta jornada de Masoller; la noticia me pareció previsible y hasta convencional, porque don Pedro, a los diecinueve o veinte años, había seguido las banderas de Aparicio Saravia. La revolución de 1904 lo tomó en una estancia de Río Negro o de Paysandú, donde trabajaba de peón;

---

* Este cuento es incluido por primera vez en un volumen en 1949 *(El aleph,* Buenos Aires, Losada, 1949).

El tema del cobarde y del héroe, ya que no el del traidor, es el de este relato. Un mismo hombre protagoniza dos actuaciones completamente opuestas en el combate de Masoller, Pedro Damián es así el dual actor de un libreto escrito, no sólo por los demás, los posibles testigos de su valentía o de su actitud pusilánime, sino por lo que le dicta su propia conciencia, su propia mala conciencia. La contradicción entre la realidad y el sueño accede a una radicalidad tal, que al fin el sueño consigue corregir la realidad, borrar todas sus huellas, y dejar sólo una memoria legendaria del que es en realidad un impostor. Lo que en *Tema del traidor y del héroe* fue leyenda impuesta por una conjura interesada en ese prestigio, aquí es leyenda triunfal gracias al poder del sueño. En uno y otro caso, hay un *otro* que ocupa el lugar y el rostro del hombre real, una máscara que acaba por apoderarse de los rasgos y hacer de su ficción la realidad.

[1] R. W. Emerson, poeta y pensador norteamericano (1803-1882).

Pedro Damián era entrerriano, de Gualeguay, pero fue adonde fueron los amigos, tan animoso y tan ignorante como ellos. Combatió en algún entrevero[2] y en la batalla última; repatriado en 1905, retomó con humilde tenacidad las tareas de campo. Que yo sepa, no volvió a dejar su provincia. Los últimos treinta años los pasó en un puesto muy solo, a una o dos leguas del Ñancay; en aquel desamparo, yo conversé con él una tarde (yo traté de conversar con él una tarde), hacia 1942. Era hombre taciturno, de pocas luces. El sonido y la furia de Masoller agotaban su historia; no me sorprendió que los reviviera, en la hora de su muerte... Supe que no vería más a Damián y quise recordarlo; tan pobre es mi memoria visual que sólo recordé una fotografía que Gannon le tomó. El hecho nada tiene de singular, si consideramos que al hombre lo vi a principios de 1942, una vez, y a la efigie, muchísimas. Gannon me mandó esa fotografía; la he perdido y ya no la busco. Me daría miedo encontrarla.

El segundo episodio se produjo en Montevideo, meses después. La fiebre y la agonía del entrerriano me sugirieron un relato fantástico sobre la derrota de Masoller; Emir Rodríguez Monegal[3], a quien referí el argumento, me dio unas líneas para el coronel Dionisio Tabares, que había hecho esa campaña. El coronel me recibió después de cenar. Desde un sillón de hamaca, en un patio, recordó con desorden y con amor los tiempos que fueron. Habló de municiones que no llegaron y de caballadas rendidas, de hombres dormidos y terrosos tejiendo laberintos de marchas, de Saravia, que pudo haber

---

[2] *entrevero:* popular, riña o tumulto en los que se toma parte imprevistamente.

[3] *E. Rodríguez Monegal:* la inclusión de nombres de personajes reales mezclados con entes de ficción es una reiterada fórmula borgeana que dota de una mayor verosimilitud a sus relatos. Rodríguez Monegal es un viejo amigo de Borges, uruguayo como el escenario del cuento, y autor de una de las más importantes biografías literarias de Borges, publicada en inglés y aún sin traducir al castellano (cfr. Bibliografía).

entrado en Montevideo y que se desvió, «porque el gaucho le teme a la ciudad», de hombres degollados hasta la nuca, de una guerra civil que me pareció menos la colisión de dos ejércitos que el sueño de un matrero[4]. Habló de Illescas, de Tupambaé, de Masoller. Lo hizo con períodos tan cabales y de un modo tan vívido que comprendí que muchas veces había referido esas mismas cosas, y temí que detrás de sus palabras casi no quedaran recuerdos. En un respiro conseguí intercalar el nombre de Damián.

—¿Damián? ¿Pedro Damián? —dijo el coronel—. Ése sirvió conmigo. Un tapecito[5] que le decían Daymán los muchachos —inició una ruidosa carcajada y la cortó de golpe, con fingida o veraz incomodidad.

Con otra voz dijo que la guerra servía, como la mujer, para que se probaran los hombres, y que, antes de entrar en batalla, nadie sabía quién es. Alguien podía pensarse cobarde y ser un valiente, y asimismo al revés, como le ocurrió a ese pobre Damián, que se anduvo floreando[6] en las pulperías[7] con su divisa blanca y después flaqueó en Masoller. En algún tiroteo con los *zumacos* se portó como un hombre, pero otra cosa fue cuando los ejércitos se enfrentaron y empezó el cañoneo y cada hombre sintió que cinco mil hombres se habían coaligado para matarlo. Pobre gurí[8], que se la había pasado bañando ovejas y que de pronto lo arrastró esa patriada...

Absurdamente, la versión de Tabares me avergonzó. Yo hubiera preferido que los hechos no ocurrieran así. Con el viejo Damián, entrevisto una tarde, hace muchos

---

[4] *matrero:* gaucho fugitivo de la autoridad.

[5] *tapecito:* popular, diminutivo de tape, hombre de rasgos aindiados. El vocablo proviene de un sector de los indios guaraníes, llamados tapes, que habitaba el centro del Uruguay.

[6] *se anduvo gloreando.*

[7] *pulperías:* americanismo, tienda donde se sirven bebidas y se venden comestibles y géneros pertenecientes a droguería, mercería, etc.

[8] *gurí:* popular, niño, muchacho. Del indigenismo brasileño gurí. Vocablo común en el Uruguay y en las provincias argentinas del litoral.

años, yo había fabricado, sin proponérmelo, una suerte de ídolo; la versión de Tabares lo destrozaba. Súbitamente comprendí la reserva y la obstinada soledad de Damián; no las había dictado la modestia, sino el bochorno. En vano me repetí que un hombre acosado por un acto de cobardía es más complejo y más interesante que un hombre meramente animoso. El gaucho Martín Fierro, pensé, es menos memorable que Lord Jim o que Razumov. Sí, pero Damián, como gaucho, tenía obligación de ser Martín Fierro— sobre todo, ante gauchos orientales[9]. En lo que Tabares dijo y no dijo percibí el agreste sabor de lo que se llama artiguismo[10]; la conciencia (tal vez incontrovertible) de que el Uruguay es más elemental que nuestro país y, por ende, más bravo... Recuerdo que esa noche nos despedimos con exagerada efusión.

En el invierno, la falta de una o dos circunstancias para mi relato fantástico (que torpemente se obstinaba en no dar con su forma) hizo que yo volviera a la casa del coronel Tabares. Lo hallé con otro señor de edad: el doctor Juan Francisco Amaro, de Paysandú, que también había militado en la revolución de Saravia. Se habló, previsiblemente, de Masoller. Amaro refirió unas anécdotas y después agregó con lentitud, como quien está pensando en voz alta.

—Hicimos noche en *Santa Irene,* me acuerdo, y se nos incorporó alguna gente. Entre ellos, un veterinario francés que murió la víspera de la acción, y un mozo esquilador, de Entre Ríos, un tal Pedro Damián.

Lo interrumpí con acritud.

—Ya sé —le dije—. El argentino que flaqueó ante las balas.

Me detuve; los dos me miraban perplejos.

—Usted se equivoca, señor —dijo, al fin, Amaro—. Pedro Damián murió como querría morir cualquier

---

[9] *orientales:* de la banda oriental del Río de la Plata. Sinónimo de uruguayos.

[10] *artiguismo:* de Artigas, prócer máximo de la República del Uruguay.

hombre. Serían las cuatro de la tarde. En la cumbre de la cuchilla[11] se había hecho fuerte la infantería colorada; los nuestros la cargaron, a lanza; Damián iba en la punta, gritando, y una bala lo acertó en pleno pecho. Se paró en los estribos, concluyó el grito y rodó por tierra y quedó entre las patas de los caballos. Estaba muerto y la última carga de Masoller le pasó por encima. Tan valiente y no había cumplido veinte años.

Hablaba, a no dudarlo, de otro Damián, pero algo me hizo preguntar qué gritaba el gurí.

—Malas palabras —dijo el coronel—, que es lo que se grita en las cargas.

—Puede ser —dijo Amaro—, pero también gritó ¡Viva Urquiza![12]

Nos quedamos callados. Al fin, el coronel murmuró:

—No como si peleara en Masoller, sino en Cagancha o India Muerta, hará un siglo.

Agregó con sincera perplejidad:

—Yo comandé esas tropas, y juraría que es la primera vez que oigo hablar de un Damián.

No pudimos lograr que lo recordara.

En Buenos Aires, el estupor que me produjo su olvido se repitió. Ante los once deleitables volúmenes de las obras de Emerson, en el sótano de la librería inglesa de Mitchell, encontré, una tarde, a Patricio Gannon. Le pregunté por su traducción de *The Past*. Dijo que no pensaba traducirlo y que la literatura española era tan tediosa que hacía innecesario a Emerson. Le recordé que me había prometido esa versión en la misma carta en que me escribió la muerte de Damián. Preguntó

---

[11] *cuchilla:* en el Uruguay, colinas que constituyen el sistema montañoso del país. Del castellano metafórico: montaña escarpada de cumbre aguda y larga. Aunque éstas no sean las características de lo que en Uruguay son leves ondulaciones del terreno.

[12] Anacronismo cometido por el personaje que se cree librar una batalla anterior y por eso exclama ¡*Viva Urquiza!,* que fue un célebre caudillo de la provincia argentina de Entre Ríos, que comandó el ejército que depuso al dictador Juan Manuel de Rosas en la batalla de Caseros.

quién era Damián. Se lo dije, en vano. Con un principio de terror advertí que me oía con extrañeza, y busqué amparo en una discusión literaria sobre los detractores de Emerson, poeta más complejo, más diestro y sin duda más singular que el desdichado Poe.

Algunos hechos más debo registrar. En abril tuve carta del coronel Dionisio Tabares; éste ya no estaba ofuscado y ahora se acordaba muy bien del entrerrianito que hizo punta en la carga de Masoller y que enterraron esa noche sus hombres, al pie de la cuchilla. En julio pasé por Gualeguaychú, no di con el rancho de Damián, de quien ya nadie se acordaba. Quise interrogar al puestero Diego Abarco, que lo vio morir; éste había fallecido antes del invierno. Quise traer a la memoria los rasgos de Damián; meses después, hojeando unos álbumes, comprobé que el rostro sombrío que yo había conseguido evocar era el del célebre tenor Tamberlick, en el papel de Otelo.

Paso ahora a las conjeturas. La más fácil, pero también la menos satisfactoria, postula dos Damianes: el cobarde que murió en Entre Ríos hacia 1946, el valiente, que murió en Masoller en 1904. Su defecto reside en no explicar lo realmente enigmático: los curiosos vaivenes de la memoria del coronel Tabares, el olvido que anula en tan poco tiempo la imagen y hasta el nombre del que volvió. (No acepto, no quiero aceptar, una conjetura más simple: la de haber yo soñado al primero.) Más curiosa es la conjetura sobrenatural que ideó Ulrike von Kühlmann. Pedro Damián, decía Ulrike, pereció en la batalla, y en la hora de su muerte suplicó a Dios que lo hiciera volver a Entre Ríos. Dios vaciló un segundo antes de otorgar esa gracia, y quien la había pedido ya estaba muerto, y algunos hombres lo habían visto caer. Dios, que no puede cambiar el pasado, pero sí las imágenes del pasado, cambió la imagen de la muerte en la de un desfallecimiento, y la sombra del entrerriano volvió a su tierra. Volvió, pero debemos recordar su condición de sombra. Vivió en la soledad, sin una mujer, sin amigos; todo lo amó y lo poseyó, pero desde lejos, como del otro lado de un cristal; «murió», y su tenue imagen se perdió, como el agua en el agua. Esa conjetura es errónea, pero hubiera debido sugerirme la verdadera (la que hoy creo la verdadera), que a la vez es más simple y más inaudita. De un modo casi mágico la descubrí en el tratado *De Omnipotentia,* de Pier Damiani, a cuyo estudio me llevaron dos versos del canto XXI del *Paradiso,* que plantean precisamente un problema de identidad. En el quinto capítulo de aquel tratado, Pier Damiani sostiene, contra Aristóteles y contra Fredegario de Tours, que Dios puede efectuar que no haya sido lo que alguna vez fue. Leí esas viejas discusiones teológicas y empecé a comprender la trágica historia de don Pedro Damián.

La adivino así. Damián se portó como un cobarde en el campo de Masoller, y dedicó la vida a corregir esa bochornosa flaqueza. Volvió a Entre Ríos; no alzó la mano a ningún hombre, no *marcó* a nadie, no buscó fama de valiente, pero en los campos del Ñancay se hizo duro, lidiando con el monte y la hacienda chúcara. Fue preparando, sin duda sin saberlo, el milagro. Pensó con lo más hondo: Si el destino me trae otra batalla, yo sabré merecerla. Durante cuarenta años la aguardó con oscura esperanza, y el destino al fin se la trajo, en là hora de su muerte. La trajo en forma de delirio pero ya los griegos sabían que somos las sombras de un sueño. En la agonía revivió su batalla, y se condujo como un hombre y encabezó la carga final y una bala lo acertó en pleno pecho. Así, en 1946, por obra de una larga pasión, Pedro Damián murió en la derrota de Masoller, que ocurrió entre el invierno y la primavera de 1904.

En la Suma Teológica se niega que Dios pueda hacer que lo pasado no haya sido, pero nada se dice de la intrincada concatenación de causas y efectos, que es tan vasta y tan íntima que acaso no cabría anular *un solo* hecho remoto, por insignificante que fuera, sin invalidar el presente. Modificar el pasado no es modificar un solo hecho; es anular sus consecuencias, que tienden a ser infinitas. Dicho sea con otras palabras: es crear dos historias universales. En la primera (digamos), Pedro Damián murió en Entre Ríos, en 1946; en la segunda, en Masoller, en 1904. Ésta es la que vivimos ahora, pero la supresión de aquélla no fue inmediata y produjo las incoherencias que he referido. En el coronel Dionisio Tabares se cumpliéron las diversas etapas: al principio recordó que Damián obró como un cobarde; luego, lo olvidó totalmente; luego, recordó su impetuosa muerte. No menos corroborativo es el caso del puestero Abarco; éste murió, lo entiendo, porque tenía demasiadas memorias de don Pedro Damián.

En cuanto a mí, entiendo no correr un peligro análogo. He adivinado y registrado un proceso no accesible a los hombres, una suerte de escándalo de la razón; pero algunas circunstancias mitigan ese privilegio temible. Por lo pronto, no estoy seguro de haber escrito siempre la verdad. Sospecho que en mi relato hay falsos recuerdos. Sospecho que Pedro Damián (si existió) no se llamó Pedro Damián, y que yo lo recuerdo bajo ese nombre para creer algún día que su historia me fue sugerida por los argumentos de Pier Damiani. Algo parecido acontece con el poema que mencioné en el primer párrafo y que versa sobre la irrevocabilidad del pasado. Hacia 1951 creeré haber fabricado un cuento fantástico y habré historiado un hecho real; también el inocente Virgilio, hará dos mil años, creyó anunciar el nacimiento de un hombre y vaticinaba el de Dios.

¡Pobre Damián! La muerte lo llevó a los veinte años en una triste guerra ignorada y en una batalla casera, pero consiguió lo que anhelaba su corazón, y tardó mucho en conseguirlo, y acaso no hay mayores felicidades.

El aleph*

O God, I could be bounded in a nutshell and
count myself a King of infinite space.

Hamlet, II, 2.

But they will teach us that Eternity is the Standing
still of the Present Time, a *Nunc-stans* (as the
Schools call it); which neither they, nor any else
understand, no more than they would a *Hic-stans*
for an Infinite greatnesse of Place.

Leviathan, IV, 46.

La candente mañana de febrero en que Beatriz Viterbo murió, después de una imperiosa agonía que no se
rebajó un solo instante ni al sentimentalismo ni al mie-

---

* Este cuento aparece publicado por primera vez en el libro del
mismo título, publicado por la Editorial Losada, en 1949. Es una
de las más célebres narraciones de Borges y una de las más para-
digmáticas de su literatura. Cuenta con numerosos elementos sarcás-
ticos y con un transfondo esotérico complejo y misterioso. Primera
letra del alfabeto sagrado de los cabalistas y, por tanto, del alfabeto
hebreo; el *aleph* encarna en esta narración un microcosmos en el que
todo el universo queda manifestado. El tema no es único en la producción de Borges, sino que está reiterado en otros cuentos y poemas,
pero es en éste donde quedan perfectamente combinadas las preocu-
paciones esotéricas y la crítica feroz a las costumbres de sus contemporáneos. Tanto Beatriz Viterbo —la imposible, desaparecida amante—
como su primo Carlos Argentino Daneri, son el blanco de una ácida

177

do, noté que las carteleras de fierro de la Plaza Constitución habían renovado no sé qué aviso de cigarrillos rubios; el hecho me dolió, pues comprendí que el incesante y vasto universo ya se apartaba de ella y que ese cambio era el primero de una serie infinita. Cambiará el universo pero yo no, pensé con melancólica vanidad; alguna vez, lo sé, mi vana devoción la había exasperado; muerta yo podía consagrarme a su memoria, sin esperanza, pero también sin humillación. Consideré que el treinta de abril era su cumpleaños; visitar ese día la casa de la calle Garay para saludar a su padre y a Carlos Argentino Daneri, su primo hermano, era un acto cortés, irreprochable, tal vez ineludible. De nuevo aguardaría en el crepúsculo de la abarrotada salita, de nuevo estudiaría las circunstancias de sus muchos retratos. Beatriz Viterbo, de perfil, en colores; Beatriz, con antifaz, en los carnavales de 1921; la primera comunión de Beatriz; Beatriz, el día de su boda con Roberto Alessandri; Beatriz, poco después del divorcio, en un almuerzo del Club Hípico; Beatriz, en Quilmes, con Delia San Marco Porcel y Carlos Argentino; Beatriz, con el pekinés que le regaló Villegas Haedo; Beatriz de frente y de tres cuartos, sonriendo, la mano en el mentón... No estaría obligado, como otras veces, a justificar mi presencia con módicas ofrendas de libros: libros cuyas páginas, finalmente, aprendí a cortar, para no comprobar, meses después, que estaban intactos.

Beatriz Viterbo murió en 1929; desde entonces, no dejé pasar un treinta de abril sin volver a su casa. Yo

burla, en la que centra toda una sensibilidad que se desplaza del esnobismo a la cursilería, consustancial con muchos personajes de la vida *cultural* argentina. Las influencias de la Kábala tradicional judía, estudiadas por mí en otra parte, son muy escasas, ya que los conocimientos de Borges son posteriores a la redacción del cuento y en él sólo reciben el influjo de la leyenda y de la literatura. Posteriormente, al entrar en contacto con el profesor Gershom Scholem, Borges se interesó en el estudio científico de los temas que le habían fascinado literalmente. Ver *Borges,* Dopesa, 1978, y *Una vindicación de la cábala,* págs. 57-67. Rabí, Saúl Sosnovsky y Jaime Alazraki, han estudiado también estos aspectos de la obra borgeana.

solía llegar a las siete y cuarto y quedarme unos veinticinco minutos; cada año aparecía un poco más tarde y me quedaba un rato más; en 1933, una lluvia torrencial me favoreció: tuvieron que invitarme a comer[1]. No desperdicié, como es natural, ese buen precedente; en 1934, aparecí, ya dadas las ocho, con un alfajor santafecino; con toda naturalidad me quedé a comer. Así, en aniversarios melancólicos y vanamente eróticos, recibí las graduales confidencias de Carlos Argentino Daneri.

Beatriz era alta, frágil, muy ligeramente inclinada, había en su andar (si el oxímoron[2] es tolerable) una como graciosa torpeza, un principio de éxtasis; Carlos Argentino es rosado, considerable, canoso, de rasgos finos. Ejerce no sé qué cargo subalterno en una biblioteca ilegible de los arrabales del Sur; es autoritario, pero también es ineficaz; aprovechaba, hasta hace muy poco, las noches y las fiestas para no salir de su casa. A dos generaciones de distancia, la ese italiana y la copiosa gesticulación italiana sobreviven en él. Su actividad mental es continua, apasionada, versátil y del todo insignificante. Abunda en inservibles analogías y en ociosos escrúpulos. Tiene (como Beatriz) grandes y afiladas manos hermosas. Durante algunos meses padeció la obsesión de Paul Fort, menos por sus baladas que por la idea de una gloria intachable. «Es el Príncipe de los poetas de Francia», repetía con fatuidad. «En vano te revolverás contra él; no lo alcanzará, no, la más inficionada de tus saetas.»

El treinta de abril de 1941 me permití agregar al alfajor una botella de coñac del país. Carlos Argentino lo probó, lo juzgó interesante y emprendió, al cabo de unas copas, una vindicación del hombre moderno.

—Lo evoco —dijo con una animación algo inexplicable— en su gabinete de estudio, como si dijéramos en la torre albarrana de una ciudad, provisto de teléfonos,

---

[1] *comer:* en Argentina se usa indistintamente para el almuerzo y la cena. En este caso indica cena.

[2] *oxímoron:* Figura retórica que consiste en el enfrentamiento de dos palabras de signo contrario. También oposición de dos frases de signo contrario.

de telégrafos, de fonógrafos, de aparatos de radiotelefonía, de cinematógrafos, de linternas mágicas, de glosarios, de horarios, de prontuarios, de boletines...

Observó que para un hombre así facultado el acto de viajar era inútil; nuestro siglo XX había transformado la fábula de Mahoma y de la montaña; las montañas, ahora, convergían sobre el moderno Mahoma.

Tan ineptas me parecieron esas ideas, tan pomposa y tan vasta su exposición, que las relacioné inmediatamente con la literatura; le dije que por qué no las escribía. Previsiblemente respondió que ya lo había hecho: esos conceptos, y otros no menos novedosos, figuraban en el Canto Augural, Canto Prologal o simplemente Canto-Prólogo de un poema en el que trabajaba hacía muchos años, sin *réclame,* sin bullanga ensordecedora, siempre apoyado en esos dos báculos que se llaman el trabajo y la soledad. Primero abría las compuertas a la imaginación; luego hacía uso de la lima. El poema se titulaba *La Tierra;* tratábase de una descripción del planeta, en la que no faltaban, por cierto, la pintoresca digresión y el gallardo apóstrofe.

Le rogué que me leyera un pasaje, aunque fuera breve. Abrió un cajón del escritorio, sacó un alto legajo de hojas de block estampadas con el membrete de la Biblioteca Juan Crisóstomo Lafinur[3] y leyó con sonora satisfacción:

> He visto, como el griego, las urbes de los hombres,
> Los trabajos, los días de varia luz, el hambre;
> No corrijo los hechos, no falseo los nombres,
> Pero el *voyage* que narro, es... *autor de ma chambre.*

—Estrofa a todas luces interesante —dictaminó—. El primer verso granjea el aplauso del catedrático, del académico, del helenista, cuando no de los eruditos a la violeta, sector considerable de la opinión; el segundo pasa de Homero a Hesíodo (todo un implícito homenaje,

---

[3] *Lafinur:* familia ligada a los ascendientes de los Borges.

en el frontis del flamante edificio, al padre de la poesía didáctica), no sin remozar un procedimiento cuyo abolengo está en la Escritura, la enumeración, congerie o conglobación; el tercero —¿barroquismo, decadentismo, culto depurado y fanático de la forma?— consta de dos hemistiquios gemelos; el cuarto, francamente bilingüe, me asegura el apoyo incondicional de todo espíritu sensible a los desenfadados envites de la facecia[4]. Nada diré de la rima rara ni de la ilustración que me permite ¡sin pedantismo! acumular en cuatro versos tres alusiones eruditas que abarcan treinta siglos de apretada literatura: la primera a la *Odisea,* la segunda a los *Trabajos y días,* la tercera a la bagatela inmortal que nos depararan los ocios de la pluma del saboyano... Comprendo una vez más que el arte moderno exige el bálsamo de la risa, el *scherzo.* ¡Decididamente, tiene la palabra Goldoni!

Otras muchas estrofas me leyó que también obtuvieron su aprobación y su comentario profuso. Nada memorable había en ellas; ni siquiera las juzgué mucho peores que la anterior. En su escritura habían colaborado la aplicación, la resignación y el azar; las virtudes que Daneri les atribuía eran posteriores. Comprendí que el trabajo del poeta no estaba en la poesía; estaba en la invención de razones para que la poesía fuera admirable; naturalmente, ese ulterior trabajo modificaba la obra para él, pero no para otros. La dicción oral de Daneri era extravagante; su torpeza métrica le vedó, salvo contadas veces, trasmitir esa extravagancia al poema*.

---

[4] *facecia:* chiste, donaire o cuento gracioso.

* Recuerdo, sin embargo, estas líneas de una sátira en que fustigó con rigor a los malos poetas:

> *Aqueste da al poema belicosa armadura*
> *De erudición; estotro le da pompas y galas.*
> *Ambos baten en vano las ridículas alas...*
> *¡Olvidaron, cuitados, el factor HERMOSURA!*

Sólo el temor de crearse un ejército de enemigos implacables y poderosos lo disuadió (me dijo) de publicar sin miedo el poema.

Una sola vez en mi vida he tenido ocasión de examinar los quince mil dodecasílabos del *Polyolbion,* esa epopeya topográfica en la que Michael Drayton registró la fauna, la flora, la hidrografía, la orografía, la historia militar y monástica de Inglaterra; estoy seguro de que ese producto considerable, pero limitado es menos tedioso que la vasta empresa congénere de Carlos Argentino. Éste se proponía versificar toda la redondez del planeta; en 1941 ya había despachado unas hectáreas del estado de Queensland, más de un kilómetro del curso del Ob, un gasómetro al norte de Veracruz, las principales casas de comercio de la parroquia de la Concepción, la quinta de Mariana Cambaceres de Alvear en la calle Once de Setiembre, en Belgrano, y un establecimiento de baños turcos no lejos del acreditado acuario de Brighton. Me leyó ciertos laboriosos pasajes de la zona australiana de su poema; esos largos e informes alejandrinos carecían de la relativa agitación del prefacio. Copio una estrofa:

> Sepan. A manderecha del poste rutinario
> (Viniendo, claro está, desde el Nornoroeste)
> Se aburre una osamenta —¿Color? Blanquiceleste—
> Que da al corral de ovejas catadura de osario.

—¡Dos audacias —gritó con exultación— rescatadas, te oigo mascullar, por el éxito! Lo admito, lo admito. Una, el epíteto *rutinario,* que certeramente denuncia, *en passant,* el inevitable tedio inherente a las faenas pastoriles y agrícolas, tedio que ni las geórgicas ni nuestro ya laureado *Don Segundo*[5] se atrevieron jamás a denunciar así, al rojo vivo. Otra, el enérgico prosaísmo *se aburre una osamenta,* que el melindroso querrá excomulgar con horror pero que apreciará más que su vida el crítico de gusto viril. Todo el verso, por lo demás, es

---

[5] *Don Segundo: Don Segundo Sombra,* célebre obra de Ricardo Güiraldes, publicada en 1926, un año antes de la muerte de su autor, quien había nacido en 1886. Es un libro que casi iguala en popularidad al *Martín Fierro.*

de muy subidos quilates. El segundo hemistiquio entabla animadísima charla con el lector; se adelanta a su viva curiosidad, le pone una pregunta en la boca y la satisface... al instante. ¿Y qué me dices de ese hallazgo, *blanquiceleste?* El pintoresco neologismo *sugiere* el cielo, que es un factor importantísimo del paisaje australiano. Sin esa evocación resultarían demasiado sombrías las tintas del boceto y el lector se vería compelido a cerrar el volumen, herida en lo más íntimo el alma de incurable y negra melancolía.

Hacia la medianoche me despedí.

Dos domingos después, Daneri me llamó por teléfono, entiendo que por primera vez en la vida. Me propuso que nos reuniéramos a las cuatro, «para tomar juntos la leche[6], en el contiguo salón-bar que el progresismo de Zunino y de Zungri —los propietarios de mi casa, recordarás— inaugura en la esquina; confitería[7] que te importará conocer». Acepté, con más resignación que entusiasmo. Nos fue difícil encontrar mesa; el «salón-bar», inexorablemente moderno, era apenas un poco menos atroz que mis previsiones; en las mesas vecinas, el excitado público mencionaba las sumas invertidas sin regatear por Zunino y por Zungri. Carlos Argentino fingió asombrarse de no sé qué primores de la instalación de la luz (que, sin duda, ya conocía) y me dijo con cierta severidad:

—Mal de tu grado habrás de reconocer que este local se parangona con los más encopetados de Flores.

Me releyó, después, cuatro o cinco páginas del poema. Las había corregido según un depravado principio de ostentación verbal: donde antes escribió *azulado*, ahora abundaba en *azulino, azulenco* y hasta *azulillo*. La palabra *lechoso* no era bastante fea para él; en la impetuosa descripción de un lavadero de lanas, prefería *lactario, lacticinoso, lactescente, lechal*... Denostó con amargura a los críticos; luego, más benigno, los equipa-

---

[6] *tomar la leche:* forma infantil de la merienda.

[7] *confitería:* en Argentina, salón de té.

ró a esas personas, «que no disponen de metales preciosos ni tampoco de prensas de vapor, laminadores y ácidos sulfúricos para la acuñación de tesoros, pero que pueden *indicar* a los *otros el sitio* de un tesoro». Acto continuo censuró la *prologomanía,* «de la que ya hizo mofa, en la donosa prefación del Quijote, el Príncipe de los Ingenios». Admitió, sin embargo, que en la portada de la nueva obra convenía el prólogo vistoso, el espaldarazo firmado por el plumífero de garra, de fuste. Agregó que pensaba publicar los cantos iniciales de su poema. Comprendí, entonces, la singular invitación telefónica; el hombre iba a pedirme que prologara su pedantesco fárrago. Mi temor resultó infundado: Carlos Argentino observó, con admiración rencorosa, que no creía errar el epíteto al calificar de sólido el prestigio logrado en todos los círculos por Álvaro Melián Lafinur, hombre de letras, que, si yo me empeñaba, prologaría con embeleso el poema. Para evitar el más imperdonable de los fracasos, yo tenía que hacerme portavoz de dos méritos inconcusos: la perfección formal y el rigor científico, «porque ese dilatado jardín de tropos, de figuras, de galanuras, no tolera un solo detalle que no confirme la severa verdad». Agregó que Beatriz siempre se había distraído con Álvaro.

Asentí, profusamente asentí. Aclaré, para mayor verosimilitud, que no hablaría el lunes con Álvaro, sino el jueves: en la pequeña cena que suele coronar toda reunión del Club de Escritores. (No hay tales cenas, pero es irrefutable que las reuniones tienen lugar los jueves, hecho que Carlos Argentino Daneri podía comprobar en los diarios y que dotaba de cierta realidad a la frase.) Dije, entre adivinatorio y sagaz, que antes de abordar el tema del prólogo, describiría el curioso plan de la obra. Nos despedimos; al doblar por Bernardo de Irigoyen, encaré con toda imparcialidad los porvenires que me quedaban: a) hablar con Álvaro y decirle que el primo hermano aquel de Beatriz (ese eufemismo explicativo me permitiría nombrarla) había elaborado un poema que parecía dilatar hasta lo infinito las posibilidades de la cacofonía y del caos; b) no hablar con Álvaro. Preví, lúcidamente, que mi desidia optaría por b.

A partir del viernes a primera hora, empezó a inquietarme el teléfono. Me indignaba que ese instrumento, que algún día produjo la irrecuperable voz de Beatriz, pudiera rebajarse a receptáculo de las inútiles y quizá coléricas quejas de ese engañado Carlos Argentino Daneri. Felizmente, nada ocurrió —salvo el rencor inevitable que me inspiró aquel hombre que me había impuesto una delicada gestión y luego me olvidaba.

El teléfono perdió sus terrores, pero a fines de octubre, Carlos Argentino me habló. Estaba agitadísimo; no identifiqué su voz, al principio. Con tristeza y con ira balbuceó que esos ya ilimitados Zunino y Zungri, so pretexto de ampliar su desaforada confitería, iban a demoler su casa.

—¡La casa de mis padres, mi casa, la vieja casa inveterada de la calle Garay! —repitió, quizá olvidando su pesar en la melodía.

No me resultó muy difícil compartir su congoja. Ya cumplidos los cuarenta años, todo cambio es un símbolo detestable del pasaje del tiempo; además, se trataba de una casa que, para mí, aludía infinitamente a Beatriz. Quise aclarar ese delicadísimo rasgo; mi interlocutor no me oyó. Dijo que si Zunino y Zungri persistían en ese propósito absurdo, el doctor Zunni, su abogado, los demandaría *ipso facto* por daños y perjuicios y los obligaría a abonar cien mil nacionales.

El nombre de Zunni me impresionó; su bufete, en Caseros y Tacuarí, es de una seriedad proverbial. Interrogué si éste se había encargado ya del asunto. Daneri dijo que le hablaría esa misma tarde. Vaciló y con esa voz llana, impersonal, a que solemos recurrir para confiar algo muy íntimo, dijo que para terminar el poema le era indispensable la casa, pues en un ángulo del sótano había un aleph. Aclaró que un aleph es uno de los puntos del espacio que contiene todos los puntos.

—Está en el sótano del comedor —explicó, aligerada su dicción por la angustia—. Es mío, es mío: yo lo descubrí en la niñez, antes de la edad escolar. La escalera del sótano es empinada, mis tíos me tenían prohibido el descenso, pero alguien dijo que había un mundo en el sótano. Se refería, lo supe después, a un baúl, pero yo entendí que había un mundo. Bajé secretamente, rodé por la escalera vedada, caí. Al abrir los ojos, vi el aleph.

—¿El aleph? —repetí.

—Sí, el lugar donde están, sin confundirse, todos los lugares del orbe, vistos desde todos los ángulos. A nadie revelé mi descubrimiento, pero volví. ¡El niño no podía comprender que le fuera deparado ese privilegio para que el hombre burilara el poema! No me despojarán Zunino y Zungri, no y mil veces no. Código en mano, el doctor Zunni probará que es *inajenable* mi aleph.

Traté de razonar.

—Pero, ¿no es muy oscuro el sótano?

—La verdad no penetra en un entendimiento rebelde. Si todos los lugares de la tierra están en el aleph, ahí estarán todas las luminarias, todas las lámparas, todos los veneros de luz.

—Iré a verlo inmediatamente.

Corté, antes de que pudiera emitir una prohibición. Basta el conocimiento de un hecho para percibir en el acto una serie de rasgos confirmatorios, antes insospechados; me asombró no haber comprendido hasta ese momento que Carlos Argentino era un loco. Todos esos Viterbo, por lo demás... Beatriz (yo mismo suelo repetirlo) era una mujer, una niña de una clarividencia casi implacable, pero había en ella negligencias, distracciones, desdenes, verdaderas crueldades, que tal vez reclamaban una explicación patológica. La locura de Carlos Argentino me colmó de maligna felicidad; íntimamente, siempre nos habíamos detestado.

En la calle Garay, la sirvienta me dijo que tuviera la bondad de esperar. El niño estaba, como siempre, en el sótano, revelando fotografías. Junto al jarrón sin una flor, en el piano inútil, sonreía (más intemporal que anacrónico) el gran retrato de Beatriz, en torpes colores.

No podía vernos nadie; en una desesperación de ternura me aproximé al retrato y le dije:

—Beatriz, Beatriz Elena, Beatriz Elena Viterbo, Beatriz querida, Beatriz perdida para siempre, soy yo, soy Borges.

Carlos entró poco después. Habló con sequedad; comprendí que no era capaz de otro pensamiento que de la perdición del aleph.

—Una copita del seudo coñac —ordenó— y te zampuzarás en el sótano. Ya sabes, el decúbito dorsal es indispensable. También lo son la oscuridad, la inmovilidad, cierta acomodación ocular. Te acuestas en el piso de baldosas y fijas los ojos en el décimonono escalón de la pertinente escalera. Me voy, bajo la trampa y te quedas solo. Algún roedor te mete miedo ¡fácil empresa! A los pocos minutos ves el aleph. ¡El microcosmo de alquimistas y cabalistas, nuestro concreto amigo proverbial, el *multum in parvo!*

Ya en el comedor, agregó:

—Claro está que si no lo ves, tu incapacidad no invalida mi testimonio... Baja; muy en breve podrás entablar un diálogo con *todas* las imágenes de Beatriz.

Bajé con rapidez, harto de sus palabras insustanciales. El sótano, apenas más ancho que la escalera, tenía mucho de pozo. Con la mirada, busqué en vano el baúl de que Carlos Argentino me habló. Unos cajones con botellas y unas bolsas de lona entorpecían un ángulo. Carlos tomó una bolsa, la dobló y la acomodó en un sitio preciso.

—La almohada es humildosa —explicó—, pero si la levanto un solo centímetro, no verás ni una pizca y te quedas corrido y avergonzado. Repantiga en el suelo ese corpachón y cuenta diecinueve escalones.

Cumplí con sus ridículos requisitos; al fin se fue. Cerró cautelosamente la trampa; la oscuridad, pese a una hendija que después distinguí, pudo parecerme total. Súbitamente comprendí mi peligro: me había dejado soterrar por un loco, luego de tomar un veneno. Las bravatas de Carlos trasparentaban el íntimo terror de que yo no viera el prodigio; Carlos, para defender su delirio, para no saber que estaba loco, *tenía que matarme*. Sentí un confuso malestar, que traté de atribuir a la rigidez, y no a la operación de un narcótico. Cerré los ojos, los abrí. Entonces vi el aleph.

Arribo, ahora, al inefable centro de mi relato; empieza, aquí, mi desesperación de escritor. Todo lenguaje es un alfabeto de símbolos cuyo ejercicio presupone un pasado que los interlocutores comparten; ¿cómo transmitir a los otros el infinito aleph, que mi temerosa memoria apenas abarca? Los místicos, en análogo trance, prodigan los emblemas: para significar la divinidad, un persa habla de un pájaro que de algún modo es todos los pájaros[8]; Alanus de Insulis, de una esfera cuyo centro está en todas partes y la circunferencia en ninguna; Ezequiel, de un ángel de cuatro caras que a un tiempo se dirige al Oriente y al Occidente, al Norte y al Sur. (No en vano rememoro esas inconcebibles analogías; alguna relación tienen con el aleph.) Quizá los dioses no me negarían el hallazgo de una imagen equivalente, pero este informe quedaría contaminado de literatura, de falsedad. Por lo demás, el problema central es irresoluble: la enumeración, siquiera parcial, de un conjunto infinito. En ese instante gigantesco, he visto millones de actos deleitables o atroces; ninguno me asombró como el hecho de que todos ocuparan el mismo punto, sin superposición y sin trasparencia. Lo que vieron mis ojos fue simultáneo: lo que transcribiré, sucesivo, porque el lenguaje lo es. Algo, sin embargo, recogeré.

En la parte inferior del escalón, hacia la derecha, vi una pequeña esfera tornasolada, de casi intolerable fulgor. Al principio la creí giratoria; luego comprendí que ese movimiento era una ilusión producida por los vertiginosos espectáculos que encerraba. El diámetro del aleph sería de dos o tres centímetros, pero el espacio

---

[8] Referencia a la leyenda del Simurg, cara a la literatura borgeana. Ver *Manual de Zoología fantástica*.

cósmico estaba ahí, sin disminución de tamaño. Cada cosa (la luna del espejo, digamos) era infinitas cosas, porque yo claramente la veía desde todos los puntos del universo. Vi el populoso mar, vi el alba y la tarde, vi las muchedumbres de América, vi una plateada telaraña en el centro de una negra pirámide, vi un laberinto roto (era Londres), vi interminables ojos inmediatos escrutándose en mí como en un espejo, vi todos los espejos del planeta y ninguno me reflejó, vi en un traspatio de la calle Soler las mismas baldosas que hace treinta años vi en el zaguán de una casa en Fray Bentos, vi racimos, nieve, tabaco, vetas de metal, vapor de agua, vi convexos desiertos ecuatoriales y cada uno de sus granos de arena, vi en Inverness a una mujer que no olvidaré, vi la violenta cabellera, el altivo cuerpo, vi un cáncer en el pecho, vi un círculo de tierra seca en una vereda, donde antes hubo un árbol, vi una quinta de Adrogué, un ejemplar de la primera versión inglesa de Plinio, la de Philemon Holland, vi a un tiempo cada letra de cada página (de chico, yo solía maravillarme de que las letras de un volumen cerrado no se mezclaran y perdieran en el decurso de la noche), vi la noche y el día contemporáneo, vi un poniente en Querétaro que parecía reflejar el color de una rosa en Bengala, vi mi dormitorio sin nadie, vi en un gabinete de Alkmaar un globo terráqueo entre dos espejos que lo multiplican sin fin, vi caballos de crin arremolinada, en una playa del Mar Caspio en el alba, vi la delicada osatura de una mano, vi a los sobrevivientes de una batalla, enviando tarjetas postales, vi en un escaparate de Mirzapur una baraja española, vi las sombras oblicuas de unos helechos en el suelo de un invernáculo, vi tigres, émbolos, bisontes, marejadas y ejércitos, vi todas las hormigas que hay en la tierra, vi un astrolabio persa, vi en un cajón del escritorio (y la letra me hizo temblar) cartas obscenas, increíbles, precisas, que Beatriz había dirigido a Carlos Argentino, vi un adorado monumento en la Chacarita, vi la reliquia atroz de lo que deliciosamente había sido Beatriz Viterbo, vi la circulación de mi oscura sangre, vi el engranaje del amor y la modificación de la muerte, vi el aleph, desde todos los puntos, vi en el aleph la tierra, y en la tierra otra vez el aleph y en el aleph la tierra, vi mi cara y mis vísceras, vi tu cara, y sentí vértigo y lloré, porque mis ojos habían visto ese objeto secreto y conjetural, cuyo nombre usurpan los hombres, pero que ningún hombre ha mirado: el inconcebible universo.

Sentí infinita veneración, infinita lástima.

—Tarumba habrás quedado de tanto curiosear donde no te llaman —dijo una voz aborrecida y jovial—. Aunque te devanes los sesos, no me pagarás en un siglo esta revelación. ¡Qué observatorio formidable, che Borges!

Los zapatos de Carlos Argentino ocupaban el escalón más alto. En la brusca penumbra, acerté a levantarme y a balbucear:

—Formidable. Sí, formidable.

La indiferencia de mi voz me extrañó. Ansioso, Carlos Argentino insistía:

—¿Lo viste todo bien, en colores?

En ese instante concebí mi venganza. Benévolo, manifiestamente apiadado, nervioso, evasivo, agradecí a Carlos Argentino Daneri la hospitalidad de su sótano y lo insté a aprovechar la demolición de la casa para alejarse de la perniciosa metrópoli, que a nadie ¡créame, que a nadie! perdona. Me negué, con suave energía, a discutir el aleph; lo abracé, al despedirme, y le repetí que el campo y la serenidad son dos grandes médicos.

En la calle, en las escaleras de Constitución, en el subterráneo, me parecieron familiares todas las caras. Temí que no quedara una sola capaz de sorprenderme, temí que no me abandonara jamás la impresión de volver. Felizmente, al cabo de unas noches de insomnio, me trabajó otra vez el olvido.

Posdata del primero de marzo de 1943. A los seis meses de la demolición del inmueble de la calle Garay, la Editorial Procusto no se dejó arredrar por la longitud del considerable poema y lanzó al mercado una selección de «trozos argentinos». Huelga repetir lo ocurrido; Carlos Argentino Daneri recibió el Segundo Premio Nacional de Literatura*. El primero fue otorgado al doctor Aita; el tercero, al doctor Mario Bonfanti; increíblemente, mi obra *Los naipes del tahur*[9] no logró un solo voto. ¡Una vez más, triunfaron la incomprensión y la envidia! Hace ya mucho tiempo que no consigo ver a Daneri; los diarios dicen que pronto nos dará otro volumen. Su afortunada pluma (no entorpecida ya por el aleph) se ha consagrado a versificar los epítomes del doctor Acevedo Díaz.

Dos observaciones quiero agregar: una, sobre la naturaleza del aleph; otra, sobre su nombre. Éste, como es sabido, es el de la primera letra del alfabeto de la lengua sagrada. Su aplicación al disco de mi historia no parece casual. Para la Cábala, esa letra significa el En Soph, la ilimitada y pura divinidad; también se dijo que tiene la forma de un hombre que señala el cielo y la tierra, para indicar que el mundo inferior es el espejo y es el mapa del superior; para la *Mengenlehre,* es el símbolo de los números transfinitos, en los que el todo no es mayor que alguna de las partes. Yo querría saber: ¿Eligió Carlos Argentino ese nombre, o lo leyó, *aplicado a otro punto donde convergen todos los puntos,* en alguno de los textos innumerables que el aleph de su casa le reveló? Por increíble que parezca, yo creo que hay (o que hubo) otro aleph, yo creo que el aleph de la calle Garay era un falso aleph.

Doy mis razones. Hacia 1867 el capitán Burton ejerció en el Brasil el cargo de cónsul británico; en julio de 1942 Pedro Henríquez Ureña descubrió en una biblioteca de Santos un manuscrito suyo que versaba sobre el espejo

---

* «Recibí tu apenada congratulación», me escribió. «Bufas, mi lamentable amigo, de envidia, pero confesarás —¡aunque te ahogue!— que esta vez pude coronar mi bonete con la más roja de las plumas; mi turbante, con el más *califa* de los rubíes.»

[9] *Los naipes del tahur:* título utilizado por Borges para reunir sus primeros cuentos adolescentes en un libro que nunca se llegó a publicar.

que atribuye el Oriente a Iskandar Zu al-Karnayn, o Alejandro Bicorne de Macedonia. En su cristal se reflejaba el universo entero. Burton menciona otros artificios congéneres —la séptuple copa de Kai Josrú, el espejo que Tárik Benzeyad encontró en una torre (1001 *Noches,* 272), el espejo que Luciano de Samosata pudo examinar en la luna *(Historia Verdadera,* I, 26), la lanza especular que el primer libro del *Satyricon* de Capella atribuye a Júpiter, el espejo universal de Merlin, «redondo y hueco y semejante a un mundo de vidrio» *(The Faerie Queene,* III, 2, 19)— y añade estas curiosas palabras: «Pero los anteriores (además del defecto de no existir) son meros instrumentos de óptica. Los fieles que concurren a la mezquita de Amr, en el Cairo, saben muy bien que el universo está en el interior de una de las columnas de piedra que rodean el patio central... Nadie claro está, puede verlo, pero quienes acercan el oído a la superficie, declaran percibir, al poco tiempo, su atareado rumor... La mezquita data del siglo VII; las columnas proceden de otros templos de religiones anteislámicas, pues como ha escrito Abenjaldún: *En las repúblicas fundadas por nómadas, es indispensable el concurso de forasteros para todo lo que sea albañilería.*»

¿Existe ese aleph en lo íntimo de una piedra? ¿Lo he visto cuando vi todas las cosas y lo he olvidado? Nuestra mente es porosa para el olvido; yo mismo estoy falseando y perdiendo, bajo la trágica erosión de los años, los rasgos de Beatriz.

A Estela Canto.

La intrusa*

2 REYES, I, 26

Dicen (lo cual es improbable) que la historia fue referida por Eduardo, el menor de los Nelson, en el velorio de Cristián, el mayor, que falleció de muerte natural, hacia mil ochocientos noventa y tantos, en el partido de Morón. Lo cierto es que alguien la oyó de alguien, en el decurso de esa larga noche perdida, entre mate y mate, y la repitió a Santiago Dabove, por quien la supe. Años después, volvieron a contármela en Turdera, donde había acontecido. La segunda versión, algo más prolija, confirmaba en suma la de Santiago, con las pequeñas variaciones y divergencias que son del caso. La escribo ahora porque en ella se cifra, si no me engaño, un breve y trágico cristal de la índole de los orilleros an-

---

* Este cuento apareció por primera vez publicado en libro, incorporado a la sexta edición de *El aleph,* publicada en Buenos Aires por Emecé en 1966. Hasta 1969 estuvo ligado al citado libro, para engrosar a partir de 1970 el volumen *El informe de Brodie,* Buenos Aires, Emecé.

El tema de este cuento es singular en Borges. Aunque retoma una escenografía popular, presente en *Hombre de la esquina rosada* y otros relatos posteriores, la presencia de una mujer disputada por dos hermanos que están sometidos al peligro del cainismo, confiere nuevas posibilidades a la tradicional historia de cuchilleros. La solución maestra del relato y su enorme simplicidad, típica de la última época borgeana, lo hacen imprescindible en cualquier selección de su obra.

tiguos. Lo haré con probidad, pero ya preveo que cederé a la tentación literaria de acentuar o agregar algún pormenor.

En Turdera los llamaban los Nilsen. El párroco me dijo que su predecesor recordaba, no sin sorpresa, haber visto en la casa de esa gente una gastada Biblia de tapas negras, con caracteres góticos; en las últimas páginas entrevió nombres y fechas manuscritas. Era el único libro que había en la casa. La azarosa crónica de los Nilsen, perdida como todo se perderá. El caserón, que ya no existe, era de ladrillo sin revocar; desde el zaguán se divisaban un patio de baldosa colorada y otro de tierra. Pocos, por lo demás, entraron ahí; los Nilsen defendían su soledad. En las habitaciones desmanteladas dormían en catres; sus lujos eran el caballo, el apero, la daga de hoja corta, el atuendo rumboso de los sábados y el alcohol pendenciero. Sé que eran altos, de melena rojiza. Dinamarca o Irlanda, de las que nunca oirían hablar, andaban por la sangre de esos dos criollos. El barrio los temía a los Colorados; no es imposible que debieran alguna muerte. Hombro a hombro pelearon una vez a la policía. Se dice que el menor tuvo un altercado con Juan Iberra, en el que no llevó la peor parte, lo cual, según los entendidos, es mucho. Fueron troperos, cuarteadores, cuatreros y alguna vez tahúres. Tenían fama de avaros, salvo cuando la bebida y el juego los volvían generosos. De sus deudos nada se sabe ni de dónde vinieron. Eran dueños de una carreta y una yunta de bueyes.

Físicamente diferían del compadraje que dio su apodo forajido a la Costa Brava. Esto, y lo que ignoramos, ayuda a comprender lo unidos que fueron. Malquistarse con uno era contar con dos enemigos.

Los Nilsen eran calaveras, pero sus episodios amorosos habían sido hasta entonces de zaguán o de casa mala. No faltaron, pues, comentarios cuando Cristián llevó a vivir con él a Juliana Burgos. Es verdad que ganaba así una sirvienta, pero no es menos cierto que la colmó de horrendas baratijas y que la lucía en las fiestas.

En las pobres fiestas de conventillo, donde la quebrada y el corte estaban prohibidos y donde se bailaba, todavía, con mucha luz. Juliana era de tez morena y de ojos rasgados, bastaba que alguien la mirara para que se sonriera. En un barrio modesto, donde el trabajo y el descuido gastan a las mujeres, no era mal parecida.

Eduardo los acompañaba al principio. Después emprendió un viaje a Arrecifes por no sé qué negocio; a su vuelta llevó a la casa una muchacha, que había levantado por el camino, y a los pocos días la echó. Se hizo más hosco; se emborrachaba solo en el almacén y no se daba con nadie. Estaba enamorado de la mujer de Cristián. El barrio, que tal vez lo supo antes que él, previó con alevosa alegría la rivalidad latente de los hermanos.

Una noche, al volver tarde de la esquina, Eduardo vio el oscuro de Cristián atado al palenque. En el patio, el mayor estaba esperándolo con sus mejores pilchas[1]. La mujer iba y venía con el mate en la mano. Cristián le dijo a Eduardo:

—Yo me voy a una farra en lo de Farías. Ahí la tenés a la Juliana; si la querés, úsala.

El tono era entre mandón y cordial. Eduardo se quedó un tiempo mirándolo; no sabía qué hacer. Cristián se levantó, se despidió de Eduardo, no de Juliana, que era una cosa, montó a caballo y se fue al trote, sin apuro.

Desde aquella noche la compartieron. Nadie sabrá los pormenores de esa sórdida unión, que ultrajaba las decencias del arrabal. El arreglo anduvo bien por unas semanas, pero no podía durar. Entre ellos, los hermanos no pronunciaban el nombre de Juliana, ni siquiera para llamarla, pero buscaban, y encontraban, razones para no estar de acuerdo. Discutían la venta de unos cueros, pero lo que discutían era otra cosa. Cristián solía alzar la voz y Eduardo callaba. Sin saberlo, estaban celándo-

---

[1] *pilchas:* popularmente, prendas de vestir en general. Según Gobello, voz de origen incierto a la que, sin mayor fundamento, se atribuye origen araucano.

se. En el duro suburbio, un hombre no decía, ni se decía, que una mujer pudiera importarle, más allá del deseo y la posesión, pero los dos estaban enamorados. Esto, de algún modo, los humillaba.

Una tarde, en la plaza de Lomas, Eduardo se cruzó con Juan Iberra, que lo felicitó por ese primor que se había agenciado. Fue entonces, creo, que Eduardo lo injurió. Nadie, delante de él, iba hacer burla de Cristián.

La mujer atendía a los dos con sumisión bestial; pero no podía ocultar alguna preferencia por el menor, que no había rechazado la participación, pero que no la había dispuesto.

Un día, le mandaron a la Juliana que sacara dos sillas al primer patio y que no apareciera por ahí, porque tenían que hablar. Ella esperaba un diálogo largo y se acostó a dormir la siesta, pero al rato la recordaron. Le hicieron llenar una bolsa con todo lo que tenía, sin olvidar el rosario de vidrio y la crucecita que le había dejado su madre. Sin explicarle nada la subieron a la carreta y emprendieron un silencioso y tedioso viaje. Había llovido; los caminos estaban muy pesados y serían las cinco de la mañana cuando llegaron a Morón. Ahí la vendieron a la patrona del prostíbulo. El trato ya estaba hecho; Cristián cobró la suma y la dividió después con el otro.

En Turdera, los Nilsen, perdidos hasta entonces en la maraña (que también era una rutina) de aquel monstruoso amor, quisieron reanudar su antigua vida de hombres. Volvieron a las trucadas, al reñidero, a las juergas casuales. Acaso, alguna vez, se creyeron salvados, pero solían incurrir, cada cual por su lado, en injustificadas o harto justificadas ausencias. Poco antes de fin de año el menor dijo que tenía que hacer en la Capital. Cristián se fue a Morón; en el palenque de la casa que sabemos reconoció al overo de Eduardo. Entró; adentro estaba el otro, esperando turno. Parece que Cristián le dijo:

—De seguir así, los vamos a cansar a los pingos. Más vale que la tengamos a mano.

Habló con la patrona, sacó unas monedas del tirador y se la llevaron. La Juliana iba con Cristián; Eduardo espoleó al overo para no verlos.

Volvieron a lo que ya se ha dicho. La infame solución había fracasado; los dos habían cedido a la tentación de hacer trampa. Caín andaba por ahí, pero el cariño entre los Nilsen era muy grande —¡quién sabe qué rigores y qué peligros habían compartido!— y prefirieron desahogar su exasperación con ajenos. Con un desconocido, con los perros, con la Juliana, que había traído la discordia.

El mes de marzo estaba por concluir y el calor no cejaba. Un domingo (los domingos la gente suele recogerse temprano) Eduardo, que volvía del almacén vio que Cristián uncía los bueyes. Cristián le dijo:

—Vení; tenemos que dejar unos cueros en lo del Pardo; ya los cargué; aprovechemos la fresca.

El comercio del Pardo quedaba, creo, más al Sur, tomaron por el Camino de las Tropas; después por un desvío. El campo iba agrandándose con la noche.

Orillaron un pajonal; Cristián tiró el cigarro que había encendido y dijo sin apuro:

—A trabajar, hermano. Después nos ayudarán los caranchos. Hoy la maté. Que se quede aquí con sus pilchas. Ya no hará mas perjuicios[2].

Se abrazaron, casi llorando. Ahora los unía otro vínculo: la mujer tristemente sacrificada y la obligación de olvidarla.

---

[2] Borges ha narrado varias veces la forma en que este final le fue deparado. Doña Leonor Acevedo, su madre, con quien había conversado largamente la anécdota del cuento y la dificultad de expresar el fatal desenlace, le dijo a su hijo una mañana: *Georgie, ya sé lo que le dijo... A trabajar, hermano, hoy la maté.* Borges quería indicar no sólo la colaboración de su madre en el final del relato, sino también el carácter de confusión entre la ficción y la realidad que hay en la expresión: *ya sé, lo que le dijo.*

El Evangelio según Marcos*

El hecho sucedió en la estancia Los Álamos, en el partido de Junín, hacia el sur, en los últimos días del mes de marzo de 1928. Su protagonista fue un estudiante de medicina, Baltasar Espinosa. Podemos definirlo por ahora como uno de tantos muchachos porteños, sin otros rasgos dignos de nota que esa facultad oratoria que le había hecho merecer más de un premio en el colegio inglés de Ramos Mejía y que una casi ilimitada bondad. No le gustaba discutir; prefería que el interlocutor tuviera razón y no él. Aunque los azares del juego le interesaban, era un mal jugador, porque le desagradaba ganar. Su abierta inteligencia era pere-

---

 * Este cuento se publicó por primera vez en libro en la primera edición de *El informe de Brodie*, Buenos Aires, Emecé, 1970.

Es una de las pocas veces en que Borges utiliza una imagen evangélica como tema de sus narraciones. De los cuatro Evangelios sinópticos, el de Marcos es el más escueto y el más narrativo, características que de alguna forma marcan esta última etapa de la literatura borgeana que ahorra digresiones e intenta un discurso directo y casi oral. El suceso parece uno de esos *acontecidos* que tras la cena, gustan contar los hombres de campo para aliviar el tedio y despertar la imaginación colectiva. La historia reincide en el viejo fatalismo que impregna su literatura y en la noción de que todas las vidas están ya previamente escritas en un libro, y la realidad no es más que una forma de remedar la escritura. En la Biblia inglesa de los Gutre estaba escrito, el destino azaroso de Baltasar Espinosa. El héroe tiene curiosamente un nombre bíblico y el apellido de un filósofo al que Borges prodiga admiración constantemente.

zosa; a los treinta y tres años le faltaba rendir una materia para graduarse, la que más lo atraía. Su padre, que era librepensador, como todos los señores de su época, lo había instruido en la doctrina de Herbert Spencer, pero su madre, antes de un viaje a Montevideo, le pidió que todas las noches rezara el Padrenuestro e hiciera la señal de la cruz. A lo largo de los años no había quebrado nunca esa promesa. No carecía de coraje; una mañana había cambiado, con más indiferencia que ira, dos o tres puñetazos con un grupo de compañeros que querían forzarlo a participar en una huelga universitaria. Abundaba, por espíritu de aquiescencia, en opiniones o hábitos discutibles: el país le importaba menos que el riesgo de que en otras partes creyeran que usamos plumas; veneraba a Francia pero menospreciaba a los franceses; tenía en poco a los americanos, pero aprobaba el hecho de que hubiera rascacielos en Buenos Aires; creía que los gauchos de la llanura son mejores jinetes que los de las cuchillas o los cerros. Cuando Daniel, su primo, le propuso veranear en Los Álamos, dijo inmediatamente que sí, no porque le gustara el campo sino por natural complacencia y porque no buscó razones válidas para decir que no.

El casco de la estancia era grande y un poco abandonado; las dependencias del capataz, que se llamaba Gutre, estaban muy cerca. Los Gutres eran tres: el padre, el hijo, que era singularmente tosco, y una muchacha de incierta paternidad. Eran altos, fuertes, huesudos, de pelo que tiraba a rojizo y de caras aindiadas. Casi no hablaban. La mujer del capataz había muerto hace años.

Espinosa, en el campo, fue aprendiendo cosas que no sabía y que no sospechaba. Por ejemplo, que no hay que galopar cuando uno se está acercando a las casas y que nadie sale a andar a caballo sino para cumplir con una tarea. Con el tiempo llegaría a distinguir los pájaros por el grito.

A los pocos días, Daniel tuvo que ausentarse a la capital para cerrar una operación de animales. A lo sumo, el negocio le tomaría una semana. Espinosa, que ya estaba un poco harto de las *bonnes fortunes* de su primo y de su infatigable interés por las variaciones de la sastrería, prefirió quedarse en la estancia, con sus libros de texto. El calor apretaba y ni siquiera la noche traía un alivio. En el alba, los truenos lo despertaron. El viento zamarreaba las casuarinas. Espinosa oyó las primeras gotas y dio gracias a Dios. El aire frío vino de golpe. Esa tarde, el Salado se desbordó.

Al otro día, Baltasar Espinosa, mirando desde la galería los campos anegados, pensó que la metáfora que equipara la pampa con el mar no era, por lo menos esa mañana, del todo falsa, aunque Hudson había dejado escrito que el mar nos parece más grande, porque lo vemos desde la cubierta del barco y no desde el caballo o desde nuestra altura. La lluvia no cejaba; los Gutres, ayudados o incomodados por el pueblero, salvaron buena parte de la hacienda, aunque hubo muchos animales ahogados. Los caminos para llegar a la estancia eran cuatro: a todos los cubrieron las aguas. Al tercer día, una gotera amenazó la casa del capataz: Espinosa les dio una habitación que quedaba en el fondo, al lado del galpón de las herramientas. La mudanza los fue acercando: comían juntos en el gran comedor. El diálogo resultaba difícil; los Gutres, que sabían tantas cosas en materia de campo, no sabían explicarlas. Una noche, Espinosa les preguntó si la gente guardaba algún recuerdo de los malones, cuando la comandancia estaba en Junín. Le dijeron que sí, pero lo mismo hubieran contestado a una pregunta sobre la ejecución de Carlos Primero. Espinosa recordó que su padre solía decir que casi todos los casos de longevidad que se dan en el campo son casos de mala memoria o de un concepto vago de las fechas. Los gauchos suelen ignorar por igual el año en que nacieron y el nombre de quien los engendró.

En toda la casa no había otros libros que una serie de la revista *La Chacra,* un manual de veterinaria, un ejemplar de lujo del Tabaré, una *Historia del Shorthon en la Argentina,* unos cuantos relatos eróticos o policiales y una novela reciente: *Don Segundo Sombra.* Espinosa, para distraer de algún modo la sobremesa inevitable, leyó un par de capítulos a los Gutres, que eran analfabetos. Desgraciadamente, el capataz había sido tropero y no le podían importar las andanzas de otro. Dijo que ese trabajo era liviano, que llevaban siempre un carguero con todo lo que se precisa y que, de no haber sido tropero, no habría llegado nunca hasta la Laguna de Gómez, hasta el Bragado y hasta los campos de los Núñez, en Chacabuco. En la cocina había una guitarra; los peones, antes de los hechos que narro, se sentaban en rueda; alguien la templaba y no llegaba nunca a tocar. Esto se llamaba una guitarreada.

Espinosa, que se había dejado crecer la barba, solía demorarse ante el espejo para mirar su cara cambiada y sonreía al pensar que en Buenos Aires aburriría a los muchachos con el relato de la inundación del Salado. Curiosamente, extrañaba lugares a los que no iba nunca y no iría: una esquina de la calle Cabrera en la que hay un buzón, unos leones de mampostería en un portón de la calle Jujuy, a unas cuadras del Once, un almacén con piso de baldosa que no sabía muy bien donde estaba. En cuanto a sus hermanos y a su padre, ya sabrían por Daniel que estaba aislado —la palabra, etimológicamente, era justa— por la creciente.

Explorando la casa, siempre cercada por las aguas, dio con una Biblia en inglés. En las páginas finales los Guthrie —tal era su nombre genuino— habían dejado escrita su historia. Eran oriundos de Inverness, habían arribado a este continente, sin duda como peones, a principios del siglo diecinueve, y se habían cruzado con indios. La crónica cesaba hacia mil ochocientos setenta y tantos; ya no sabían escribir. Al cabo de unas pocas generaciones habían olvidado el inglés; el castellano, cuando Espinosa los conoció, les daba trabajo. Carecían de fe, pero en su sangre perduraban, con rastros oscuros, el duro fanatismo del calvinista y las supersticiones del pampa. Espinosa les habló de su hallazgo y casi no escucharon.

Hojeó el volumen y sus dedos lo abrieron en el comienzo del Evangelio según Marcos. Para ejercitarse en la traducción y acaso para ver si entendían algo, decidió leerles ese texto después de la comida. Le sorprendió que lo escucharan con atención y luego con callado interés. Acaso la presencia de las letras de oro en la tapa le diera más autoridad. Lo llevan en la sangre, pensó. También se le ocurrió que los hombres, a lo largo del tiempo, han repetido siempre dos historias: la de un bajel perdido que busca por los mares mediterráneos una isla querida, y la de un dios que se hace crucificar en el Gólgota. Recordó las clases de elocución en Ramos Mejía y se ponía de pie para predicar las parábolas.

Los Gutres despachaban la carne asada y las sardinas para no demorar el Evangelio.

Una corderita que la muchacha mimaba y adornaba con una cintita celeste se lastimó con un alambrado de púa. Para parar la sangre, querían ponerle una telaraña; Espinosa la curó con unas pastillas. La gratitud que esa curación despertó no dejó de asombrarlo. Al principio, había desconfiado de los Gutres y había escondido en uno de sus libros los doscientos cuarenta pesos que llevaba consigo; ahora, ausente el patrón, él había tomado su lugar y daba órdenes tímidas, que eran inmediatamente acatadas. Los Gutres lo seguían por las piezas y por el corredor, como si anduvieran perdidos. Mientras leía, notó que le retiraban las migas que él había dejado sobre la mesa. Una tarde los sorprendió hablando de él con respeto y pocas palabras. Concluido el Evangelio según Marcos, quiso leer otro de los tres que faltaban; el padre le pidió que repitiera el que ya había leído, para entenderlo bien. Espinosa sintió que eran como niños, a quienes la repetición les agrada más que la variación o la novedad.

Una noche soñó con el Diluvio, lo cual no es de extrañar; los martillazos de la fabricación del arca lo despertaron y pensó que acaso eran truenos. En efecto, la lluvia, que había amainado, volvió a recrudecer. El frío era intenso. Le dijeron que el temporal había roto el techo del galpón de las herramientas y que iban a mostrárselo cuando estuvieran arregladas las vigas. Ya no era un forastero y todos lo trataban con atención y casi lo mimaban. A ninguno le gustaba el café, pero había siempre una tacita para él, que colmaban de azúcar.

El temporal ocurrió un martes. El jueves a la noche lo recordó un golpecito suave en la puerta que, por las dudas, él siempre cerraba con llave. Se levantó y abrió: era la muchacha. En la oscuridad no la vio, pero por los pasos notó que estaba descalza y después, en el lecho, que había venido desde el fondo, desnuda. No lo abrazó, no dijo una sola palabra; se tendió junto a él y estaba temblando. Era la primera vez que conocía a un hombre. Cuando se fue, no le dio un beso; Espinosa pensó que ni siquiera sabía cómo se llamaba. Urgido por una íntima razón que no trató de averiguar, juró que en Buenos Aires no le contaría a nadie esa historia.

El día siguiente comenzó como los anteriores, salvo que el padre habló con Espinosa y le preguntó si Cristo se dejó matar para salvar a todos los hombres. Espinosa, que era librepensador pero que se vio obligado a justificar lo que les había leído, le contestó:

—Sí. Para salvar a todos del infierno.

Gutre le dijo entonces:

—¿Qué es el infierno?

—Un lugar bajo tierra donde las ánimas arderán y arderán.

—¿Y también se salvaron los que le clavaron los clavos?

—Sí —replicó Espinosa, cuya teología era incierta.

Había temido que el capataz le exigiera cuentas de lo ocurrido anoche con su hija. Después del almuerzo, le pidieron que releyera los últimos capítulos.

Espinosa durmió una siesta larga, un leve sueño interrumpido por persistentes martillos y por vagas premoniciones. Hacia el atardecer se levantó y salió al corredor. Dijo como si pensara en voz alta:

—Las aguas están bajas. Ya falta poco.

—Ya falta poco —repitió Gutre, como un eco.

Los tres lo habían seguido. Hincados en el piso de piedra le pidieron la bendición. Después lo maldijeron, lo escupieron y lo empujaron hasta el fondo. La muchacha lloraba. Espinosa entendió lo que le esperaba del otro lado de la puerta. Cuando la abrieron, vio el firmamento. Un pájaro gritó; pensó: Es un jilguero. El galpón estaba sin techo; habían arrancado las vigas para construir la Cruz.

El informe de Brodie*

En un ejemplar del primer volumen de *Las mil y una noches* (Londres, 1840) de Lane, que me consiguió mi querido amigo Paulino Keins, descubrimos el manuscrito que ahora traduciré al castellano. La esmerada caligrafía —arte que las máquinas de escribir nos están enseñando a perder— sugiere que fue redactado por esa misma fecha. Lane prodigó, según se sabe, las extensas notas explicativas; los márgenes abundan en adiciones, en signos de interrogación y alguna vez en correcciones, cuya letra es la misma del manuscrito. Diríase que a su lector e interesaron menos los prodigiosos cuentos de Shahrazad que los hábitos del Islam. De David Brodie, cuya firma exornada de una rúbrica figura al pie, nada he podido averiguar, salvo que fue un

---

* Este cuento se publicó por primera vez en libro en la primera edición del libro que lleva su nombre, *El informe de Brodie,* Buenos Aires, Emecé, 1970.
Bajo la forma de un manuscrito, obra de un misionero escocés, Borges describe una sociedad primitiva o «degenerada» en la que acumula muchas de sus obsesiones, desde las aritméticas —los hombres Yahoos sólo saben contar hasta cuatro, y cuatro son sus todopoderosos hechiceros— hasta las lingüísticas y literarias. Una tribu aberrante, una constante distorsión de los hábitos de la civilización, hace que nos enfrentemos a un mundo totalmente irreal, más propio de un cuento de Lovecraft que de un informe antropológico. El texto imaginario es encontrado en un ejemplar de *Las mil y una noches,* libro al que hace referencias emblemáticas: la casa del rey recibe el nombre árabe de palacio, Alcázar...

misionero escocés, oriundo de Aberdeen, que predicó la fe cristiana en el centro de África y luego en ciertas regiones selváticas del Brasil, tierra a la cual lo llevaría su conocimiento del portugués. Ignoro la fecha y el lugar de su muerte. El manuscrito, que yo sepa, no fue dado nuca a la imprenta.

Traduciré fielmente el informe, compuesto en un inglés incoloro, sin permitirme otras omisiones que las de algún versículo de la Biblia y la de un curioso pasaje sobre las prácticas sexuales de los Yahoos que el buen presbiteriano confió pudorosamente al latín. Falta la primera página.

* * *

«... de la región que infestan los hombres-monos *(Apemen)* tienen su morada los *Mlch**, que llamaré Yahoos, para que mis lectores no olviden su naturaleza bestial y porque una precisa transliteración es casi imposible, dada la ausencia de vocales en su áspero lenguaje. Los individuos de la tribu no pasan, creo, de setecientos, incluyendo los *Nr,* que habitan más al sur, entre los matorrales. La cifra que he propuesto es conjetural, ya que, con excepción del rey, de la reina y de los hechiceros, los Yahoos duermen donde los encuentra la noche, sin lugar fijo. La fiebre palúdica y las incursiones continuas de los hombres-monos disminuyen su número. Sólo unos pocos tienen nombre. Para llamarse, lo hacen arrojándose fango. He visto asimismo a Yahoos que, para llamar a un amigo, se tiraban por el suelo y se revolcaban. Físicamente no difieren de los Kroo, salvo por la frente más baja y por cierto tinte cobrizo que amengua su negrura. Se alimentan de frutos, de raíces y de reptiles; beben leche de gato y de murciélago y pescan con la mano.

---

* Doy a la *ch* el valor que tiene en la palabra *loch. (Nota del autor.)*

Se ocultan para comer o cierran los ojos; lo demás lo hacen a la vista de todos, como los filósofos cínicos. Devoran los cadáveres crudos de los hechiceros y de los reyes, para asimilar su virtud. Les eché en cara esa costumbre; se tocaron la boca y la barriga, tal vez para indicar que los muertos también son alimento o —pero esto acaso es demasiado sutil— para que yo entendiera que todo lo que comemos es, a la larga, carne humana.

En sus guerras usan las piedras, de las que hacen acopio, y las imprecaciones mágicas. Andan desnudos; las artes del vestido y del tatuaje les son desconocidas.

Es digno de atención el hecho de que, disponiendo de una meseta dilatada y herbosa, en la que hay manantiales de agua clara y árboles que dispensan la sombra, hayan optado por amontonarse en las ciénagas que rodean la base, como deleitándose en los rigores del sol ecuatorial y de la impureza. Las laderas son ásperas y formarían una especie de muro contra los hombres-monos. En las Tierras Altas de Escocia los clanes erigían sus castillos en la cumbre de un cerro; he alegado este uso a los hechiceros, proponiéndolo como ejemplo, pero todo fue inútil. Me permitieron, sin embargo, armar una cabaña en la meseta, donde el aire de la noche es más fresco.

La tribu está regida por un rey, cuyo poder es absoluto, pero sospecho que los que verdaderamente gobiernan son los cuatro hechiceros que lo asisten y que lo han elegido. Cada niño que nace está sujeto a un detenido examen; si presenta ciertos estigmas, que no me han sido revelados, es elevado a rey de los Yahoos. Acto continuo lo mutilan *(he is gelded)*, le queman los ojos y le cortan las manos y los pies, para que el mundo no lo distraiga de la sabiduría. Vive confinado en una caverna, cuyo nombre es Alcázar *(Qzr)*, en la que sólo pueden entrar los cuatro hechiceros y el par de esclavas que lo atienden y lo untan de estiércol. Si hay una guerra, los hechiceros lo sacan de la caverna, lo exhiben a la tribu para estimular su coraje y lo llevan, cargado sobre los hombros, a lo más recio del combate, a guisa de bandera o de talismán. En tales casos lo común es que muera inmediatamente, bajo las piedras que le arrojan los hombres-monos.

En otro Alcázar vive la reina, a la que no le está permitido ver a su rey. Ésta se dignó recibirme; era sonriente, joven y agraciada, hasta donde lo permite su raza. Pulseras de metal y de marfil y collares de dientes adornan su desnudez. Me miró, me husmeó y me tocó y concluyó por ofrecérseme, a la vista de todas las azafatas. Mi hábito *(my cloth)* y mis hábitos me hicieron declinar ese honor, que suele conceder a los hechiceros y a los cazadores de esclavos, por lo general musulmanes, cuyas cáfilas (caravanas) cruzan el reino. Me hundió dos o tres veces un alfiler de oro en la carne; tales pinchazos son las marcas del favor real y no son pocos los Yahoos que se los infieren, para simular que fue la reina la que los hizo. Los ornamentos que he enumerado vienen de otras regiones; los Yahoos los creen naturales, porque son incapaces de fabricar el objeto más simple. Para la tribu mi cabaña era un árbol, aunque muchos me vieron edificarla y me dieron su ayuda. Entre otras cosas, yo tenía un reloj, un casco de corcho, una brújula y una Biblia; los Yahoos las miraban y sopesaban y querían saber dónde las había recogido. Solían agarrar por la hoja mi cuchillo de monte; sin duda lo veían de otra manera. No sé hasta dónde hubieran podido ver una silla. Una casa de varias habitaciones constituiría un laberinto para ellos, pero tal vez no se perdieran, como tampoco un gato se pierde, aunque no puede imaginársela. A todos les maravillaba mi barba, que era bermeja entonces; la acariciaban largamente.

Son insensibles al dolor y al placer, salvo al agrado que les dan la carne cruda y rancia y las cosas fétidas. La falta de imaginación los mueve a ser crueles.

He hablado de la reina y del rey; paso ahora a los hechiceros. He escrito que son cuatro; este número es el mayor que abarca su aritmética. Cuentan con los dedos uno, dos, tres, cuatro, muchos; el infinito empieza en el pulgar. Lo mismo, me aseguran, ocurre con las tribus que merodean en las inmediaciones de Buenos-Ayres. Pese a que el cuatro es la última cifra de que disponen, los árabes que trafican con ellos no los estafan, porque en el canje todo se divide por lotes de uno, de dos, de tres y de cuatro, que cada cual pone a su lado. Las operaciones son lentas, pero no admiten el error o el engaño. De la nación de los Yahoos, los hechiceros son realmente los únicos que han suscitado mi interés. El vulgo les atribuye el poder de cambiar en hormigas o en tortugas a quienes así lo desean; un individuo que advirtió mi incredulidad me mostró un hormiguero, como si éste fuera una prueba. La memoria les falta a los Yahoos o casi no la tienen; hablan de los estragos causados por una invasión de leopardos, pero no saben si ellos la vieron o sus padres o si cuentan un sueño. Los hechiceros la poseen, aunque en grado mínimo; pueden recordar a la tarde hechos que ocurrieron en la mañana o aun la tarde anterior. Gozan también de la facultad de la previsión; declaran con tranquila certidumbre lo que sucederá dentro de diez o quince minutos. Indican, por ejemplo: *Una mosca me rozará la nuca* o No *tardaremos en oír el grito de un pájaro.* Centenares de veces he atestiguado este curioso don. Mucho he vacilado sobre él. Sabemos que el pasado, el presente y el porvenir ya están minucia por minucia, en la profética memoria de Dios, en Su eternidad; lo extraño es que los hombres puedan mirar, indefinidamente, hacia atrás pero no hacia adelante. Si recuerdo con toda nitidez aquel velero de alto bordo que vino de Noruega cuando yo contaba apenas cuatro años ¿a qué sorprenderme del hecho de que alguien sea capaz de prever lo que está a punto de ocurrir? Filosóficamente, la memoria no es menos prodigiosa que la adivinación del futuro; el día de mañana está más cerca de nosotros que la travesía del Mar Rojo por los hebreos, que, sin embargo, recordamos. A la tribu le está vedado fijar los ojos en las estrellas, privilegio reservado a los hechiceros. Cada hechicero tiene un discípulo, a quien instruye desde niño en las disciplinas secretas y que lo sucede a su muerte. Así siempre son cuatro, número de carácter mágico, ya que es el último a que alcanza la mente de los hombres. Profesan, a su modo, la doctrina del infierno y del cielo. Ambos son subterráneos. En el infierno, que es claro y seco, morarán los enfermos, los ancianos, los maltratados, los hombres-monos, los árabes y los leopardos; en el cielo, que se figuran pantanoso y oscuro, el rey, la reina, los hechiceros, los que en la tierra han sido felices, duros y sanguinarios. Veneran asimismo a un dios, cuyo nombre es Estiércol, y que posiblemente han ideado a imagen y semejanza del rey; es un ser mutilado, ciego, raquítico y de ilimitado poder. Suele asumir la forma de una hormiga o de una culebra.

A nadie le asombrará, después de lo dicho, que durante el espacio de mi estadía no lograra la conversión de un solo Yahoo. La frase *Padre nuestro* los perturbaba, ya que carecen del concepto de la paternidad. No comprenden que un acto ejecutado hace nueve meses pueda guardar alguna relación con el nacimiento de un niño; no admiten una causa tan lejana y tan inverosímil. Por lo demás, todas las mujeres conocen el comercio carnal y no todas son madres.

El idioma es complejo. No se asemeja a ningún otro de los que yo tenga noticia. No podemos hablar de partes de la oración, ya que no hay oraciones. Cada palabra monosílaba corresponde a una idea general, que se define por el contexto o por los visajes. La palabra *nrz,* por ejemplo, sugiere la dispersión o las manchas; puede significar el cielo estrellado, un leopardo, una bandada de aves, la viruela, lo salpicado, el acto de desparramar o la fuga que sigue a la derrota. *Hrl*, en cambio, indica lo apretado o lo denso; puede significar la tribu, un tronco, una piedra, un montón de piedras, el hecho de apilarlas, el congreso de los cuatro hechiceros, la unión carnal y un bosque.

Pronunciada de otra manera o con otros visajes, cada palabra puede tener un sentido contrario. No nos maravillemos con exceso; en nuestra lengua, el verbo *to cleave* vale por hendir y adherir. Por supuesto, no hay oraciones, ni siquiera frases truncas.

La virtud intelectual de abstraer que semejante idioma postula, me sugiere que los Yahoos, pese a su barbarie, no son una nación primitiva sino degenerada. Confirman esta conjetura las inscripciones que he descubierto en la cumbre de la meseta y cuyos caracteres, que se asemejan a las runas que nuestros mayores grababan, ya no se dejan descifrar por la tribu. Es como si ésta hubiera olvidado el lenguaje escrito y sólo le quedara el oral.

Las diversiones de la gente son las riñas de gatos adiestrados y las ejecuciones. Alguien es acusado de atentar contra el pudor de la reina o de haber comido a la vista de otro; no hay declaración de testigos ni confesión y el rey dicta su fallo condenatorio. El sentenciado sufre tormentos que trato de no recordar y después lo lapidan. La reina tiene el derecho de arrojar la primera piedra y la última, que suele ser inútil. El gentío pondera su destreza y la hermosura de sus partes y la aclama con frenesí, arrojándole rosas y cosas fétidas. La reina, sin una palabra, sonríe.

Otra costumbre de la tribu son los poetas. A un hombre se le ocurre ordenar seis o siete palabras, por lo general enigmáticas. No puede contenerse y las dice a gritos, de pie, en el centro de un círculo que forman tendidos en la tierra, los hechiceros y la plebe. Si el poema no excita, no pasa nada; si las palabras del poeta los sobrecogen, todos se apartan de él, en silencio, bajo el mandato de un horror sagrado *(under a holy dread)*. Sienten que lo ha tocado el espíritu; nadie hablará con él ni lo mirará, ni siquiera su madre. Ya no es un hombre sino un dios y cualquiera puede matarlo. El poeta, si puede, busca refugio en los arenales del Norte.

He referido ya cómo arribé a la tierra de los Yahoos.

El lector recordará que me cercaron, que tiré al aire un tiro de fusil y que tomaron la descarga por una suerte de trueno mágico. Para alimentar ese error, procuré andar siempre sin armas. Una mañana de primavera, al rayar el día, nos invadieron bruscamente los hombres-monos; bajé corriendo de la cumbre arma en mano, y maté a dos de esos animales. Los demás huyeron, atónitos. Las balas, ya se sabe, son invisibles. Por primera vez en mi vida, oí que me aclamaban. Fue entonces, creo, que la reina me recibió. La memoria de los Yahoos es precaria; esa misma tarde me fui. Mis aventuras en la selva no importan. Di al fin con una población de hombres negros, que sabían arar, sembrar y con los que me entendí en portugués. Un misionero romanista, el Padre Fernandes, me hospedó en su cabaña y me cuidó hasta que pude reanudar mi penoso viaje. Al principio me causaba algún asco verlo abrir la boca sin disimulo y echar adentro piezas de comida. Yo me tapaba con la mano o desviaba los ojos; a los pocos días me acostumbré. Recuerdo con agrado nuestros debates en materia teológica. No logré que volviera a la genuina fe de Jesús.

Escribo ahora en Glasgow. He referido mi estadía entre los Yahoos, pero no su horror esencial, que nunca me deja del todo y que me visita en los sueños. En la calle creo que me cercan aún. Los Yahoos, bien lo sé, son un pueblo bárbaro, quizá el más bárbaro del orbe, pero sería una injusticia olvidar ciertos rasgos que los redimen. Tienen instituciones, gozan de un rey, manejan un lenguaje basado en conceptos genéricos, creen, como los hebreos y los griegos, en la raíz divina de la poesía y adivinan que el alma sobrevive a la muerte del cuerpo. Afirman la verdad de los castigos y de las recompensas. Representan, en suma, la cultura, como la representamos nosotros, pese a nuestros muchos pecados. No me arrepiento de haber combatido en sus filas, contra los hombre-monos. Tenemos el deber de salvarlos. Espero que el Gobierno de Su Majestad no desoiga lo que se atreve a sugerir este informe.»

El otro*

El hecho ocurrió en el mes de febrero de 1969, al norte de Boston, en Cambridge[1]. No lo escribí inmediatamente porque mi primer propósito fue olvidarlo, para no perder la razón. Ahora, en 1972, pienso que si lo escribo, los otros lo leerán como un cuento y, con los años, lo será tal vez para mí.

Sé que fue casi atroz mientras duró y más aún durante las desveladas noches que lo siguieron. Ello no significa que su relato pueda conmover a un tercero.

Serían las diez de la mañana. Yo estaba recostado en un banco, frente al río Charles. A unos quinientos metros a mi derecha había un alto edificio, cuyo

---

* Este cuento se publicó por primera vez en libro en el volumen *El libro de arena,* Buenos Aires, Emecé, 1975. El tema del doble es el pretexto utilizado por Borges para poder exponer algunas de sus opiniones pasadas y compararlas con las actuales. El encuentro del adolescente con el anciano, ambas partes de una misma personalidad distorsionada por el tiempo, está narrado con una enorme sencillez característica general en casi todo el libro y herencia de *El informe de Brodie.* El propio Borges reconoce esa tendencia a la simplificación cuando dice: «He querido ser fiel, en estos ejercicios de ciego, al ejemplo de Wells: la conjunción del estilo llano, a veces casi oral, y de un argumento imposible. El curioso lector puede agregar los nombres de Swift y de aquel Edgar Allan Poe que, hacia 1838, renunció a su modo suntuario para legarnos los admirables capítulos finales de su *Arthur Gordon Pym.*»

[1] Este es un elemento autobiográfico, como lo serán muchas de las referencias que hacen los dos personajes de la narración, los dos Borges separados por cincuenta años de vida.

nombre no supe nunca. El agua gris acarreaba largos trozos de hielo. Inevitablemente, el río hizo que yo pensara en el tiempo. La milenaria imagen de Heráclito. Yo había dormido bien; mi clase de la tarde anterior había logrado, creo, interesar a los alumnos. No había un alma a la vista.

Sentí de golpe la impresión (que según los psicólogos corresponde a los estados de fatiga) de haber vivido ya aquel momento. En la otra punta de mi banco alguien se había sentado. Yo hubiera preferido estar solo, pero no quise levantarme en seguida, para no mostrarme incivil. El otro se había puesto a silbar. Fue entonces cuando ocurrió la primera de las muchas zozobras de esa mañana. Lo que silbaba, lo que trataba de silbar (nunca he sido muy entonado), era el estilo criollo de *La tapera* de Elías Regules. El estilo me retrajo a un patio, que ha desaparecido, y a la memoria de Álvaro Melián Lafinur, que hace tantos años ha muerto. Luego vinieron las palabras. Eran las de la décima del principio. La voz no era la de Álvaro, pero quería parecerse a la de Álvaro. La reconocí con horror.

Me le acerqué y le dije:

—Señor, ¿usted es oriental o argentino?

—Argentino, pero desde el catorce vivo en Ginebra —fue la contestación.

Hubo un silencio largo. Le pregunté:

—¿En el número diecisiete de Malagnou, frente a la iglesia rusa?

Me contestó que sí.

—En tal caso —le dije resueltamente— usted se llama Jorge Luis Borges. Yo también soy Jorge Luis Borges. Estamos en 1969, en la ciudad de Cambridge.

—No —me respondió con mi propia voz un poco lejana.

Al cabo de un tiempo insistió.

—Yo estoy aquí en Ginebra, en un banco, a unos pasos del Ródano. Lo raro es que nos parecemos, pero usted es mucho mayor, con la cabeza gris.

—Puedo probarte que no miento. Voy a decirte cosas que no puede saber un desconocido. En casa hay un mate de plata con un pie de serpientes, que trajo del Perú nuestro bisabuelo. También hay una palangana de plata, que pendía del arzón. En el armario de tu cuarto hay dos filas de libros. Los tres volúmenes de *Las mil y una noches* de Lane con grabados en acero y notas en cuerpo menor entre capítulo y capítulo, el diccionario latino de Qhicherat, la *Germania* de Tácito en latín y en la versión de Gordon, un *Don Quijote* de la casa Garnier, las *Tablas de sangre* de Rivera Indarte, con la dedicatoria del autor, el *Sartor Resartus* de Carlyle, una biografía de Amiel y, escondido detrás de los demás, un libro en rústica sobre las costumbres sexuales de los pueblos balkánicos. No he olvidado tampoco un atardecer en un primer piso de la plaza Dubourg.

—Dufour —corrigió.

—Está bien, Dufour. ¿Te basta con todo eso?

—No —respondió—. Esas pruebas no prueban nada. Si yo lo estoy soñando, es natural que sepa lo que yo sé. Su catálogo prolijo es del todo vano.

La objeción era justa. Le contesté:

—Si esta mañana y este encuetro son sueños, cada uno de los dos tiene que pensar que el soñador es él. Tal vez dejemos de soñar, tal vez no. Nuestra evidente obligación, mientras tanto, es aceptar el sueño, como hemos aceptado el universo y haber sido engendrados y mirar con los ojos y respirar.

—¿Y si el sueño durara? —dijo con ansiedad.

Para tranquilizarlo y tranquilizarme, fingí un aplomo que ciertamente no sentía. Le dije:

—Mi sueño ha durado ya setenta años. Al fin y al cabo, al recordarse, no hay persona que no se encuentre consigo misma. Es lo que nos está pasando ahora, salvo que somos dos. ¿No querés saber algo de mi pasado, que es el porvenir que te espera?

Asintió sin una palabra. Yo proseguí un poco perdido:

—Madre está sana y buena en su casa de Charcas[2] y Maipú, en Buenos Aires, pero padre murió hace unos treinta años. Murió del corazón. Lo acabó una hemiplejia; la mano izquierda puesta sobre la mano derecha era como la mano de un niño sobre la mano de un gigante. Murió con impaciencia de morir, pero sin una queja. Nuestra abuela había muerto en la misma casa. Unos días antes del fin, nos llamó a todos y nos dijo: «Soy una mujer muy vieja, que está muriéndose muy despacio. Que nadie se alborote por una cosa tan común y corriente.» Norah, tu hermana, se casó y tiene dos hijos. A propósito, en casa, ¿cómo están?

—Bien. Padre siempre con sus bromas contra la fe. Anoche dijo que Jesús era como los gauchos, que no quieren comprometerse, y que por eso predicaba en parábolas.

Vaciló y me dijo:

—¿Y usted?

—No sé la cifra de los libros que escribirás, pero sé que son demasiados. Escribirás poesías que te darán un agrado no compartido y cuentos de índole fantástica. Darás clases como tu padre y como tantos otros de nuestra sangre.

Me agradó que nada me preguntara sobre el fracaso o éxito de los libros. Cambié de tono y proseguí:

—En lo que se refiere a la historia... Hubo otra guerra, casi entre los mismos antagonistas. Francia no tardó en capitular; Inglaterra y América libraron contra un dictador alemán, que se llamaba Hitler, la cíclica batalla de Waterloo. Buenos Aires, hacia mil novecientos cuarenta y seis, engendró otro Rosas, bastante parecido a nuestro pariente. El cincuenta y cinco, la provincia de Córdoba nos salvó, como antes Entre Ríos. Ahora, las cosas andan mal. Rusia está apoderándose del planeta; América, trabada por la superstición de la democracia, no se resuelve a ser un imperio. Cada día que pasa nuestro país es más provinciano. Más pro-

---

[2] La casa a la que hace referencia es la que habita hoy Borges.

vinciano y más engreído, como si cerrara los ojos. No me sorprendería que la enseñanza del latín fuera reemplazada por la del guaraní.

Noté que apenas me prestaba atención. El miedo elemental de lo imposible y sin embargo cierto lo amilanaba. Yo, que no he sido padre, sentí por ese pobre muchacho, más íntimo que un hijo de mi carne, una oleada de amor. Vi que apretaba entre las manos un libro, Le pregunté qué era.

—*Los poseídos* o, según creo, *Los demonios* de Fyodor Dostoievski —me replicó no sin vanidad.

—Se me ha desdibujado. ¿Qué tal es?

No bien lo dije, sentí que la pregunta era una blasfemia.

—El maestro ruso —dictaminó— ha penetrado más que nadie en los laberintos del alma eslava.

Esa tentativa retórica me pareció una prueba de que se había serenado.

Le pregunté qué otros volúmenes del maestro había recorrido.

Enumeró dos o tres, entre ellos *El doble*.

Le pregunté si al leerlos distinguía bien los personajes, como en el caso de Joseph Conrad, y si pensaba proseguir el examen de la obra completa.

—La verdad es que no —me respondió con cierta sorpresa.

Le pregunté qué estaba escribiendo y me dijo que preparaba un libro de versos que se titularía *Los himnos rojos*. También había pensado en *Los ritmos rojos* [3].

—¿Por qué no? —le dije—. Podés alegar buenos antecedentes. El verso azul de Rubén Darío y la canción gris de Verlaine.

Sin hacerme caso, me aclaró que su libro cantaría

---

[3] Uno de los primeros libros ordenados por Borges que nunca llegó a publicarse. Eran poemas de tono ultraísta que cantaban a la revolución bolchevique; sólo se conservan algunos poemas sueltos que reunió Guillermo de Torre.

la fraternidad de todos los hombres. El poeta de nuestro tiempo no puede dar la espalda a su época.

Me quedé pensando y le pregunté si verdaderamente se sentía hermano de todos. Por ejemplo, de todos los empresarios de pompas fúnebres, de todos los carteros, de todos los buzos, de todos los que viven en la acera de los números pares, de todos los afónicos, etcétera. Me dijo que su libro se refería a la gran masa de los oprimidos y parias.

—Tu masa de oprimidos y de parias —le contesté— no es más que una abstracción. Sólo los individuos existen, si es que existe alguien. *El hombre de ayer no es el hombre de hoy* sentenció algún griego. Nosotros dos, en este banco de Ginebra o de Cambridge, somos tal vez la prueba.

Salvo en las severas páginas de la Historia, los hechos memorables prescinden de frases memorables. Un hombre a punto de morir quiere acordarse de un grabado entrevisto en la infancia; los soldados que están por entrar en la batalla hablan del barro o del sargento. Nuestra situación era única y, francamente, no estábamos preparados. Hablamos, fatalmente, de letras; temo no haber dicho otras cosas que las que suelo decir a los periodistas. Mi *alter ego* creía en la invención o descubrimiento de metáforas nuevas; yo en las que corresponden a afinidades íntimas y notorias y que nuestra imaginación ya ha aceptado. La vejez de los hombres y el ocaso, los sueños y la vida, el correr del tiempo y del agua. Le expuse esta opinión, que expondría en un libro años después.

Casi no me escuchaba. De pronto dijo:

—Si usted ha sido yo, ¿cómo explicar que haya olvidado su encuentro con un señor de edad que en 1918 le dijo que él también era Borges?

No había pensado en esa dificultad. Le respondí sin convicción:

—Tal vez el hecho fue tan extraño que traté de olvidarlo.

Aventuró una tímida pregunta:

—¿Cómo anda su memoria?

Comprendí que para un muchacho que no había cumplido veinte años, un hombre de más de setenta era casi un muerto. Le contesté:

—Suele parecerse al olvido, pero todavía encuentra lo que le encargan. Estudio anglosajón y no soy el último de la clase.

Nuestra conversación ya había durado demasiado para ser la de un sueño.

Una brusca idea se me ocurrió.

—Yo te puedo probar inmediatamente —le dije— que no estás soñando conmigo. Oí bien este verso, que no has leído nunca, que yo recuerde.

Lentamente entoné la famosa línea:

L'hydre - univers tordant son corps écaillé d'astres.

Sentí su casi temeroso estupor. Lo repitió en voz baja, saboreando cada resplandeciente palabra.

—Es verdad —balbuceó—. Yo no podré nunca escribir una línea como ésa.

Hugo nos había unido.

Antes, él había repetido con fervor, ahora lo recuerdo, aquella breve pieza en que Walt Whitman rememora una compartida noche ante el mar, en que fue realmente feliz.

—Si Whitman la ha cantado —observé— es porque la deseaba y no sucedió. El poema gana si adivinamos que es la manifestación de un anhelo, no la historia de un hecho.

Se quedó mirándome.

—Usted no lo conoce —exclamó—. Whitman es incapaz de mentir.

Medio siglo no pasa en vano. Bajo nuestra conversación de personas de miscelánea lectura y gustos diversos, comprendí que no podíamos entendernos. Éramos demasiado distintos y demasiado parecidos. No podíamos engañarnos, lo cual hace difícil el diálogo. Cada uno de los dos era el remedo caricaturesco del otro. La situación era harto anormal para durar mucho más tiempo. Aconsejar o discutir era inútil, porque su inevitable destino era ser el que soy.

De pronto recordé una fantasía de Coleridge. Alguien sueña que cruza el paraíso y le dan como prueba una flor. Al despertarse, ahí está la flor.

Se me ocurrió un artificio análogo.

—Oí —le dije—, ¿tenés algún dinero?

—Sí —me replicó—. Tengo unos veinte francos. Esta noche lo convidé a Simón Jichlinski en el *Crocodile*.

—Dile a Simón que ejercerá la medicina en Carouge, y que hará mucho bien... ahora, me das una de tus monedas.

Sacó tres escudos de plata y unas piezas menores. Sin comprender me ofreció uno de los primeros.

Yo le tendí uno de esos imprudentes billetes americanos que tienen muy diverso valor y el mismo tamaño. Lo examinó con avidez.

—No puede ser —gritó—. Lleva la fecha de mil novecientos setenta y cuatro.

(Meses después alguien me dijo que los billetes de banco no llevan fecha.)[4]

—Todo esto es un milagro —alcanzó a decir— y lo milagroso da miedo. Quienes fueron testigos de la resurrección de Lázaro habrán quedado horrorizados.

No hemos cambiado nada, pensé. Siempre las referencias librescas.

Hizo pedazos el billete y guardó la moneda.

Yo resolví tirarla al río. El arco del escudo de plata perdiéndose en el río de plata hubiera conferido a mi historia una imagen vívida, pero la suerte no lo quiso.

---

[4] Acerca de esta observación del autor sobre los billetes de dólar americano, sostuvimos una conversación en Madrid. Yo, inocentemente, le indiqué que su primera versión era correcta, ya que los billetes de banco americanos llevan una fecha de emisión, y que el error era de sus informantes. Borges no se sorprendió del hallazgo y trató de sugerirme que todo era una broma ambigua. El sueño y la realidad que la narración quiere confundir hasta el final tienen esas pequeñas incongruencias.

Respondí que lo sobrenatural, si ocurre dos veces, deja de ser aterrador. Le propuse que nos viéramos al día siguiente, en ese mismo banco que está en dos tiempos y en dos sitios.

Asintió en el acto y me dijo, sin mirar el reloj, que se le había hecho tarde. Los dos mentíamos y cada cual sabía que su interlocutor estaba mintiendo. Le dije que iban a venir a buscarme.

—¿A buscarlo? —me interrogó.

—Sí. Cuando alcances mi edad habrás perdido casi por completo la vista. Verás el color amarillo y sombras y luces. No te preocupes. La ceguera gradual no es una cosa trágica. Es como un lento atardecer de verano.

Nos despedimos sin habernos tocado. Al día siguiente no fui. El otro tampoco habrá ido.

He cavilado mucho sobre este encuentro, que no he contado a nadie. Creo haber descubierto la clave. El encuentro fue real, pero el otro conversó conmigo en un sueño y fue así que pudo olvidarme; yo conversé con él en la vigilia y todavía me atormenta el recuerdo.

El otro me soñó, pero no me soñó rigurosamente. Soñó, ahora lo entiendo, la imposible fecha en el dólar.

Ulrica*

Hann tekr sverthit Gram ok leggr i methal theira bert.

Völsunga Saga, 27

Mi relato será fiel a la realidad o, en todo caso, a mi recuerdo personal de la realidad, lo cual es lo mismo. Los hechos ocurrieron hace muy poco, pero sé que el hábito literario es asimismo el hábito de intercalar rasgos circunstanciales y de acentuar los énfasis. Quiero narrar mi encuentro con Ulrica (no supe su apellido y tal vez no lo sabré nunca) en la ciudad de York. La crónica abarcará una noche y una mañana.

Nada me costaría referir que la vi por primera vez junto a las Cinco Hermanas de York, esos vitrales puros de toda imagen que respetaron los iconoclastas de Cromwell, pero el hecho es que nos conocimos en la salita del *Northern Inn,* que está del otro lado de las murallas. Éramos pocos y ella estaba de espaldas. Alguien le ofreció una copa y rehusó.

---

* Este cuento se publicó por primera vez en libro en el volumen *El libro de arena.* «El tema del amor es harto común en mis versos; no así en mi prosa, que no guarda otro ejemplo que *Ulrica»,* afirma Borges en el epílogo del libro.

—Soy feminista —dijo—. No quiero remedar a los hombres. Me desagradan su tabaco y su alcohol.

La frase quería ser ingeniosa y adiviné que no era la primera vez que la pronunciaba. Supe después que no era característica de ella, pero lo que decimos no siempre se parece a nosotros.

Refirió que había llegado tarde al museo, pero que la dejaron entrar cuando supieron que era noruega.

Uno de los presentes comentó:

—No es la primera vez que los noruegos entran en York.

—Así es —dijo ella—. Inglaterra fue nuestra y la perdimos, si alguien puede tener algo o algo puede perderse.

Fue entonces cuando la miré. Una línea de William Blake habla de muchachas de suave plata o de furioso oro, pero en Ulrica estaban el oro y la suavidad. Era ligera y alta, de rasgos afilados y de ojos grises. Menos que su rostro me impresionó su aire de tranquilo misterio. Sonreía fácilmente y la sonrisa parecía alejarla. Vestía de negro, lo cual es raro en tierras del Norte, que tratan de alegrar con colores lo apagado del ámbito. Hablaba un inglés nítido y preciso y acentuaba levemente las erres. No soy observador; esas cosas las descubrí poco a poco.

Nos presentaron. Le dije que era profesor en la Universidad de los Andes en Bogotá. Aclaré que era colombiano.

Me preguntó de un modo pensativo:

—¿Qué es ser colombiano?

—No sé —le respondí—. Es un acto de fe.

—Como ser noruega —asintió.

Nada más puedo recordar de lo que se dijo esa noche. Al día siguiente bajé temprano al comedor. Por los cristales vi que había nevado; los páramos se perdían en la mañana. No había nadie más. Ulrica me invitó a su mesa. Me dijo que le gustaba salir a caminar sola.

Recordé una broma de Schopenhauer y contesté:

—A mí también. Podemos salir juntos los dos.

Nos alejamos de la casa, sobre la nieve joven. No había un alma en los campos. Le propuse que fuéramos a Thorgate, que queda río abajo, a unas millas. Sé que ya estaba enamorado de Ulrica; no hubiera deseado a mi lado ninguna otra persona.

Oí de pronto el lejano aullido de un lobo. No he oído nunca aullar a un lobo, pero sé que era un lobo. Ulrica no se inmutó.

Al rato dijo como si pensara en voz alta:

—Las pocas y pobres espadas que vi ayer en York Minster me han conmovido más que las grandes naves del museo de Oslo.

Nuestros caminos se cruzaban. Ulrica, esa tarde, proseguiría el viaje hacia Londres; yo, hacia Edimburgo.

—En Oxford Street —me dijo— repetiré los pasos de De Quincey, que buscaba a su Anna perdida entre las muchedumbres de Londres.

—De Quincey —respondí— dejó de buscarla. Yo, a lo largo del tiempo, sigo buscándola.

—Tal vez —dijo en voz baja— la has encontrado.

Comprendí que una cosa inesperada no me estaba prohibida y la besé en la boca y los ojos. Me apartó con suave firmeza y luego declaró:

—Seré tuya en la posada de Thorgate. Te pido mientras tanto, que no me toques. Es mejor que así sea.

Para un hombre célibe entrado en años, el ofrecido amor es un don que ya no se espera. El milagro tiene derecho a imponer condiciones. Pensé en mis mocedades de Popayan y en una muchacha de Texas, clara y esbelta como Ulrica, que me había negado su amor.

No incurrí en el error de preguntarle si me quería. Comprendí que no era el primero y que no sería el último. Esa aventura, acaso la postrera para mí, sería una de tantas para esa resplandeciente y resuelta discípula de Ibsen.

Tomados de la mano seguimos.

—Todo esto es como un sueño —dije— y yo nunca sueño[1].

—Como aquel rey —replicó Ulrica— que no soñó hasta que un hechicero lo hizo dormir en una pocilga. Agregó después:

—Oye bien. Un pájaro está por cantar.

Al poco rato oímos el canto.

—En estas tierras —dije—, piensan que quien está por morir prevé lo futuro.

—Y yo estoy por morir —dijo ella.

La miré atónito.

—Cortemos por el bosque —la urgí—. Arribaremos más pronto a Thorgate.

—El bosque es peligroso —replicó.

Seguimos por los páramos.

—Yo querría que este momento durara siempre —murmuré.

—Siempre es una palabra que no está permitida a los hombres —afirmó Ulrica y, para aminorar el énfasis, me pidió que le repitiera mi nombre, que no había oído bien.

—Javier Otárola —le dije.

Quiso repetirlo y no pudo. Yo fracasé, parejamente, con el nombre de Ulrikke.

—Te llamaré Sigurd —declaró con una sonrisa.

—Si soy Sigurd —le repliqué—, tú serás Brynhild. Había demorado el paso.

—¿Conoces la saga? —le pregunté.

—Por supuesto —me dijo—. La trágica historia que los alemanes echaron a perder con sus tardíos Nibelungos.

---

[1] El autor intenta aquí indicarnos que la historia no aconteció nunca y que es un mero sueño. Una incontenible forma del puritanismo sobrevive en Borges, que intenta así suavizar la narración de un encuentro amoroso, al condenarlo al sueño. Es curioso que este cuento fuera incluido por el propio Borges en el volumen *Libro de sueños* (Buenos Aires, Torres Agüero, 1976), donde reúne algunos relatos que pueden servir, dice, «para la composición de una historia general de los sueños y de su influjo sobre las letras».

No quise discutir y le respondí:

—Brynhild, caminas como si quisieras que entre los dos hubiera una espada en el lecho.

Estábamos de golpe ante la posada. No me sorprendió que se llamara, como la otra, el *Northern Inn*.

Desde lo alto de la escalinata, Ulrica me gritó:

—¿Oíste al lobo? Ya no quedan lobos en Inglaterra. Apresúrate.

Al subir al piso alto, noté que las paredes estaban empapeladas a la manera de William Morris, de un rojo muy profundo, con entrelazados frutos y pájaros. Ulrica entró primero. El aposento oscuro era bajo, con un techo a dos aguas. El esperado lecho se duplicaba en un vago cristal y la bruñida caoba me recordó el espejo de la Escritura. Ulrica ya se había desvestido. Me llamó por mi verdadero nombre, Javier. Sentí que la nieve arreciaba. Ya no quedaban muebles ni espejos. No había una espada entre los dos. Como la arena se iba el tiempo. Secular en la sombra *fluyó el amor*[2] y poseí por primera y última vez la imagen de Ulrica.

---

[2] La expresión *fluyó el amor* reincide en el puritanismo referido. Una metáfora tan eufemística es utilizada para indicar que el acto amoroso fue consumado.

El libro de arena*

... thy rope of sands...

GEORGE HERBERT (1593-1623)

La línea consta de un número infinito de puntos; el plano, de un número infinito de líneas; el volumen, de un número infinito de planos; el hipervolumen, de un número infinito de volúmenes... No, decididamente no es éste, *more geometrico,* el mejor modo de iniciar mi relato. Afirmar que es verídico es ahora una convención de todo relato fantástico; el mío, sin embargo, *es* verídico.

Yo vivo solo, en un cuarto piso de la calle Belgrano[1]. Hará unos meses, al atardecer, oí un golpe en la puerta. Abrí y entró un desconocido. Era un hombre alto, de rasgos desdibujados. Acaso mi miopía los vio así. Todo su aspecto era de pobreza decente. Estaba

---

* Este cuento se publicó por primera vez en libro en el volumen al que da nombre: *El libro de arena,* Buenos Aires, Emecé, 1975. De él dice Borges en su epílogo: «Dos objetos adversos e inconcebibles son la materia de los últimos cuentos. *El disco,* es el círculo euclidiano, que admite solamente una cara; *El libro de arena,* un volumen de incalculables hojas.»

[1] El autor hace referencia a su casa de la calle Belgrano. Curiosamente indica que en esa casa vivía solo, cuando se trataba de su domicilio conyugal, el que ocupó con su mujer el corto tiempo que duró su matrimonio.

de gris y traía una valija gris en la mano. En seguida sentí que era extranjero. Al principio lo creí viejo; luego advertí que me había engañado su escaso pelo rubio, casi blanco, a la manera escandinava. En el curso de nuestra conversación, que no duraría una hora, supe que procedía de las Orcadas.

Le señalé una silla. El hombre tardó un rato en hablar. Exhalaba melancolía, como yo ahora.

—Vendo biblias —me dijo.

No sin pedantería le contesté:

—En esta casa hay algunas biblias inglesas, incluso la primera, la de John Wiclif. Tengo asimismo la de Cipriano de Valera, la de Lutero, que literariamente es la peor, y un ejemplar latino de la Vulgata. Como usted ve, no son precisamente biblias lo que me falta.

Al cabo de un silencio me contestó.

—No sólo vendo biblias. Puedo mostrarle un libro sagrado que tal vez le interese. Lo adquirí en los confines de Bikanir.

Abrió la valija y lo dejó sobre la mesa. Era un volumen en octavo, encuadernado en tela. Sin duda había pasado por muchas manos. Lo examiné; su inusitado peso me sorprendió. En el lomo decía *Holy Writ* y abajo *Bombay*.

—Será del siglo diecinueve —observé.

—No sé. No lo he sabido nunca —fue la respuesta.

Lo abrí al azar. Los caracteres me eran extraños. Las páginas, que me parecieron gastadas y de pobre tipografía, estaban impresas a dos columnas a la manera de una biblia. El texto era apretado y estaba ordenado en versículos. En el ángulo superior de las páginas había cifras arábigas. Me llamó la atención que la página par llevara el número (digamos) 40.514 y la impar, la siguiente, 999. La volví; el dorso estaba numerado con ocho cifras. Llevaba una pequeña ilustración, como es de uso en los diccionarios: un ancla dibujada a la pluma, como por la torpe mano de un niño.

Fue entonces que el desconocido me dijo:

—Mírela bien. Ya no la verá nunca más.

Había una amenaza en la afirmación, pero no en la voz.

Me fijé en el lugar y cerré el volumen. Inmediatamente lo abrí. En vano busqué la figura del ancla, hoja tras hoja. Para ocultar mi desconcierto, le dije:

—Se trata de una versión de la Escritura en alguna lengua indostánica, ¿no es verdad?

—No —me replicó.

Luego bajó la voz como para confirmarme un secreto:

—Lo adquirí en un pueblo de la llanura, a cambio de unas rupias y de la Biblia. Su poseedor no sabía leer. Sospecho que en el Libro de los Libros vio un amuleto. Era de la casta más baja; la gente no podía pisar su sombra, sin contaminación. Me dijo que su libro se llamaba el Libro de Arena, porque ni el libro ni la arena tienen ni principio ni fin.

Me pidió que buscara la primera hoja.

Apoyé la mano izquierda sobre la portada y abrí con el dedo pulgar casi pegado al índice. Todo fue inútil: siempre se interponían varias hojas entre la portada y la mano. Era como si brotaran del libro.

—Ahora busque el final.

También fracasé; apenas logré balbucear con una voz que no era la mía:

—Esto no puede ser.

Siempre en voz baja el vendedor de biblias me dijo:

—No puede ser, pero *es*. El número de páginas de este libro es exactamente infinito. Ninguna es la primera; ninguna, la última. No sé por qué están numeradas de ese modo arbitrario. Acaso para dar a entender que los términos de una serie infinita admiten cualquier número.

Después, como si pensara en voz alta:

—Si el espacio es infinito estamos en cualquier punto del espacio. Si el tiempo es infinito estamos en cualquier punto del tiempo.

Sus consideraciones me irritaron. Le pregunté:

—¿Usted es religioso, sin duda?

—Sí, soy presbiteriano. Mi conciencia está clara.

Estoy seguro de no haber estafado al nativo cuando le di la Palabra del Señor a trueque de su libro diabólico.

Le aseguré que nada tenía que reprocharse, y le pregunté si estaba de paso por estas tierras. Me respondió que dentro de unos días pensaba regresar a su patria. Fue entonces cuando supe que era escocés, de las islas Orcadas. Le dije que a Escocia yo la quería personalmente por el amor de Stevenson y de Hume.

—Y de Robbie Burns —corrigió.

Mientras hablábamos yo seguía explorando el libro infinito. Con falsa indiferencia le pregunté:

—¿Usted se propone ofrecer este curioso espécimen al Museo Británico?

—No. Se lo ofrezco a usted —me replicó; y fijó una suma elevada.

Le respondí, con toda verdad, que esa suma era inaccesible para mí y me quedé pensando. Al cabo de unos pocos minutos había urdido mi plan.

—Le propongo un canje —le dije—. Usted obtuvo este volumen por unas rupias y por la Escritura Sagrada; yo le ofrezco el monto de mi jubilación, que acabo de cobrar, y la Biblia de Wiclif en letra gótica. La heredé de mis padres.

—A black letter Wiclif! —murmuró.

Fui a mi dormitorio y le traje el dinero y el libro. Volvió las hojas y estudió la carátula con fervor de bibliófilo.

—Trato hecho —me dijo.

Me asombró que no regateara. Sólo después comprendería que había entrado en mi casa con la decisión de vender el libro. No contó los billetes, y los guardó.

Hablamos de la India, de las Orcadas y de los *jarls* noruegos que las rigieron. Era de noche cuando el hombre se fue. No he vuelto a verlo ni sé su nombre.

Pensé guardar el Libro de Arena en el hueco que había dejado el Wiclif, pero opté al fin por esconderlo detrás de unos volúmenes descabalados de Las mil y una noches.

Me acosté y no dormí. A las tres o cuatro de la mañana prendí la luz. Busqué el libro imposible, y volví las hojas. En una de ellas vi grabada una máscara. El ángulo llevaba una cifra, ya no sé cual, elevada a la novena potencia.

No mostré a nadie mi tesoro. A la dicha de poseerlo se agregó el temor de que lo robaran, y después el recelo de que no fuera verdaderamente infinito. Esas dos inquietudes agravaron mi ya vieja misantropía. Me quedaban unos amigos; dejé de verlos. Prisionero del Libro, casi no me asomaba a la calle. Examiné con una lupa el gastado lomo y las tapas, y rechacé la posibilidad de algún artificio. Comprobé que las pequeñas ilustraciones distaban dos mil páginas una de otra. Las fui anotando en una libreta alfabética, que no tardé en llenar. Nunca se repitieron. De noche, en los escasos intervalos que me concedía el insomnio, soñaba con el libro.

Declinaba el verano, y comprendí que el libro era monstruoso. De nada me sirvió considerar que no menos monstruoso era yo, que lo percibía con ojos y lo palpaba con diez dedos con uñas. Sentí que era un objeto de pesadilla, una cosa obscena que infamaba y corrompía la realidad.

Pensé en el fuego, pero temí que la combustión de un libro infinito fuera parejamente infinita y sofocara de humo el planeta.

Recordé haber leído que el mejor lugar para ocultar una hoja es un bosque. Antes de jubilarme trabajaba en la Biblioteca Nacional, que guarda novecientos mil libros; sé que a mano derecha del vestíbulo una escalera curva se hunde en el sótano, donde están los periódicos y los mapas. Aproveché un descuido de los empleados para perder el Libro de Arena en uno de los húmedos anaqueles. Traté de no fijarme a qué altura ni a qué distancia de la puerta.

Siento un poco de alivio, pero no quiero ni pasar por la calle México[2].

---

[2] Otra referencia del callejero porteño. La Biblioteca Nacional, de la que el autor fue director muchos años, se encuentra en la calle México.

El Congreso*

Ils s'acheminèrent vers un château immense, au frontispice duquel on lisait: «Je n'appartiens à personne et j'appartiens à tout le monde. Vous y étiez avant que d'y entrer, et vous y serez encore quand vous en sortiez.»

Diderot: *Jacques Le Fataliste et son Maître* (1769).

Mi nombre es Alejandro Ferri. Ecos marciales hay en él, pero ni los metales de la gloria ni la gran sombra del macedonio —la frase es del autor de *Los mármoles,* cuya amistad me honró— se parecen al modesto hombre gris que hilvana estas líneas, en el piso alto de un hotel de la calle Santiago del Estero, en un Sur que ya no es el Sur. En cualquier momento habré cumplido setenta

---

* Este cuento se publicó por primera vez en libro en el volumen *El Congreso,* Buenos Aires, El Archibrazo, 1971. El editor, en el colofón, agregó al título la siguiente leyenda, «cuyo argumento lo acompañó durante largos años». Más tarde fue incluido en el volumen *El libro de arena.* Durante muchos años Borges habló de una novela en la que trabajaba que se titularía *El Congreso,* hecho que resultaba sorprendente dada la animosidad que Borges había enunciado siempre contra la novela y su preferencia por el cuento. En el epílogo al *Libro de arena* escribe el autor, «*El Congreso* es quizá la más ambiciosa de las fábulas de este libro; su tema es una empresa tan vasta que se confunde al fin con el cosmos y con la suma de los días. El opaco principio quiere imitar el de las ficciones de Kafka; el fin quiere elevarse, sin duda en vano, a los éxtasis de Chesterton o de John Bunyan. No he merecido nunca semejante revelación, pero he procurado soñarla. En su decurso he entretejido, según es mi hábito, rasgos autobiográficos.»

y tantos años; sigo dictando clases de inglés a pocos alumnos. Por indecisión o por negligencia o por otras razones, no me casé, y ahora estoy solo. No me duele la soledad; bastante esfuerzo es tolerarse a uno mismo y a sus manías. Noto que estoy envejeciendo; un síntoma inequívoco es el hecho de que no me interesan o sorprenden las novedades, acaso porque advierto que nada esencialmente nuevo hay en ellas y que no pasan de ser tímidas variaciones. Cuando era joven, me atraían los atardeceres, los arrabales y la desdicha; ahora, las mañanas del centro y la serenidad. Ya no juego a ser Hamlet. Me he afiliado al partido conservador y a un club de ajedrez, que suelo frecuentar como espectador, a veces distraído. El curioso puede exhumar, en algún oscuro anaquel de la Biblioteca Nacional de la calle México, un ejemplar de mi *Breve examen del idioma analítico de John Wilkins,* obra que exigiría otra edición, siquiera para corregir o atenuar sus muchos errores. El nuevo director de la Biblioteca, me dicen, es un literato que se ha consagrado al estudio de las lenguas antiguas, como si las actuales no fueran suficientemente rudimentarias, y a la exaltación demagógica de un imaginario Buenos Aires de cuchilleros[1]. Nunca he querido conocerlo. Yo arribé a esta ciudad en 1899 y una sola vez el azar me enfrentó con un cuchillero o con un sujeto que tenía fama de tal. Más adelante, si se presenta la ocasión, contaré el episodio.

Ya dije que estoy solo; días pasados, un vecino de pieza, que me había oído hablar de Fermín Eguren, me dijo que éste había fallecido en Punta del Este.

La muerte de aquel hombre, que ciertamente no fue nunca mi amigo, se ha obstinado en entristecerme. Sé que estoy solo; soy en la tierra el único guardián de aquel acontecimiento, el Congreso, cuya memoria no

---

[1] Aquí el narrador, que ya ha dejado ver muchos ingredientes de su autobiografía, habla de un director de la Biblioteca Nacional, que es evidentemente el propio Borges, como si se tratara de otro y repitiendo las técnicas utilizadas en *El otro.*

podré compartir. Soy ahora el último congresal. Es verdad que todos los hombres lo son, que no hay un ser en el planeta que no lo sea, pero yo lo soy de otro modo. Sé que lo soy; eso me hace diverso de mis innumerables colegas, actuales y futuros. Es verdad que el día siete de febrero de 1904 juramos por lo más sagrado no revelar —¿habrá en la tierra algo sagrado o algo que no lo sea?— la historia del Congreso, pero no menos cierto es que el hecho de que yo ahora sea un perjuro es también parte del Congreso. Esta declaración es oscura, pero puede encender la curiosidad de mis eventuales lectores.

De cualquier modo, la tarea que me he impuesto no es fácil. No he acometido nunca, ni siquiera en su especie epistolar, el género narrativo y, lo que sin duda es harto más grave, la historia que registraré es increíble. La pluma de José Fernández Irala, el inmerecidamente olvidado poeta de *Los mármoles,* era la predestinada a esta empresa, pero ya es tarde. No falsearé deliberadamente los hechos, pero presiento que la haraganería y la torpeza me obligarán, más de una vez, al error.

Las precisas fechas no importan. Recordemos que vine de Santa Fe, mi provincia natal, en 1899 [2]. No he vuelto nunca, me he acostumbrado a Buenos Aires, ciudad que no me atrae, como quien se acostumbra a su cuerpo o a una vieja dolencia. Preveo, sin mayor interés, que pronto he de morir; debo, por consiguiente, sujetar mi hábito digresivo y adelantar un poco la narración.

No modifican nuestra esencia los años, si es que alguna tenemos; el impulso que me llevaría, una noche, al Congreso del Mundo fue el que me trajo, inicialmente, a la redacción de *Última Hora* [3]. Para un pobre mu-

<hr />

[2] 1899 es el año de nacimiento de Borges.

[3] Borges desempeñó tareas periodísticas en el diario *El Mundo* y en el vespertino porteño *Crítica,* al que este *Última Hora* parece referirse.

chacho provinciano, ser periodista puede ser un destino romántico, así como un pobre muchacho de la capital puede imaginar que es romántico el destino de un gaucho o de un peón de chacra. No me abochorna haber querido ser periodista, rutina que ahora me parece trivial. Recuerdo haberle oído decir a Fernández Irala, mi colega, que el periodista escribe para el olvido y que su anhelo era escribir para la memoria y el tiempo. Ya había cincelado (el verbo era de uso común) alguno de los sonetos perfectos que aparecerían después, con uno que otro leve retoque, en las páginas de *Los mármoles*.

No puedo precisar la primera vez que oí hablar del Congreso. Quizá fue aquella tarde en que el contador me pagó mi sueldo mensual y yo, para celebrar esa prueba de que Buenos Aires me había aceptado, propuse a Irala que comiéramos juntos. Éste se disculpó, alegando que no podía faltar al Congreso. Inmediatamente entendí que no se refería al vanidoso edificio con una cúpula[4], que está en el fondo de una avenida poblada de españoles, sino a algo más secreto y más importante. La gente hablaba del Congreso, algunos con abierta sorna, otros bajando la voz, otros con alarma o curiosidad; todos, creo, con ignorancia. Al cabo de unos sábados, Irala me convidó a acompañarlo. Ya había cumplido, me contó, con los trámites necesarios.

Serían las nueve o diez de la noche. En el tranvía me dijo que las reuniones preliminares tenían lugar los sábados y que don Alejandro Glencoe, tal vez movido por mi nombre, ya había dado su firma. Entramos en la Confitería del Gas. Los congresales, que serían quince o veinte, rodeaban una mesa larga; no sé si había un estrado o si la memoria lo agrega. Reconocí en el acto al presidente, que no había visto nunca. Don Alejandro era un señor de aire digno, ya entrado en años, con la frente despejada, los ojos grises y una canosa barba rojiza. Siempre lo vi de levita oscura; solía apoyar en el

---

[4] Se refiere al palacio que ocupa desde principios de siglo el parlamento argentino.

bastón las manos cruzadas. Era robusto y alto. A su izquierda había un hombre mucho más joven, también de pelo rojo; su violento color sugería el fuego y el de la barba del señor Glencoe, las hojas del otoño. A la derecha había un muchacho de cara larga y de frente singularmente baja, trajeado como un dandy. Todos habían pedido café y uno que otro, ajenjo. Lo que primero despertó mi atención fue la presencia de una mujer, sola entre tantos hombres. En la otra punta de la mesa había un niño de diez años, vestido de marinero, que no tardó en quedarse dormido. Había también un pastor protestante, dos inequívocos judíos y un negro con pañuelo de seda y la ropa muy ajustada, a la manera de los compadritos de la esquina. Ante el negro y el niño había dos tazas de chocolate. No recuerdo a los otros, salvo a un señor Marcelo del Mazo, hombre de suma cortesía y de fino diálogo, que no volví a ver más. Conservo una borrosa y deficiente fotografía de una de las reuniones, que no publicaré, porque la indumentaria de la época, las melenas y los bigotes, le darían un aire burlesco y hasta menesteroso, que falsearía la escena. Todas las agrupaciones tienden a crear su dialecto y sus ritos; el Congreso, que siempre tuvo para mí algo de sueño, parecía querer que los congresales fueran descubriendo sin prisa el fin que buscaba y aun los nombres y apellidos de sus colegas. No tardé en comprender que mi obligación era no hacer preguntas y me abstuve de interrogar a Fernández Irala, que tampoco me dijo nada. No falté un solo sábado, pero pasaron uno o dos meses antes que yo entendiera. Desde la segunda reunión, mi vecino fue Donald Wren, un ingeniero del Ferrocarril Sud, que me daría lecciones de inglés.

Don Alejandro hablaba muy poco; los otros no se dirigían a él, pero sentí que hablaban para él y que buscaban su aprobación. Bastaba un ademán de la lenta mano para que el tema del debate cambiara. Fui descubriendo poco a poco que el rojizo hombre de la izquierda tenía el curioso nombre de Twirl. Recuerdo su aire frágil, que es atributo de ciertas personas muy altas, como si la estatura les diera vértigo y los hiciera abovedarse. Sus manos, lo recuerdo, solían jugar con una brújula de cobre, que a ratos dejaba en la mesa. A fines de 1914, murió como soldado de infantería en un regimiento irlandés. El que siempre ocupaba la derecha era el joven de frente baja, Fermín Eguren, sobrino del presidente. Descreo de los métodos del realismo, género artificial si los hay; prefiero revelar de una buena vez lo que comprendí gradualmente. Antes, quiero recordar al lector mi situación de entonces: yo era un pobre muchacho de Casilda, hijo de chacareros, que había llegado a Buenos Aires y que de pronto se encontraba, así la sentí, en el íntimo centro de Buenos Aires y tal vez, quién sabe, del mundo. Medio siglo ha pasado y sigo sintiendo aquel deslumbramiento inicial, que ciertamente no fue el último.

He aquí los hechos; los narraré con toda brevedad. Don Alejandro Glencoe, el presidente, era un estanciero oriental, dueño de un establecimiento de campo que lindaba con el Brasil. Su padre, oriundo de Aberdeen, se había fijado en este continente al promediar el siglo anterior. Trajo consigo unos cien libros, los únicos, me atrevo a afirmar, que don Alejandro leyó en el decurso de su vida. (Hablo de estos libros heterogéneos, que he tenido en las manos, porque en uno de ellos está la raíz de mi historia.) El primer Glencoe, al morir, dejó una hija y un hijo, que sería después nuestro presidente. La hija se casó con un Eguren y fue la madre de Fermín. Don Alejandro aspiró alguna vez a ser diputado, pero los jefes políticos le cerraron las puertas del Congreso del Uruguay. El hombre se enconó y resolvió fundar otro Congreso de más vastos alcances. Recordó haber leído en una de las volcánicas páginas de Carlyle el destino de aquel Anacharsis Cloots, devoto de la diosa Razón, que a la cabeza de treinta y seis extranjeros habló como «orador del género humano» ante una asamblea de París. Movido por su ejemplo, don Alejandro concibió el propósito de organizar un Congreso del Mundo que representaría a todos los hombres de todas las naciones. El centro de las reuniones preliminares era la Confitería del Gas; el acto de apertura, para el cual se había previsto un plazo de cuatro años, tendría su sede en el establecimiento de don Alejandro. Éste, que como tantos orientales, no era partidario de Artigas, quería a Buenos Aires, pero había resuelto que el Congreso se reuniera en su patria. Curiosamente, el plazo original se cumpliría con una precisión casi mágica.

Al principio cobrábamos nuestras dietas, que no eran deleznables, pero el fervor que a todos nos encendía hizo que Fernández Irala, que era tan pobre como yo, renunciara a la suya y lo mismo hicimos los otros. Esa medida fue benéfica, ya que sirvió para separar la mies del rastrojo; el número de congresales disminuyó y sólo quedamos los fieles. El único cargo rentado fue el de la Secretaria, Nora Erfjord, que carecía de otros medios de vida y cuya labor era abrumadora. Organizar una entidad que abarca el planeta no es una empresa baladí. Las cartas iban y venían y asimismo los telegramas. Llegaban adhesiones del Perú, de Dinamarca y del Indostán. Un boliviano señaló que su patria carecía de todo acceso al mar y que esa lamentable carencia debería ser el tema de uno de los primeros debates.

Twirl, cuya inteligencia era lúcida, observó que el Congreso presuponía un problema de índole filosófica. Planear una asamblea que representara a todos los hombres era como fijar el número exacto de los arquetipos platónicos, enigma que ha atareado durante siglos la perplejidad de los pensadores. Sugirió que, sin ir más lejos, don Alejandro Glencoe podía representar a los hacendados, pero también a los orientales y también a los grandes precursores y también a los hombres de barba roja y a los que están sentados en un sillón. Nora Erfjord era noruega. ¿Representaría a las secretarias; a las noruegas o simplemente a todas las mujeres hermosas? ¿Bastaba un ingeniero para representar a todos los ingenieros, incluso los de Nueva Zelandia?

Fue entonces, creo, que Fermín intervino.

—Ferri está en representación de los gringos —dijo con una carcajada.

Don Alejandro lo miró con severidad y dijo sin apuro:

—El señor Ferri está en representación de los emigrantes, cuya labor está levantando el país.

Nunca Fermín Eguren me pudo ver. Ejercía diversas soberbias: la de ser oriental, la de ser criollo, la de atraer a todas las mujeres, la de haber elegido un sastre costoso y, nunca sabré por qué, la de su estirpe vasca, gente que al margen de la historia no ha hecho otra cosa que ordeñar vacas.

Un incidente de lo más trivial selló nuestras enemistades. Después de una sesión, Eguren propuso que fuéramos a la calle Junín. El proyecto no me atraía, pero acepté, para no exponerme a sus burlas. Fuimos con Fernández Irala. Al salir de la casa, nos cruzamos con un hombre grandote. Eguren, que estaría un poco bebido, le dio un empujón. El otro nos cerró el camino y nos dijo:

—El que quiera salir va a tener que pasar por este cuchillo.

Recuerdo el brillo del acero en la oscuridad del zaguán. Eguren se echó atrás, aterrado. Yo no las tenía todas conmigo, pero mi odio pudo más que mi susto. Me llevé la mano a la sisa, como para sacar un arma, y dije con voz firme:

—Esto lo vamos a arreglar en la calle.

El desconocido me respondió, ya con otra voz:

—Así me gustan los hombres. Yo quería probarlos, amigo.

Ahora reía afablemente.

—Lo de amigo corre por cuenta suya —le repliqué y salimos.

El hombre del cuchillo entró en el prostíbulo. Me dijeron después que se llamaba Tapia o Paredes o algo por el estilo y que tenía fama de pendenciero. Ya en la vereda, Irala, que se había mantenido sereno, me palmeó y declaró con énfasis:

—Entre los tres había un mosquetero. ¡Salve, d'Artagnan!

Fermín Eguren nunca me perdonó haber sido testigo de su aflojada.

Siento que ahora, y sólo ahora, empieza la historia. Las páginas ya escritas no han registrado más que las condiciones que el azar o el destino requería para que ocurriera el hecho increíble, acaso el único de toda mi vida. Don Alejandro Glencoe era siempre el centro de la trama, pero gradualmente sentimos, no sin algún asombro y alarma, que el verdadero presidente era Twirl. Este singular personaje de bigote fulgente adulaba a Glencoe y aun a Fermín Eguren, pero de un modo tan exagerado que podía pasar por una burla y no comprometía su dignidad. Glencoe tenía la soberbia de su vasta fortuna; Twirl adivinó que, para imponerle un proyecto, bastaba sugerir que su costo era demasiado oneroso. Al principio, el Congreso no había sido más, lo sospecho, que un vago nombre; Twirl proponía continuas ampliaciones, que don Alejandro siempre aceptaba. Era como estar en el centro de un círculo creciente, que se agranda sin fin, alejándose. Declaró, por ejemplo, que el Congreso no podía prescindir de una biblioteca de libros de consulta; Nierenstein, que trabajaba en una librería, fue consiguiéndonos los atlas de Justus Perthes y diversas y extensas enciclopedias, desde la *Historia naturalis* de Plinio y el *Speculum,* de Beauvais hasta los gratos laberintos (releo estas palabras con la voz de Fernández Irala) de los ilustres enciclopedistas franceses, de la *Britannica,* de Pierre Larousse, de Brockhaus, de Larsen y de Montaner y Simón. Recuerdo haber acariciado con reverencia los sedosos volúmenes de cierta enciclopedia china, cuyos bien pincelados caracteres me parecieron más misteriosos que las manchas de la piel de un leopardo. No diré todavía el fin que tuvieron y que por cierto no lamento.

Don Alejandro nos había tomado cariño a Fernández Irala y a mí, tal vez porque éramos los únicos que no trataban de halagarlo. Nos convidó a pasar unos días en la estancia La Caledonia, donde ya estaban trabajando los peones albañiles.

Al cabo de una larga navegación, río arriba, y de una travesía en balsa, pisamos la otra banda, un amanecer. Después tuvimos que hacer noche en pulperías [5] meneste-

---

[5] *Pulpería:* fonda de campo, donde se reúnen los hombres a beber y en donde pueden adquirirse distintos objetos.

rosas y que abrir y cerrar muchas tranqueras[6] en la Cuchilla Negra. Íbamos en una volanta; el campo me pareció más grande y más solo que el de la chacra en que nací.

Conservo aún mis dos imágenes de la estancia: la que yo había previsto y la que mis ojos vieron al fin. Absurdamente yo me había figurado, como en un sueño, una combinación imposible de la llanura santafesina y del Palacio de las Aguas Corrientes; La Caledonia era una casa larga, de adobe, con el techo de paja a dos aguas y con un corredor de ladrillo. Me pareció construida para el rigor y para el largo tiempo. Casi una vara de espesor tenían los toscos muros y las puertas eran angostas. A nadie se le había ocurrido plantar un árbol. El primer sol y el último la golpeaban. Los corrales eran de piedra; la hacienda era numerosa, flaca y guampuda; las colas arremolinadas de los caballos alcanzaban al suelo. Por primera vez conocí el sabor del animal recién carneado. Trajeron unas bolsas de galleta; el capataz me dijo, días después, que no había probado pan en su vida. Irala preguntó dónde estaba el baño; don Alejandro con un vasto ademán, le mostró el continente. La noche era de luna; salí a dar una vuelta y lo sorprendí, vigilado por un ñandú.

El calor, que no había mitigado la noche, era insoportable y todos ponderaban el fresco. Las piezas eran bajas y muchas y me parecieron desmanteladas; nos destinaron una que daba al sur, en la que había dos catres y una cómoda, con la palangana y la jarra que eran de plata. El piso era de tierra.

Al día siguiente di con la biblioteca y con los volúmenes de Carlyle y busqué las páginas consagradas al orador del género humano, Anacharsis Cloots, que me había conducido a aquella mañana y a aquella soledad. Después del desayuno, idéntico a la comida, don Alejandro nos mostró los trabajos. Hicimos una legua a

---

[6] *tranqueras:* se refiere a las puertas tranqueras que separan las distintas fincas.

caballo, entre los descampados. Irala, cuya equitación era temerosa, sufrió un percance; el capataz observó sin una sonrisa:

—El porteño sabe apearse muy bien.

Desde lejos vimos la obra. Una veintena de hombres había erigido una suerte de anfiteatro despedazado. Recuerdo unos andamios y unas gradas que dejaban entrever espacios de cielo.

Más de una vez traté de conversar con los gauchos, pero mi empeño fracasó. De algún modo sabían que eran distintos. Para entenderse entre ellos, usaban parcamente un gangoso español abrasilerado. Sin duda por sus venas corrían sangre india y sangre negra. Eran fuertes y bajos; en La Caledonia yo era un hombre alto, cosa que no me había sucedido hasta entonces. Casi todos usaban chiripá[7] y uno que otro, bombacha[8]. Poco o nada tenían en común con los dolientes personajes de Hernández o de Rafael Obligado. Bajo el estímulo del alcohol de los sábados, eran fácilmente violentos. No había mujer y jamás oí una guitarra.

Más que los hombres de esa frontera me interesó el cambio total que se había operado en don Alejandro. En Buenos Aires, era un señor afable y medido; en La Caledonia, el severo jefe de un clan, como sus mayores. Los domingos por la mañana les leía la Sagrada Escritura a los peones, que no entendían una sola palabra. Una noche, el capataz, un muchacho joven, que había heredado el cargo de su padre, nos avisó que un agregado y un peón se habían trabado a puñaladas. Don Alejandro se levantó sin mayor apuro. Llegó a la rueda, se quitó el arma que solía cargar, se la dio al capataz, que me pareció acobardado, y se abrió camino entre los aceros. Oí en seguida la orden:

—Suelten el cuchillo, muchachos.

---

[7] *chiripá:* americanismo. Chamal guavaloca, cuya punta posterior se pasa por entre las piernas y se asegura por delante en la cintura.

[8] En España bombacho, pantalón muy ancho ceñido por la parte inferior.

Con la misma voz tranquila agregó:

—Ahora se dan la mano y se portan bien. No quiero barullos aquí.

Los dos obedecieron. Al otro día supe que don Alejandro lo había despedido al capataz.

Sentí que la soledad me cercaba. Temí no volver nunca a Buenos Aires. No sé si Fernández Irala compartió ese temor, pero hablábamos mucho de la Argentina y de lo que haríamos a la vuelta. Extrañaba los leones de un portón de la calle Jujuy, cerca de la plaza del Once, o la luz de cierto almacén de imprecisa topografía, no los lugares habituales. Siempre fui buen jinete; me habitué a salir a caballo y a recorrer largas distancias. Todavía me acuerdo de aquel moro que yo solía ensillar y que ya habrá muerto. Acaso alguna tarde o alguna noche estuve en el Brasil, porque la frontera no era otra cosa que una línea trazada por mojones.

Había aprendido a no contar los días cuando, al cabo de un día como los otros, don Alejandro nos advirtió:

—Ahora nos vamos a acostar. Mañana salimos con la fresca.

Ya río abajo me sentí tan feliz que pude pensar con cariño en La Caledonia.

Reanudamos la reunión de los sábados. En la primera, Twirl pidió la palabra. Dijo, con las habituales flores retóricas, que la biblioteca del Congreso del Mundo no podía reducirse a libros de consulta y que las obras clásicas de todas las naciones y lenguas eran un verdadero testimonio que no podíamos ignorar sin peligro. La ponencia fue aprobada en el acto; Fernández Irala y el doctor Cruz, que era profesor de latín, aceptaron la misión de elegir los textos necesarios. Twirl ya había hablado del asunto con Nierenstein.

En aquel tiempo no había un solo argentino cuya Utopía no fuera la ciudad de París. Quizá el más impaciente de nosotros era Fermín Eguren: lo seguía Fernández Irala, por razones harto distintas. Para el poeta de *Los mármoles,* París era Verlaine y Leconte de Lisle; para Eguren, una continuación mejorada de la calle Junín. Se había entendido, lo sospecho, con Twirl. Éste, en otra reunión, discutió el idioma que usarían los congresales y la conveniencia de que dos delegados fueran a Londres y a París a documentarse. Para fingir imparcialidad, propuso primero mi nombre y, tras una ligera vacilación, el de su amigo Eguren. Don Alejandro, como siempre, asintió.

Creo haber escrito que Wren, a cambio de unas clases de italiano, me había iniciado en el estudio del infinito idioma inglés. Prescindió, en lo posible, de la gramática y de las oraciones fabricadas para el aprendizaje y entramos directamente en la poesía, cuyas formas exigen la brevedad. Mi primer contacto con el lenguaje que poblaría mi vida fue el valeroso *Requiem* de Stevenson; después vinieron las baladas que Percy reveló al decoroso siglo dieciocho. Poco antes de partir para Londres conocí el deslumbramiento de Swinburne, que me llevó a dudar, como quien comete una culpa, de la eminencia de los alejandrinos de Irala.

Arribé a Londres a principios de enero del novecientos dos; recuerdo la caricia de la nieve, que yo nunca había visto y que agradecía. Felizmente, no me tocó viajar con Eguren. Me hospedé en una módica pensión a espaldas del Museo Británico, a cuya biblioteca concurría de mañana y de tarde, en busca de un idioma que fuera digno del Congreso del Mundo. No descuidé las lenguas universales; me asomé al esperanto —que el *Lunario sentimental* [9] califica de «equitativo, simple y económico»— y al Volapük, que quiere explorar todas las posibilidades lingüísticas, declinando los verbos y conjugando los sustantivos. Consideré los argumentos en pro y en contra de resucitar el latín, cuya nostalgia no ha cesado de perdurar al cabo de los siglos. Me demoré asimismo en el examen del idioma analítico de John Wilkins, donde la definición de cada palabra está en las letras que la forman. Fue bajo la alta cúpula de la sala que conocí a Beatriz.

---

[9] Se refiere a un libro de Leopoldo Lugones.

Esta es la historia general del Congreso del Mundo, no la de Alejandro Ferri, la mía, pero la primera abarca a la última, como a todas las otras. Beatriz era alta, esbelta, de rasgos puros y de una cabellera bermeja que pudo haberme recordado y nunca lo hizo la del oblicuo Twir. No había cumplido los veinte años. Había dejado uno de los condados del norte para ser alumna de letras de la universidad. Su origen, como el mío, era humilde. Ser de cepa italiana en Buenos Aires era aún desdoroso; en Londres descubrí que para muchos era un atributo romántico. Pocas tardes tardamos en ser amantes; le pedí que se casara conmigo, pero Beatriz Frost, como Nora Erfjord, era devota de la fe predicada por Ibsen, y no quería atarse a nadie. De su boca nació la palabra que yo no me atrevía a decir. Oh noches, oh compartida y tibia tiniebla, oh el amor que fluye en la sombra como un río secreto, oh aquel momento de la dicha en que cada uno es los dos, oh la inocencia y el candor de la dicha, oh la unión en la que nos perdíamos para perdernos luego en el sueño, oh las primeras claridades del día y yo contemplándola.

En la áspera frontera del Brasil me había acosado la nostalgia; no así en el rojo laberinto de Londres, que me dio tantas cosas. A pesar de los pretextos que urdí para demorar la partida, tuve que volver a fin de año; celebramos juntos la Navidad. Le prometí que don Alejandro la invitaría a formar parte del Congreso; me replicó, de un modo vago, que le interesaría visitar el hemisferio austral y que un primo suyo, dentista, se había radicado en Tasmania. Beatriz no quiso ver el barco; la despedida, a su entender, era un énfasis, una insensata fiesta de la desdicha, y ella detestaba los énfasis. Nos dijimos adiós en la biblioteca donde nos conocimos en otro invierno. Soy un hombre cobarde; no le dejé mi dirección, para eludir la angustia de esperar cartas.

He notado que los viajes de vuelta duran menos que los de ida, pero la travesía del Atlántico, pesada de recuerdos y de zozobras, me pareció muy larga. Nada me dolía tanto como pensar que paralelamente a mi vida

Beatriz iría viviendo la suya, minuto por minuto y noche por noche. Escribí una carta de muchas páginas, que rompí al zarpar de Montevideo. Arribé a la patria un día jueves; Irala me esperaba en la dársena. Volví a mi antiguo alojamiento en la calle Chile; aquel día y el otro los pasamos hablando y caminando. Yo quería recobrar a Buenos Aires. Fue un alivio saber que Fermín Eguren seguía en París; el hecho de haber regresado antes que él atenuaría de algún modo mi larga ausencia.

Irala estaba descorazonado. Fermín dilapidaba en Europa sumas desaforadas y había desacatado más de una vez la orden de volver inmediatamente. Esto era previsible. Más me inquietaron otras noticias; Twirl, pese a la oposición de Irala y de Cruz, había invocado a Plinio el Joven, según el cual no hay libro tan malo que no encierre algo bueno, y había propuesto la compra indiscriminada de colecciones de *La Prensa,* de tres mil cuatrocientos ejemplares de *Don Quijote,* en diversos formatos, del epistolario de Balmes, de tesis universitarias, de cuentas, de boletines y de programas de teatro. Todo es un testimonio, había dicho. Nierenstein lo apoyó; don Alejandro, «al cabo de tres sábados sonoros», aprobó la moción. Nora Erfjord había renunciado a su cargo de secretaria; la reemplazaba un socio nuevo, Karlinski, que era un instrumento de Twirl. Los desmesurados paquetes iban apilándose ahora, sin catálogo ni fichero, en las habitaciones del fondo y en la bodega del caserón de don Alejandro. A principios de julio, Irala había pasado una semana en La Caledonia; los albañiles habían interrumpido el trabajo. El capataz, interrogado, explicó que así lo había dispuesto el patrón y que al tiempo lo que le está sobrando son días.

En Londres yo había redactado un informe, que no es del caso recordar; el viernes, fui a saludar a don Alejandro y a entregarle mi texto. Me acompañó Fernández Irala. Era la hora de la tarde y en la casa entraba el pampero [10]. Frente al portón de la calle Alsina esperaba

---

[10] El viento pampero.

un carro con tres caballos. Me acuerdo de hombres encorvados que iban descargando sus fardos en el último patio; Twirl, imperioso, les daba órdenes. Ahí estaban también, como si presintieran algo, Nora Erfjord y Nierenstein y Cruz y Donald Wren y uno o dos congresales más. Nora me abrazó y me besó y aquel abrazo y aquel beso me recordaron otros. El negro, bonachón y feliz, me besó la mano.

En uno de los cuartos estaba abierta la cuadrada trampa del sótano; unos escalones de material se perdían en la sombra.

Bruscamente oímos los pasos. Antes de verlo, supe que era don Alejandro el que entraba. Casi como si corriera, llegó.

Su voz era distinta; no era la del pausado señor que presidía nuestros sábados ni la del estanciero feudal que prohibía un duelo a cuchillo y que predicaba a sus gauchos la palabra de Dios, pero se parecía más a la última.

Sin mirar a nadie, mandó:

—Vayan sacando todo lo amontonado ahí abajo. Que no quede un libro en el sótano.

La tarea duró casi una hora. Acumulamos en el patio de tierra una pila más alta que los más altos. Todos íbamos y veníamos; el único que no se movió fue don Alejandro.

Después vino la orden:

—Ahora le prenden fuego a estos bultos.

Twirl estaba muy pálido. Nierenstein acertó a murmurar:

—El Congreso del Mundo no puede prescindir de esos auxiliares preciosos que he seleccionado con tanto amor.

—¿El Congreso del Mundo? —dijo don Alejandro. Se rió con sorna y yo nunca lo había oído reír.

Hay un misterioso placer en la destrucción; las llamaradas crepitaron resplandecientes y los hombres nos agolpamos contra los muros o en las habitaciones. Noche, ceniza y olor a quemado quedaron en el patio. Me acuerdo de unas hojas perdidas que se salvaron, blancas sobre la tierra. Nora Erfjord, que profesaba por don Alejandro ese amor que las mujeres jóvenes suelen profesar por los hombres viejos, dijo sin entender:

—Don Alejandro sabe lo que hace.

Irala, fiel a la literatura, intentó una frase:

—Cada tantos siglos hay que quemar la Biblioteca de Alejandría.

Luego nos llegó la revelación:

—Cuatro años he tardado en comprender lo que digo ahora. La empresa que hemos acometido es tan vasta que abarca —ahora lo sé— el mundo entero. No es unos cuantos charlatanes que aturden en los galpones de una estancia perdida. El Congreso del Mundo comenzó con el primer instante del mundo y proseguirá cuando seamos polvo. No hay un lugar en que no esté. El Congreso es los libros que hemos quemado. El Congreso es los caledonios que derrotaron a las legiones de los Césares. El Congreso es Job en el muladar y Cristo en la cruz. El Congreso es aquel muchacho inútil que malgasta mi hacienda con las rameras.

No pude contenerme y lo interrumpí:

—Don Alejandro, yo también soy culpable. Yo tenía concluido el informe, que aquí le triago, y seguía demorándome en Inglaterra y tirando su plata, por el amor de una mujer.

Don Alejandro continuó:

—Ya me lo suponía, Ferri. El Congreso es mis toros. El Congreso es los toros que he vendido y las leguas de campo que no son mías.

Una voz consternada se elevó; era la de Twirl.

—¿No va a decirnos que ha vendido La Caledonia?

Don Alejandro contestó sin apuro:

—Sí, la he vendido. Ya no me queda un palmo de tierra, pero mi ruina no me duele, porque ahora entiendo. Tal vez no nos veremos más, porque el Congreso no nos precisa, pero esta última noche saldremos todos a mirar el Congreso.

Estaba ebrio de victoria. Nos inundaron su firmeza y

su fe. Nadie ni por un segundo pensó que estuviera loco.

En la plaza tomamos un coche abierto. Yo me acomodé en el pescante, junto al cochero, y don Alejandro ordenó:

—Maestro, vamos a recorrer la ciudad. Llévenos donde quiera.

El negro, encaramado en un estribo, no cesaba de sonreír. Nunca sabré si entendió algo.

Las palabras son símbolos que postulan una memoria compartida. La que ahora quiero historiar es mía solamente; quienes la compartieron han muerto. Los místicos invocan una rosa, un beso, un pájaro que es todos los pájaros, un sol que es todas las estrellas y el sol, un cántaro de vino, un jardín o el acto sexual. De esas metáforas ninguna me sirve para esa larga noche de júbilo, que nos dejó, cansados y felices, en los linderos de la aurora. Casi no hablamos, mientras las ruedas y los cascos retumbaban sobre las piedras. Antes del alba, cerca de un agua oscura y humilde, que era tal vez el Maldonado o tal vez el Riachuelo, la alta voz de Nora Erfjord entonó la balada de Patrick Spens y don Alejandro coreó uno que otro verso en voz baja, desafinadamente. Las palabras inglesas no me trajeron la imagen de Beatriz. A mis espaldas Twirl murmuró:

—He querido hacer el mal y hago el bien.

Algo de lo que entrevimos perdura —el rojizo paredón de la Recoleta, el amarillo paredón de la cárcel, una pareja de hombres bailando en una esquina sin ochava, un atrio ajedrezado con una verja, las barreras del tren, mi casa, un mercado, la insondable y húmeda noche— pero ninguna de esas cosas fugaces, que acaso fueron otras, importa. Importa haber sentido que nuestro plan, del cual más de una vez nos burlamos, existía realmente y secretamente y era el universo y nosotros. Sin mayor esperanza, he buscado a lo largo de los años el sabor de esa noche; alguna vez creí recuperarla en la música, en el amor, en la incierta memoria, pero no ha vuelto, salvo una sola madrugada, en un sueño. Cuando juramos no decir nada a nadie ya era la mañana del sábado.

No los volví a ver más, salvo a Irala. No comentamos nunca la historia; cualquier palabra nuestra hubiera sido una profanación. En 1914, don Alejandro Glencoe murió y fue sepultado en Montevideo. Irala ya había muerto el año anterior.

Con Nierenstein me crucé una vez en la calle Lima y fingimos no habernos visto.